当你恋爱时 2

DANG NI LIAN'AI SHI 2

蓝白色 / 著

时代出版传媒股份有限公司
安徽文艺出版社

图书在版编目（CIP）数据

当你恋爱时.2/蓝白色著.—合肥：安徽文艺出版社,2020.11
ISBN 978-7-5396-6986-1

Ⅰ.①当… Ⅱ.①蓝… Ⅲ.①长篇小说－中国－当代
Ⅳ.①I247.5

中国版本图书馆CIP数据核字(2020)第102004号

出 版 人：段晓静		特约编辑：号 号 李姣姣		
责任编辑：姚 衎		装帧设计：苏 茶 西 少 徐 睿 张 强		

出版发行：时代出版传媒股份有限公司　www.press-mart.com
　　　　　安徽文艺出版社　　www.awpub.com
地　　址：合肥市翡翠路1118号　邮政编码：230071
营 销 部：(0551)63533889
印　　制：嘉业印刷（天津）有限公司　(022)59656080

开本：880×1230　1/32　印张：7.5　字数：220千字
版次：2020年11月第1版
印次：2020年11月第1次印刷
定价：32.00元

（如发现印装质量问题，影响阅读，请与出版社联系调换）

目录
contents

第一章 我还喜欢你
···001

第二章 有我在
···057

第三章 那三个字
···121

第四章 更好的我们
···163

第五章 余生请多指教
···181

番外一 十年
···203

番外二 小甜包
···231

第一章

我还喜欢你

商陆把她架到椅子上坐着,替她把抽屉安回去,散落一地的东西也被一并放回了抽屉,只余下那封信和那张卡。

他站起来,低眸,锁着眉:"我的老婆本你既然还留着,就还是我的人。怎么可以嫁给别人?"

向南星皱着眉,眨巴眨巴眼睛,看他的脸,看他手里的东西,突然一把扯过银行卡和信封,扬手甩到他脸上:"不稀罕!"

她都醉成这样了,还能和他照常对话,商陆三分好笑七分郁闷:"你都没查过里头有多少钱,怎么就知道你不稀罕?"

她哑巴哑巴嘴,缩在椅子里,搂着扶手,打着哈欠,眯着眼,一脸瞧不上的样子:"卡里顶多几万,你要你拿去……"

这张卡,他刚给她时,里头确实只有几万。可这几年,他一直往里存钱,从没断过,包括他拿到的专利费,都在里头。

商陆正要继续说,手机却振了,是蒋方卓打来的。

原来蒋方卓还在楼下的车里等他俩。

"迟佳刚提了一嘴,她们的酒店房卡应该在向南星外套兜里。你翻翻她兜里有没有。"

"好。"

商陆把手机夹在耳朵与肩膀之间,保持着通话,空出两手去翻她外套的口袋。可她压根不配合,他一挨她,她就踹他,生怕他再搂着她啃似的。

商陆为了避开她的无影脚,夹在耳朵与肩膀之间的手机都掉了,"啪"的一声,也不知手机有没有摔坏。商陆顾不上去关心手机,烦躁地解开了衬衣纽扣,当即上前,武力制伏这个醉鬼。

把她扔在床上的下一秒,商陆扑过去,三下五除二脱了她的外套。她还想拿脚踹他,商陆索性屈膝压住她的腿,一手攥住她的双腕,几乎是鼻尖抵着鼻尖,低声呵斥道:"别动!"

商陆右手控制着她,丝毫不敢松懈,左手摸进她外套的口袋,果然摸到了一张卡。应该就是蒋方卓所说的房卡了。

商陆神情一松,刚要把房卡从兜里摸出来,她却突然挣脱了他的钳制,扑过来一把抢回她的外套,抱在怀里死活不撒手。

"不准脱我衣服!"

自我保护意识还挺强,可商陆并不想表扬她,一把捂住她的嘴,照她这么叫唤,迟早把隔壁的都吵醒。

商陆刚想说他只是想要她兜里的房卡,劝她把外套交出来,却意识到自己跟个醉鬼解释什么都是白搭,索性一声不吭,直接去抢她怀里的外套。

被他捂着嘴的向南星,一边躲一边还在他掌下抗议:"不,唔……不准脱我衣服!"

这一来一回,商陆都出汗了,早忘了他最初只是想从她兜里拿房卡,放开捂住她的手,直接拿嘴堵她:"不准我脱,那你准谁脱?"

商陆一把将她护在怀里的外套扯了,再一次吻住她,把她的回答也吞了下去,他不想从她嘴里听到另一个人的名字。

吻声，交错的呼吸声，在没开暖气的宿舍里肆意地发着热，后来回想起那荒唐的一刻，她醉眼蒙眬压根认不出他，他却并不想停下。明知不该，却仍想她，想要占有她。一如当年。

掉在一旁的手机，还一直保持着通话。

商陆不知道的是，手机彼端的蒋方卓，听到听筒里传来商陆不知对谁低喝的那一句"别动"时，人就已经僵住了。

而整整一周后的此时此刻，蒋方卓提着打包好的粥上了车，降下车窗和向南星告别。

当然还有被醉酒的赵伯言紧紧靠着、腾不出手的迟佳。

向南星知道他这是去找商陆，另外点的粥也是替商陆打包的，在蒋方卓点了一道鸡汤小米粥后，她顺嘴提了句，请厨房在粥里加点藜麦、红枣一起熬。

虽然她表现得漠不关心，但蒋方卓能猜到，这大概是某种针对发烧的食疗方子。

蒋方卓开着车在阑珊夜色中穿行，剪影落在车窗上，一如上周的那晚，坐在车里的他，听着未挂断的电话那端传来的那些声音。

其实那晚他不该在宿舍楼下等着的，应该把迟佳安顿好之后，回到自己家，睡个安稳觉，不去管宿舍楼上的那对男女究竟会怎样。

可他没有这么做。

商陆把向南星送上楼后，十五分钟还没下来。蒋方卓作为一个过来人，很明白这十五分钟足够干很多事。

蒋方卓知道自己不该在这个时间点打电话过去，可他打了，告诉商陆，迟佳的房卡在向南星的兜里。其实也是在变相告诉商陆，他和迟佳都还在楼下等着。

商陆是个懂分寸的人，蒋方卓知道他会很快拿到房卡，下楼和他会合。

只是在那一刻，蒋方卓暂时遗忘了自己的分寸。

这个分寸感，蒋方卓成功地拿捏了很久。不管是对于商陆还是对于向南星，他都是个前辈，是个学长，不是一个可以有一己私欲的男人。

可人总归会有拿捏不住的时候，就像那一晚，他打了一通电话，打搅了楼上可能会发生的"好事"。

　　同样是在那一晚，当商陆并没有如他预料的那样，很快拿着房卡下楼时，当他听到没挂断的手机里传来商陆的一句"别动"时，内敛自持如他，前所未有地僵在了驾驶座上。

　　更别提随后手机里传出向南星的那句"不准脱我衣服"，蒋方卓"啪"地挂了电话。

　　倒在车后座醉到呓语的迟佳，被随后响起砰的关车门声惊醒，醉眼蒙眬地环顾车内，怎么就剩下她一个人了？

　　那时的蒋方卓下了车，径直朝宿舍楼走去。

　　向南星的宿舍，蒋方卓曾经来过，三楼右起第三间，门外放着的地垫，是有一次向南星约他吃饭后随便在商场的家居店里买的。

　　这一年半，蒋方卓虽频繁往返于北京、纽约两地，但其实他超半数的工作依旧是在纽约做的。

　　叶氏的靶向药物一直是主营方向，他负责的抗癌药第三代，Ⅱ期临床实验表现不佳，和FDA耗了有一年多，他其实可以直接把北京这边的事务交给其他人来做，可他依旧选择两边兼顾。

　　每次身心俱疲地回北京待一小段时间，诉求都很简单——吃顿火锅。却不知何时，渐渐演变成了和她吃顿火锅。

　　这一年半，他几乎吃遍了北京大大小小的火锅店，知名到需要等位一个小时以上的，或者不知名到老板都快要关张的。

　　向南星问过他，既然这么想念火锅，想念到能千里迢迢从纽约飞回来，何不索性再多花几个小时，飞回成都吃更正宗的？

　　蒋方卓没有告诉她为什么，那是个连他自己都不愿承认的答案。

　　蒋方卓站在宿舍门外，轻叩了两声。宿舍门内的一切，因他这两声轻叩，戛然而止。

　　蒋方卓在外头等了三分钟左右，门开了。

　　他以为会是商陆来开门。可当门被拉开，门里站着的却是站都站不稳的向南星。

蒋方卓的目光将她上下一扫,衣服只是有些凌乱,但都还好好地穿在身上。

蒋方卓的目光越过向南星肩头往屋里瞧,那一刻,商陆正背对着门的方向,弯腰从地上捡起了什么东西。

蒋方卓来不及看商陆捡起的是什么,近在眼前一直就没站稳的向南星突然朝他栽了过来。蒋方卓条件反射地两手一抄,扶稳她的腰,她终于站稳,只是脑袋彻底耷拉下去,额头正好抵在蒋方卓胸前。

她就这么脸朝地,打了个响亮的喷嚏。

过后几天,蒋方卓才知道,向南星宿舍的暖气坏了。向南星只是被冻得打了个喷嚏,而商陆直接被冻感冒了。

蒋方卓把粥送到商陆手里时,粥还是热的。他让商陆先趁热把粥喝了,再说正事。

商陆拎着外卖纸袋去了餐桌。蒋方卓则坐到沙发上,随手翻了翻茶几上的那一大袋药,全是OTC非处方药,看来都是在药房随便买的。

"你怎么没去医院看看?"

"没时间。"商陆刚喝一口粥便是一顿,用小勺拨了一下粥里加的料,"怎么还有红枣和……"

"藜麦。"蒋方卓犹豫片刻,还是补充道,"听说是中医食疗的方子。"

商陆安静了一会儿。

喝粥的声音再次传来,蒋方卓虽没回头看,眉梢却因诧异而微微一扬。以前的商陆一听中医,大概会直接把粥倒了,如今却什么也没说,照常喝了。

商陆喝粥,没再说话。

蒋方卓拿起茶几上的遥控器,开了电视,一边换台,一边不经意地问:"你这段时间应该见了不少机构吧?"

"十几家是有了。"

"怎么样,最后决定去哪儿高就?"

商陆放下手里的一次性勺子,回头看坐在沙发上的蒋方卓:"你还真是无时无刻不想着把我挖去叶氏。"

蒋方卓回得坦然:"我老板可是盯上你很久了。你就算现在不能给我准确答复,起码透露一下,这么多家机构抛给你的橄榄枝,有没有哪家是你比较心仪的?"

"一家都没有。"

商陆回得果决,半点犹豫都没有,看来真的一家都没看上,蒋方卓放心了:"那正好,考虑下叶氏吧。"

商陆继续低头喝他的粥,只随口答道:"我决定自己创业。"

蒋方卓拿遥控器的手一僵,下一秒就把刚打开的电视关了。

房间里瞬间一片安静。

蒋方卓放下遥控器的同时起了身,径直走到餐桌旁,拖过商陆一旁的餐椅坐下,蹙着眉说:"资本市场的浑水可不是这么好蹚的。"

眼看蒋方卓都已经逼到眼前,脸上全无笑意,商陆却忽然笑了:"怎么样?我不去叶氏给叶志伟打工,叶氏还打算给我投天使轮吗?"

商陆笑得模棱两可,蒋方卓一时分辨不出他说真的还是开玩笑。

"什么方向?"蒋方卓很严肃地问。

"老方向,AI影像。"

"你的团队全被富通医疗挖走了,同样的领域,你就算能从头开始,也已经输在了起跑线上。"

不愧是蒋方卓,一下就质疑到了关键点上。

商陆正了正脸色,把碗推到一边。

"S-lab最初是一个学生团队,我们因为经费的问题,必须节省GPU的内存容量,因此不得不降低3D肺部影像的数据像素,然后拆分为多个小分块,再进行一一识别。"

蒋方卓不是学医学影像这块的,商陆的点到即止并不能让他参透:"所以?"

"所以,我不仅没有输在起跑线上,反而有先天的优势。富通医疗拿到手的,是一个有天然缺陷的半成品,如果叶氏能给我投天使轮,我有足够的资金,不需要节省GPU的容量,可以在3D数据外,加入附带时序的核磁共振4D数据,大大提高AI诊断的精准度。"

蒋方卓懂了。

商陆说的是他擅长的领域，蒋方卓自然也要从自己的角度考虑："想法是好的，可惜现在已经不是靠一个想法就能混到一个天使轮的时代了。"

商陆认同。

"后续呢？你最起码得有团队吧。你现在手里唯一的筹码，是前S-lab创始人的名号。可现实问题是，就算我老板肯闭眼投，也过不了评估部门那一关。"

商陆料到他会这么问，微微一笑："谁说我没有团队？"

这一刻，少年时的意气风发仿佛又回来了。

商陆起身回了趟书房，很快拿了几份文件回来，推到蒋方卓面前。

"这是一个全新的S-lab。"

蒋方卓狐疑地接过翻看，渐渐地，脸上狐疑不再，只剩隐隐的惊叹。

蒋方卓原本以为商陆回国，更多的是为了散心，毕竟S-lab被富通医疗毁得尸骨不存，他确实需要一个过渡期。却不承想，他半点没耽误在负面情绪里，用回国后的这一个月时间，又或者早在纽约时，他就已经在物色新成员，打算重组一个新的S-lab。

文件上是S-lab全新的人员构成，除了他熟悉的纪行书和邹然，其他都是陌生的名字。有在中科院干过的研究员，有IBM的前工程师，甚至还有商陆从富通医疗挖来的人，这大概就叫作以彼之道还施彼身。

这些人教育背景、工作背景都不尽相同，唯一的共同点，都是华人，是一个彻彻底底的华人班底。

如今国内AI领域最缺的就是人才，有了名单上这些人，叶氏的评估部门肯定会为S-lab亮起绿灯。

这份文件犯不着作假，蒋方卓在想，前S-lab才解散没多久，他是怎么办到的。

"你这办事效率有点可怕了。"

商陆重新低头，把剩下的粥喝完，情绪颇为寡淡："叶氏不投钱，什么都是白搭。"

可眼下这情况，叶氏有什么理由不投？

向南星这段日子又过上了两点一线的生活，生日正好赶上工作日，她也就没过。

迟佳本还想帮向南星张罗个生日聚会，可她进了西区医院的国际部之后，成天连轴转，向南星生日那天，迟佳已连续加班近一周，生日聚会就只能作罢。

迟佳倒是惦记着一定要帮她补过生日，可向南星作为刚刚跨入二十六岁的预备熟女，早就不追求什么生日的仪式感。

"你在丰台，我在海淀，隔着大半个北京城，能约个饭已经是生死之交了，不用整那些虚的。"这是向南星的原话。

虽说隔着大半个北京城，但向南星没有错过迟佳入职后的点点滴滴。

迟佳上上回在微信里告诉她，国际部的药剂师有多帅；上回又告诉她，那个药剂师竟然跟两个护士同时有一腿，还被正牌女朋友抓包了；这回迟佳发来的，终于不再是药剂师的八卦，而是一张照片——截自邹然的朋友圈。

照片上，一群向南星或认识或不认识的人，和叶氏的董事长叶志伟来了张大合影。朋友圈消息定位在叶氏位于纽约的总部。氛围融洽，倒不像是什么公开场合，更像是私底下的聚会。

邹然配的文字是：新征程。

邹然、纪行书、叶志伟，这几个都是熟面孔，包括商陆。

迟佳不仅发来照片，还有疑问："商陆怎么又跑纽约去了？还有纪行书，他不是在清华教书吗，怎么也去了？"

迟佳紧接着又来一条："我值了两个大夜班，今天好不容易休息，你知不知道翻到这条朋友圈的时候，我整个人都醒了。"

邹然发这条朋友圈是在两天前。

向南星硬邦邦地回了句："不知道。"又看一眼照片，补了句，"不熟。"

迟佳："本来我还想着给你办生日聚会的时候，把商陆也叫上，同学一场，犯不着老死不相往来。"

第一章 我还喜欢你

向南星直接把手机倒扣在办公桌上,"啪"的一声。生日谁要请他?

今天,作为向南星二十六岁的第一天,她要向迟佳的那位药剂师同事学习,在医院里找两个赏心悦目的搞七搞八!

可惜,空有想搞七搞八的心,却没这实力的向南星,中午还是照旧和一帮女医生同桌吃饭,一如她昨天在工作中独自度过自己的二十六岁生日那样,平淡,让人嚼不出任何滋味。

其实,若不是迟佳之前一直说要帮她办生日聚会,若不是向爸向妈昨天都给她发了微信红包,向南星都快不记得昨天是自己的生日了。

二十六岁的生日,她宁愿自己不记得。因为她忘不掉,有个人曾说过她二十六岁时会娶她。

向南星平淡地吃完午饭,拿着洗好的饭盒回急诊室。

中午这顿饭向南星吃得出奇快,十一点半走的,回到急诊室还不到十二点。

季节交替时人最容易生病,如今已彻底入春,急诊的患者明显少了,但也容不得向南星回寝室去打个盹,只能坐在办公桌前玩手机消磨困意。

护士突然进来,手里还抱着一束花:"向大夫。"

向南星一愣。

"男朋友吧?"护士羡慕着,把花递给她。

向南星愣着没接。

护士便直接把花搁在桌上,转身要走,被向南星连忙叫住:"送花的人呢?"

向南星进阜立医院这么久,就收过一次花,还是学长随便让助理买的,花店负责送的。怎么没隔多久,又来一束?如果又是花店送来的,那恐怕就是学长买的。难道学长把她的生日错记成了今天?

护士却不知想到了什么搞笑的事情,扑哧一笑:"你男朋友对花粉过敏吧?"

向南星的神情猛地一紧。

护士却未曾注意到,越回想越觉得好笑:"你还告诉他咱医院挂号难是吧?他还一本正经地说,要先去挂个皮肤科再过来。可真有意思……"

话音未落,向南星已腾地站起身,拿着花就往外走。

护士那打趣的表情还僵在脸上，向南星已没了影。

向南星倒拎着花，一路不顾周围人的频频侧目，直奔门诊挂号区。被她倒拎着的花，花瓣三三两两地飘落，她也不顾。

等下午放号的队伍已排了一溜，这一大片人，向南星不得不停下脚步，扫视着，寻找着。

她很快锁定队伍里一个戴着帽子的高挑身影，迅疾地过去，一把拽过那人胳膊，回过头来的，却是个陌生脸孔。

向南星压根没心思说"对不起"，咬着牙，扯着嗓子喊了一句："商陆！"

她这么一喊，所有人齐刷刷地回头看向她。只有一个没有回头，站在排队的人里，僵住了。

半响，当所有人都扭回头去各干各的，不再看向这个穿着白大褂还拎着花的女人时，唯独有一个人，逆着所有人的方向，转过了身。

向南星终于找出他来，心中却只有两个字：活该。花粉过敏还送花，可不是活该？

他朝她走来，裸露在外的皮肤起了疹子，依稀可见，情绪却隐在平静眉眼之下，全无踪迹。

向南星抖一抖手里的花："什么意思？"

他依旧没有表情："生日快乐。"

向南星死死地咬住牙。

商陆的唇微微一抿。他在等她说，要么骂他，要么鄙视他，要么质问他，要么……

"我生日在昨天。"她很平静地说，没有鄙夷，没有质问，甚至没有情绪的波澜。

商陆却愣了。

他知道，她委屈了。越是委屈，越是吵不起来。

"我忘了纽约和北京有十二个小时的时差。"

原本面无表情的脸上终于急出了一丝懊恼。他怎么会犯这种低级错误？大概是太急着回来了。

第一章 我还喜欢你

向南星沉默着沉默着，突然一把将花扔回他怀里，花瓣散落一地。

这是什么鬼扯的理由？不如说飞机晚点，她还能勉强信一信。

她终于怒了。

商陆反倒稍稍松了口气。生气总比平静好，证明她起码还是在乎的。

可花香一飘近，商陆就难忍掩鼻，差点打喷嚏，却对上她含怒的目光，只得敛眉，又把喷嚏憋了回去，表面上仍是一贯云淡风轻的平静，只搓了搓鼻尖。

而向南星，看地上的花瓣，看他，突然就哭了。

商陆傻站在那儿，直到那位被向南星误认的路人冲商陆递来一包纸巾，他才回神。

从小到大，他从没见她哭过，除了他姥爷去世那次。那次她哭，他没在意。

这一次，就仿佛是当年在姥爷葬礼上，她那被他无视的眼泪，要连本带利地让他揪心，商陆接过那包纸巾，正要抽出一张递给向南星，向南星却劈手过来，将整包纸巾夺了去，自顾自擤起了鼻涕。

商陆闷头把花扔到一边的导医台，就花香凑近的这几秒，他脖子更痒了，可他暂时管不了这些。

"能不能给个提示，你这是感动的，还是气的？"

能问出这个蠢问题，实在是因为被她的眼泪杀了个措手不及。

商陆问出口就后悔了，他就不应该说话，直接帮她擦眼泪多好？

可既然问都问了，商陆懊恼归懊恼，脸上也只能不动声色，不如看她接下来的反应，再做应对。

没料到他这话竟有止哭的功效，向南星立马将眼泪全收了回去，只是还红着眼眶，剩着一星半点的抽噎："我明明是被你丑哭的……"

他过敏的症状比刚才更严重了，可不是丑得让人想哭？

对于颜值，从小到大外界给过他太多自信，商陆几乎是自动屏蔽了这句话："你不是说过，哪天能收到我亲手送的花，一定会感动哭。"

他对花粉过敏，从没送过她花，她当年那么想收花，他说让花店代送，她又觉得没意义。

女人对收花的仪式感的执着，他大概永远都不会懂，唯独记得一点，她说她想在铺满花瓣的床上打滚，也不知是从哪本书上看来的。

果然已经二十六岁了，比起仪式感，务实更重要："一束破花有什么值得感动的？几百块的玩意……"

商陆还是忍不住捂住鼻打了个喷嚏，终于缓过来点，也顾不上再排队挂号了，拉起她就走，将一众看热闹的目光统甩到身后。

向南星哪儿会配合，使劲反拽着自己的手，可他这次只是过敏，不像上次发烧时拿她没辙。他扣在她腕上的手丝毫不松，脚步也没有片刻的停顿，径直把她带出门诊。

等向南星终于成功甩脱他时，人已经被他带到了最冷清的角落。

她要走，他直接撑手抵上她身后的墙面，拦住了她，却不料她直接一矮身，就这么从他撑着的那只胳膊底下钻了出去，贼得不行。

商陆急了，伸手就要将她拦腰箍回，可看她现在这个架势，他这么搂她，非得被她把脸抓花不可。

他一犹豫，她竟已疾步走出一米多远。商陆眉眼一沉，略一思考，忽然眉心死死一皱，倚着墙弓起背，开始艰难地喘气咳嗽。

向南星倏地一停，犹豫了一下，带着更多的气恼猛地调转方向，以比刚才离开时更加迅疾的脚步，转眼又折返回来。

虽然脸上不见缓和，但她还是暂时抛却了他的另一重身份，只把他当花粉过敏的病人看待："是不是觉得嗓子痒，胸闷气短？"

商陆点头。

向南星要搀起他："别去门诊排队了，我给你去急诊那边加个号。李大夫我很熟，他刚从耳鼻喉科轮到急……"

"不用。"他拒绝。

"过敏重症会死的好吗？"向南星真不是吓他。

"一会儿就好了。"

他也学过医，这些都懂，怎么还这么讳疾忌医？他越是这样，向南星越是火冒三丈，忍不住爆粗口："好个屁……"

可惜脏话还没飙完，就被他突然直起身一把拽到眼前，反身抵到墙上吻住。

他果然一会儿就好了，刚才根本就是装的。

向南星被吻住的瞬间，脑袋嗡的一声，下一秒反应过来，抬手就要推他，他却先一步自行退开了。

她原本为了要推开他而抵上他肩头的手，因他这么一退，反倒像是扣在他肩上，不让他走。

向南星触电般缩回手，一脸僵硬："你知不知道你这是性骚扰，我可以报警抓你？"

这都不能吓退他？那她真的只能揍他一顿解气了，她的手刚握成拳的那一刻，他突然说："那你报警前把这个收好。"

他从风衣外套的兜里摸出一个盒子，在她面前打开。

是个钻戒。

向南星垂在身侧的拳头，一点一点无意识地松开。

花是赶来的路上临时买的，钻戒也是赶飞机前临时买的，花在刚才已经被她嫌弃过了，那么钻戒……

"我去的那家店只有这么大的。觉得小可以换，回纽约换。"

向南星只顾愣怔，让人看不出任何心理变化，任商陆克制力再强，也只能跟个愣头青似的，说什么都是错。

向南星终于有了反应，嘴角一抽。如果说他拿出钻戒的那一瞬间，她被猛地触动了，那么此刻，那丝触动早已烟消云散。

钻戒，这么有重要寓意的东西，不是应该精心挑选吗？他说得就好似随便路过一家店，随便买了这枚钻戒，再随随便便送给她……不重视，送什么都没用。

她抬起头来看他："什么意思？"

"生日礼物。"

和花一样，这也只是个生日礼物？难怪可以随随便便送了。

向南星突然不知是何滋味。

然而他话音刚落,又突然皱眉改口道:"不,不是。"

他原本因紧张而有些摇曳的眸光,突然深深一定:"是提醒你,你还有个承诺没兑现。"

他看着她的眼睛,不见半点闪烁,没有半分随便。

她眼里的光,却分明被拨动了。

商陆知道,她记得。

商陆买戒指的时候,确实只是想着是给她的生日礼物,毕竟当她以她要结婚为原因而拒收的那一刻,起码他还可以说,这只是个生日礼物。

他强忍着扑鼻的花香,一路带着花到了急诊室,其实是想亲手把花交给她的,护士的一番话,却彻底打乱了他的节奏。

"向大夫好像去食堂吃饭了还没回来,你是她男朋友吧?"

商陆本就被花粉折腾得蹙起的眉心,突然间蹙得更紧。

护士大概是把他误认成了向南星的男朋友,一句"男朋友",听着简直刺耳。

即便那时他已有了过敏反应,却依旧没压住窜起的酸意:"我是她未婚夫。"

其实他想说的是:我,商陆,是她未婚夫。

"向大夫要结婚啦?"护士登时傻眼,"我上次问向大夫有没有男朋友,她还说她单身,让我给她介绍对象呢。"

商陆的思绪足足停摆了好几秒,才猛地续上。不仅因为护士说向大夫让她介绍对象,更因为那句她一直是单身。

护士还说了什么,商陆一个字都没听进去,机械性地随口应付了几句,才蓦地回神,直接把花交给护士,借口自己花粉过敏得先去挂个号,走了。

他确实是花粉过敏,忍不住打喷嚏,脖子奇痒无比,可他并不是去门诊那边挂号,只是因为门诊那边的导医台有手机充电桩。

他的手机,下飞机时就自动关机了,他充着电给赵伯言打电话。

赵伯言没接。

足足打了三通,赵伯言才终于回过来:"我刚跟完我主任的手术,出什么事了?"

作为多年老友,赵伯言很清楚一般情况下,商陆打一通电话对方没接,他绝对不会再打第二通,商陆觉得这是礼貌,但其他人多少会觉得这是冷淡。

刚下了手术的赵伯言看到足足三通未接电话,自然以为是有什么要紧事,赶紧回了过来。

可听筒里传来的商陆的声音,并不似预想中的紧迫,反倒很平铺直叙:"说吧,为什么骗我?"

赵伯言一半心思还丢在刚才的手术上,有点没反应过来:"什么?"

商陆没说话。赵伯言那边终于懂了,也安静了。

足足安静了五秒,赵伯言才慌忙开了口:"这个……那个……兄弟这么做,都是为了你好,你……你先听我解释……"

赵伯言突然结巴得不行,话也哆哆嗦嗦地没说完,却突然被不远处传来的一声高喝打断:"商陆!"

商陆拿手机的手一僵。兴师问罪的来了。

而此刻,之前那个冲到门诊室兴师问罪的女人,如今却因为他突然让她兑现承诺,而迟迟没了声。

沉默的对视间,商陆突然抬手伸向她的脖子。

向南星侧头避开,可他指尖已钩住了她的项链,她这样一侧头,反而助他把项链从她衣领下扯了出来。

项链最底下,缀着他俩都再熟悉不过的一枚铂金戒指。

向南星终于慌了,一把扯回项链,把那枚铂金戒指死死攥在手里:"你有病啊?都分手两年多……不对,快三年了,哪儿还有什么承诺不承诺的?"

商陆没吭声,只看看她的眼睛,再看看她死攥着那枚铂金戒指的拳头,仿佛在问戴着他送的戒指说这番话,脸不疼吗?

向南星张了张嘴,又抿唇把反驳的话吞了回去。说多错多,不如不说。

"既然时间上你记得这么清楚,那我问问你,我跟你提过分手吗?"

"……"

"你跟我提过分手吗?"

"……"

"存续关系,懂吗?"

商陆稍稍一顿,看向她的眼睛,她明明就懂。

向南星咽了口唾沫。

"那么……"他一顿,"我现在可以行使男友的权利了吗?"

他看着她的眼睛,一字一句,仿佛要她把这句话听进心里去。

"我可以行使男友的权利了吗",似曾相识的一句话。只是这一次,他其实是在问,他还有资格为她戴上戒指吗?

迟佳这个周末好不容易有时间,立即呼唤向南星出来逛街,换季了,迟佳却连一套像样的衣服都没有,是可忍孰不可忍?

迟佳和向南星挤在一个试衣间里,向南星一件也不试,迟佳则是一件又一件试个不停。

迟佳边试边问:"你怎么不挑两件试试?"

"没心情。"

"工作太累了?"

向南星坐在试衣间里的圆椅上,犹豫了一下,说:"商陆前天来医院找我了。"

"他这空中飞人当的,前几天不是还在纽约吗?"

对此迟佳挺诧异,但诧异的程度,还不够叫停她试衣服的动作。

可惜身上这件迟佳不满意,脱了,转手拿起另一件小黑裙:"他找你干吗?"

"给我送生日礼物。"

"他竟然还记得你生日?"迟佳啧啧叹道,转念一想,又皱了眉,"不对啊,你生日不是大前天吗?他记错你生日啦?"

迟佳耳边半天没动静,她找了半天小黑裙的拉链在哪儿,发现压根没有拉链,只能套头穿进去,刚准备把小黑裙的领口往脖子上套,却透过镜子看见向南星一张丧气的脸。

迟佳这才意识到自己刚才说错话了,被曾经那么重要的人记错生日,是挺糟心的。

迟佳赶紧补充道:"没什么大不了的,前男友能送份礼物就不错了,你就当白捡了个礼物。他送了你什么?"

"一个钻戒。"

迟佳的脑袋刚套上小黑裙,半张脸还卡在领口,愣了。

试衣间里安静了好几秒。

迟佳一把扯下小黑裙,披头散发的都顾不上去整理,转眼回身按住向南星双肩:"妈呀!"

迟佳一连说了三句"妈呀",才勉强克制住内心的心潮澎湃,定睛锁眉,问:"多大的钻戒?"

迟佳站着,向南星坐着,视线对上,一个眼里放光,一个愁得挠头:"这不是重点……"

"这怎么不是重点了?"迟佳摩拳擦掌,"快给我看看!"

"我没收。"

"干吗不收?"迟佳质疑道,又突然恍然大悟,"对对对!你确实不应该收。"

终于得到认同的向南星,委屈得直抿嘴,还是迟佳懂她。

"分手三年,音讯全无,他当他大禹治水,三过家门不入呢?一个钻戒就想挽回?"

向南星用力一点头,再赞同不过。

"起码得再加一套房啊!"迟佳痛心疾首道。

向南星差点从圆凳上跌下去。

向南星明显一副剪不断理还乱的模样,迟佳叹了口气,才上恢复了试衣的动作,嘴上也恢复了正经:"行行行,不跟你提房子的事,免得你又老说我向钱看。只是这商陆……"迟佳艰难地把小黑裙的领口往脖子上套,实在不明白设计师为什么设计这么小的领口,也实在不明白她那位学霸老同学的想法,"他不是还念着你们一家害死他姥爷的事吗?怎么突然又求婚了?"

向南星一听,脸色当即变了:"谁一家害死他姥爷了?"

"不是你自己之前说的吗？商陆一直以为他姥爷是受了中医的蒙蔽，耽误了病情，你爸那时候还非得插一脚，不仅不劝他姥爷去看西医，还帮着他姥爷胡来。你明明答应把他姥爷骗去纽约做手术的，又临时反悔，结果他一赶回来他姥爷就不行了……"

向南星无可辩驳地撇撇嘴。

没想到自己当年还站在商陆的角度为他着想，如今就觉得自己特别委屈。

知她者，莫若迟佳，见她嘴一撇，迟佳赶紧让她打住："你可别光顾着委屈，都委屈三年了，早委屈够了。"

向南星想想也是，跟祥林嫂似的，何必呢？

再瞅一眼迟佳刚套上身的小黑裙，挺美。她也找一件来试试，逛街就好好逛街，想什么男人？

可向南星刚要站起来，又被迟佳按了回去："你现在想想怎么折磨他，才能把这几年的委屈连本带利全讨回来。"

原来迟佳不是让她别想男人，而是让她好好想想怎么折磨这个男人。

向南星愿闻其详。

迟佳沉了口气，把自己的伤口翻出来，以身教学："我可是幻想过无数种陈默回头找我，而我把他折磨得死去活来、玩弄得翻来覆去的招，可惜陈默听我提分手，指不定在哪儿偷着乐呢。"说到这儿，迟佳苦笑了一下，才敛去表情，继续道，"如果你对商陆还有感觉，就先折磨他一番，再勉强答应；如果你对他已经没感觉了，就玩弄他一番，把他的钱骗光，再……"迟佳顿觉内心矛盾，转眼又改口，"算了算了，这招太损，商陆毕竟是我同学，他估计现在也穷得叮当响，没什么钱，不能来这么狠的。"

一出戏全被迟佳一个人唱完了，向南星有点无奈，抚着额，她都快忘了她最初向迟佳倒苦水是为了什么。

不过被迟佳这么一插科打诨，向南星哪儿还顾得上丧气，满脑子全是这世间竟还有骗光前男友身家这般令人窒息的操作。

或许迟佳在和陈默分手后最难挨的那段日子，就是这么让自己缓过来的吧。

在心里折磨他千百遍，就当是真的折磨过他了，释怀吧。

除了刚提到陈默时的那一丝苦笑，迟佳似乎真的已经翻篇，只顾教向南星："总之一句话，你对他还有感觉，也别急着承认，对他没感觉，也别急着躲开。一切看他表现。"迟佳一挑眉，总结陈词道。

向南星却错过了迟佳的表情，她手机响了。

向南星低头一瞧，把手机屏幕举到迟佳眼前，问："怎么回？"

迟佳一看，是一则短信："晚上一起吃饭？"

迟佳再一看，短信来自001开头的美国号码，刚挑起的眉往里一收，继而眉心一紧："商陆？"

"肯定是赵伯言把我的手机号给他了。"

赵伯言为这两人可真是操碎了心，迟佳眼睫稍稍一垂，想起了赵伯言曾说过的他之所以那么希望商陆和向南星能成的原因。

迟佳赶紧回过神，又看了遍商陆发来的短信，想了想，教向南星："别现在回，隔半小时再回他。"

"真答应跟他吃饭啊？"

"当然不能那么爽快地答应，你跟他说你在逛街，不知道几点能完事，让他等着。"

"然后呢？"

"然后九点多的时候回复他，说你逛街太累了，先回宿舍，改天再约。等十点多你再发一条朋友圈，说咱俩在撸串，我喊上几个男性朋友，跟我们一起去撸串，到时候你在朋友圈发张照片，不用露他们的脸，露一点手和胳膊，让商陆知道你在和别的男人一起吃夜宵就行。"

迟佳这番操作绝对一绝，向南星却无奈地告诉她："我微信里没商陆。"

她就算发和别的男人的床照，商陆也看不着。

可这怎么能难倒迟佳？迟佳挥挥手，轻易将这难题挥去："没关系，我让赵伯言在商陆面前'一不小心'说漏嘴。这都不是事。"

"这么折腾，何必呢？"

向南星说着拿回手机,打算直接回一句"在逛街,没时间"。

迟佳赶紧把手机从向南星手心抽走,弹向南星脑门:"你直接回绝,就不怕他觉得你已经对他彻底死心,又消失三年,那可咋办?"

若换作几年前,向南星或许还会听迟佳一句劝,可如今——

"消失就消失,谁稀罕?"凭什么得迁就他?

"你不是说晚上找几个男的跟我们一起撸串吗?"向南星一边夺回手机噼里啪啦敲字回绝商陆,一边对迟佳说,"我要帅的!"

迟佳还真是不负众望,才去西区医院国际部几天,国际部最帅的三位,一晚上都喊了出来,从牙科到放射科,迟佳这掐尖儿的能力,比大学时更高一筹。

再加上向南星从阜立医院约出来的徐昕徐大夫,正好三男三女。

徐昕原本以为向南星叫她出来只是单纯撸个串,不料是这种场面,笑问道:"这算是阜立医院和西区的联谊?"

迟佳凑到两个姑娘耳边,小声嘀咕:"其实国际部最帅的是外科的肖医生,可惜他正准备考职称,没时间。"

西区的男医生们哪个不比商陆温文尔雅,听说向南星和徐昕都是中医,半点硌硬都没有,聊得格外投机。

放射科的林医生对徐昕有那么点意思,又是倒酒,又是递纸巾,迟佳在一旁看着,用眼神示意向南星也抓紧,赶紧把对面那个牙科医生拿下。

向南星接到迟佳递来的信号,半天不知道该怎么办,再看对面的牙科张医生,对方似乎也在时不时看她,向南星硬着头皮,冲对方一举杯。

迟佳在一旁看着,刚欣慰自家姑娘终于上道了,知道主动示好了。

向南星却张口就是一句:"来来来!干了干了!"

那酒霸的架势,吓得对面张医生愣了一下,才慌忙举杯。向南星举着杯不客气地碰过去,仰头干了。

酒过三巡,却只成了一对。

迟佳坐在一桌的木签和空酒瓶面前,朝左瞅瞅分明已经看对眼的徐昕和林医生,又朝右瞅瞅刚扶着墙从对面洗手间里出来的张医生,无奈地收回目光,教育起向南星来。

"我让你跟他碰杯，是让你俩小酌一下增进下感情，不是让你灌醉他的……"

向南星顺着迟佳所示的方向看向右边，只见刚从洗手间里走出来的张医生，转眼又捂着嘴掉头跑回了洗手间。

向南星可没想过要把他喝趴下。

"我哪儿知道你那张医生酒量那么差？"向南星两手一摊，颇为无奈。

"你呀……"迟佳叹口气，举杯敬向南星，"注孤生。"

向南星差点就和迟佳碰杯了，听见迟佳最后一句，又赶紧缩回手。幸好没碰到杯，她可不想"注孤生"。

真不是向南星故意使坏灌人，而是这张医生酒量实在太差，最后还是向南星帮张医生找的代驾。

迟佳今晚也是颗粒无收，和向南星一道坐上了张医生的车。

两个姑娘坐后座，张医生坐副驾，代驾司机一路把三人送到三个不同的落脚点。

迟佳最先下的车。

下车前，她瞅了瞅副驾驶座，特意凑到向南星耳边，悄声嘱咐："一会儿你让司机先送你回宿舍，再送张医生回家。你就别送他了，万一他装醉，把你骗到家里……"

向南星瞄一眼副驾驶座上的张医生，人都醉成这样了。可向南星还是依迟佳的吩咐，等迟佳下了车，她就报上阜立宿舍的地址，让代驾司机先送她。

后座就剩她一个人，静得能听清密闭的车窗外底盘的颠簸声。向南星撑着额角，心念一动，今晚第一次摸出手机看看。

短信的界面还停留在她回复的那句"在逛街，没时间"，商陆没再回过来。

死缠烂打的诚意都没有，还想她收他的戒指？

向南星面无表情地把手机揣回兜里。

没多久，车停在阜立宿舍外，向南星下车前不忘嘱咐代驾司机，让他开慢点，免得车速太快，这位张医生吐一车。

不承想,自己简直是乌鸦嘴,下了车的向南星刚走出不到五米远,就听见后头传来开车门的声音,向南星回头,正见张医生从副驾上冲下来,一路冲到路边的垃圾桶,俯身干呕。

代驾司机很是难办,下车叫住向南星:"这位小姐,要不您先送您朋友回家?他醉成这样,我一个人很难办啊。"

向南星想了想,又快步折了回去。是她把人灌醉的,这样撇下对方不管,确实不地道。

她走过去,拍拍还在干呕的张医生:"没事吧?"

张医生朝她摆摆手,却一句"没事"都说不出口,再度闷头干呕起来。向南星听着都替他难受。

张医生终于不吐了,向南星把他扶上后座,自己则上了副驾驶座,系着安全带,刚要开口请司机开车,她这边的车窗却突然被叩响。

干脆的两声叩击。

向南星手还摁在安全带扣上,扭头看去,窗外站着个人,个子很高,不像是催乱停车的他们赶紧把车开走的保安。

车身较矮,向南星看不见车窗外那人的全貌,只能降下车窗,问:"什么事?"说完就愣了。

商陆抄着手站在窗外,眉眼不变,只浅淡地说了句:"下车。"

向南星没动。

商陆打不开她这边的车门,便调转视线,拧着眉看司机,威吓意味明显。

代驾司机胆小,当即"啪嗒"一声解了车锁。商陆几乎同一时间自外拉开车门,伸手要拉她。

向南星侧身避开:"我送我朋友回家。"凭什么让她下车?

"太晚了,我替你送。"

"凭什么?"

"凭我是你男朋友。"

他这一张脸,撒起谎来怎么那么道貌岸然?

向南星刚要反击,后座却突然响起一阵窸窣声,向南星一愣,回头去看。

刚才还吐得五迷三道的张医生,此刻分明清醒着,有点尴尬地看着车门外僵持着的这对男女:"那个……我感觉好多了,可以自己回家。向小姐,你下车吧。"

一路半死不活的张医生突然起死回生,见识过各种醉态的代驾司机都看傻眼了,更何况向南星?等向南星反应过来时,人已经完全卸了抵抗,被商陆拉下了车。

后座的张医生也坐直了,一边吩咐司机开车,一边透过车窗对向南星说:"向小姐,你既然有男友,为什么还出来联谊?"语气里竟还带着丝埋怨。

车子扬长而去,直到两道车尾灯消失在道路尽头,向南星才终于反应过来,冲着车消失的方向喊:"你装醉?"

可惜此刻连对方的车尾灯都瞧不见了,向南星火气无处撒,扭头就是一句:"你来这儿干吗?"

商陆平淡的表情下分明是得意,只是这得意压得太深,快和夜色融为一体:"向小姐,我也想问一句,既然你有男友,为什么还出去联谊?"

向南星呼了口气,看定他的眼睛,一字一句地告诉他:"我单身,我爱怎样就怎样。"

她平静下来跟他讲道理,他倒火了。

是真的火了,眉眼凌厉地一凛,嘴角一点似是而非的讪笑:"好,就算你单身,刚才那厮把你骗回家办了,也有你哭的!"

他原本让人嚼不出情绪的声音,在最后陡然转成严肃的呵斥,向南星终于被吓得缩了缩脖子。

其实向南星刚下车时,商陆就坐在医院前用来分流的栏杆上,抱着电脑和身在纽约的S-lab成员沟通。

S-lab目前的算法系统,喂的图升级成4D版本后,系统总是遇到Segmentation Fault(内存区段错误),两天了都没能排查出原因,商陆请了几天假回国,这事本不该请他出动,可惜他请假,本意是为了回来安抚一下某人,某人却压根不见他,商陆闲着也是闲着，索性开始远程工作，很快发现错误原因是因为他们使用了一个in-place原址操作导致内存溢出。

成员按照他说的，重新进行后台调试，终于回复Segmentation Fault的问题解决了。

虽然全球的AI影像初创公司或实验室如雨后春笋般崛起，但是目前还没有任何一家能通过CFDA认证进而取得盈利，因此叶氏十分看好S-lab的前景，S-lab和叶氏签约时，叶志伟送了他们一份大礼——和叶氏有过深度合作的全国七百多家三甲医院，将和S-lab共享深度精准的临床CT（电子计算机断层扫描）及MRI（核磁共振）影像。S-lab将是国内第一个有资格和三甲医院的专家一起标注数据，解决影像医学设计的AI实验室。

S-lab自然也得投桃报李，现在离全球精准医疗峰会只有两个多月的时间，商陆给自己定了一个目标，全新的S-lab必须在两个月内做出比之前旧团队更精确的影像分析系统，在今年的医疗峰会上为叶氏取得一个开门红。

在这个节骨眼上，历来是拼命三郎作风的商陆却突然请了一周假回国，其他人都很不解，纪行书笑他："你把我骗来纽约，自己却跑了，这算个什么事？"

商陆不知如何作答。

纪行书本来也没有责怪他的意思，打趣完自然表示理解："把家庭内部矛盾解决了，才能把全部精力投入工作。师兄在这里只能精神上支持你了。"

可惜，商陆只能让师兄失望了。他一周的假都快用完了，家庭内部矛盾却半点没得到解决。

直到不远处停下一辆私家车，一个熟悉的身影从车上下来，商陆才把电脑往背包里一放，从栏杆上下来，正要走过去时，却愣住了。

向南星朝宿舍方向走去时，那辆私家车的副驾驶车窗却悄然降下，副驾驶座上有个男的，看了眼向南星离去的背影，突然冲下了车。

商陆原本以为那人这么急吼吼地冲下车，是去拦向南星的，因此神情一紧，刚要朝这边快步而去，脚下又倏地一停——那男的根本不是要去拦向南星，而是冲到另一边的垃圾桶那儿干呕去了。

还能再假点吗?

干呕了两声,还不忘抬头看看向南星有没有停下脚步,见对方回头,又赶紧俯身继续干呕。这世上大概也只有她会信这么拙劣的把戏,竟还真的担心地折了回去,又是拍他的背帮他顺气,又是扶他回车里。

眼看向南星把人扶上后座之后不走,还自行上了副驾驶座,商陆终于忍无可忍。当医生当出惯性了还是怎么?把他送上车不够,还要亲自送他回去?

搁在栏杆边的背包也不顾了,商陆径直走过去,敲副驾驶的车窗。

她降下车窗,竟还问他什么事。商陆其实是故意的,站在车窗外,表面上是指责她,其实是说给还在后座装醉的那个"影帝"听:"凭我是你男朋友。"

"影帝"一听这女的竟然有男友?罢演了。

向南星逃过一劫,下了车,却半点不感激他,还嚷嚷着自己单身,爱怎样就怎样。商陆终于怒了,好在她总算知道怕了。

商陆呼了口气,这才压制住火气,拉起她就走。她如今有些自知理亏,没有甩脱他的手,但也不太想跟他走。

商陆却脚步不停:"吃点东西去。"

"我刚吃完回来。"

"那你陪我吃。"他一晚上没吃东西了。

商陆走到栏杆边拿上自己的背包,摸出车钥匙,解锁了停在路边的车,把背包甩到后座,又砰地关上后座的车门,转而拉开前门,示意她坐副驾驶座。

她还是一脸不乐意。

刚才上那辆车,她怎么就乐意了?

商陆面色不动:"你不是很热心,很喜欢送人回家吗?一会儿我也喝多,记得送我回家。"

话音刚落,当即换来向南星心怀不满的斜睨。

"放心,我到时候一定把你扔路边。"向南星说完,闷头坐进副驾驶座。

他是真的饿了。白天忙,晚上等她,一天没顾上吃东西。

这么晚了,附近也没什么吃的,开车去五道口倒也近,下车就随便找了家还在营业的麻辣烫,点了满满一碗,配着麻酱,大快朵颐。

这一片是他们学生时期最爱来的地方,如今依旧是学生们的平价夜生活首选之地。商陆当年准备托福考试,租的房子就在这附近,他俩那时候一到晚上看书看饿了,就来这里吃夜宵。

好几年过去,一碗麻辣烫竟然还是原来那个价,向南星觉得有些不可思议,坐在对面看着他吃,自己都看饿了,就去冰柜那儿排队选菜。

临近深夜店里人依旧不少,向南星看看排在自己前头二十岁出头的男男女女们,感觉都像原来的他俩。

她端着满满一碗热腾腾的麻辣烫回来坐下,吃不到两口又饱了,自己那碗已经见底的商陆抬头看她皱着眉放下筷子,说:"浪费。"又把她吃剩的那碗换到他这边,继续吃。

向南星见他这样,突然想到下午迟佳的骗钱买房论,再看看连一碗麻辣烫都不舍得浪费的他,看来是真的穷。

搞科研的果然前期都挣不着什么钱,偏还打肿脸充胖子,买那么大一个钻戒,估计得有两三克拉。她不收才是对的,他还能退了换钱。

向南星正不着边际地想着,突然被短信铃声扯回神。

是商陆搁在桌上的手机响了。

商陆还在闷头吃她那碗三十五块钱的麻辣烫,没顾上去看。向南星倒是悄悄身体前倾,瞄了眼他的手机屏幕。

是一个航班提醒短信,提示机主预订的飞往纽约的航班还有不到二十四个小时起飞,目前已经可以提前办理网上值机。

商陆突然放下筷子拿起手机查看短信,向南星慌忙别过视线。

他查看完短信,便把手机扣回桌上,没事人似的继续吃。

向南星看着他,却读不懂这样的他。一时间向南星想到很多,有迟佳对她的"耳提面命",有他刚才收到的那条航班短信。

她其实是想问他怎么又要走了,真正说出口的却是:"咱们这顿,就算正式的散伙饭了。"

他拿筷子的手一僵,头却没抬。

向南星咬了咬牙,继续道:"你所谓的存续关系,从这顿起,就彻底结束了。在我心里,你早就是过去式了。"

他终于抬起头来:"过去式?"嘴角扬起的那抹笑,竟有些凄凉。

向南星却丝毫没被触动似的:"对,过去式。"说完径直起身,"你应该是吃饱了,走吧。"

商陆坐在那儿没动。

向南星没等他,只丢下最后一句:"从今天起,你就是我众多追求者中最普通的一个了。"

商陆的眼皮突然跳了一下,没来得及看向店门口,只听见她说:"反正我现在是自由身,随时可能跟别人跑了,你自己看着办吧。"

商陆看着她的身影消失在店门外,在座位上僵了足足五秒,才终于反应过来,一把推开椅子,起身追了出去,片刻前还因错愕而没了表情的脸,忽而嘴角一扬,大雪初霁。

已经走向路边的向南星听到身后追来一串鼓点般迅速的脚步声,也笑了,却没停下等他,只是脚步越发轻快地朝停在路边的车走去。

安静前行的车内,两个人都没说话。

直到车子停在十字路口的红灯前,商陆才通过后视镜看了一眼,放在挂挡杆上的手悄然往右边移了移,却没能握住她的手。

她原本搁在挂挡杆另一侧的手,轻巧避开,不看他,只看着挡风玻璃外的前方路况,倨傲地说:"哪有追求者敢乱摸被追求者的手的?"

欲行不轨的手悄然移回挂挡杆,商陆抿了抿唇。

恰逢十字路口亮起绿灯,他顺手一挂挡,重新启动车,那严肃的侧脸哪还像刚才那个连手都没摸着的可怜虫?

向南星抿紧嘴角憋住笑,看他吃瘪原来这么有意思。

可惜他没再给她机会挤对他,中规中矩一路保持到了她的宿舍门口。

向南星掏钥匙开门,头也不回地说:"再见。"

商陆倚着栏杆没动:"不请我进去坐会儿?"

她宿舍就这么小小一亩三分地,请他进去坐哪儿?坐床上?

想得美。向南星撇撇嘴:"你明天不是要飞纽约?"

话音落下的同时,向南星和商陆都愣了。

向南星懊恼地直皱眉,她怎么顺口把这事说了?身后的他却是瞬间领悟,可算是得意了:"果然,你那会儿在偷看我的短信。"

向南星霍然回头:"谁偷看了?"

他耸耸肩,那么淡定,反倒衬得她此地无银三百两。

向南星深知对付他最好的方法就是漠视,不然说什么都容易被他钻空子,没办法,从小智商就被他碾压,索性不理他,推门进屋。

他却突然开口:"能不能稍微透露下,目前有多少人在追你?"

向南星止住关门的动作,隔着一道门缝说:"你问这干吗?"

向南星总觉得他现在问什么都不怀好意,他却一脸坦然:"好奇。"

向南星只好作势掰着手指头算一算。反正屋里黑,他也看不清她的表情,向南星撒起谎来连草稿都不用打:"三四个吧。"

他紧接着又问:"我真的得跟他们公平竞争,一点特权都没有?"

"没有。"

向南星斩钉截铁地说完关门。

他却突然一声不吭地抵住门。

向南星刚感觉到关门的力道受阻,还未来得及警惕,他已灵活地闪身进了屋。

他似乎挺熟悉她宿舍的构造,一抬手就按亮了灯。

刚还摸黑撒谎的向南星被刺眼光线一晃,下意识要抬手遮眼,他却悄然靠近,将她笼罩在他落下的剪影中,替她遮去刺眼的光线。

她却并不想感激他,只因他下一句话——

"那他们要是想亲你,你会揍他们吗?"

他的气息明明刻意收着,向南星却被惊扰,往后退了一步,退到门边才开口:"当……唔……"

被他以身试险了。

向南星刚来得及惊愕，他已抬头，结束了这个浅浅的吻。

他看着她，笑容那么肆无忌惮："那现在呢？要揍我了吗？"

向南星被他气得吹胡子瞪眼，都说好了他只是个普通追求者，他怎么还敢耍流氓？真当她不舍得揍他？

向南星狠起心来，直接提膝往他裆下踹，他差点中招，却偏偏眼疾手快，不仅避开了，还顺手将她提起的膝盖捞了起来，另一只手直接搂住她的肩，转眼将她打横抱起。

向南星双脚被迫离地，慌了。她明明是要踢他的，怎么反倒被他扔到了床上？

向南星刚要起身，就被他倾身而来压制住。

他居高临下地笑看她，连眼里都是即将溢满的笑意："看来在你心里，我还是有特权的。"

他难得笑得这么舒展而随性，向南星却莫名感觉到一丝危险，防备地看他："你……你想干吗？"

"追你。"

他回答得这么理所当然，向南星却还没糊涂，这算哪门子追？按这种追法，追到手等于坐大牢。

他却说："不管你另外三四个追求者用什么追求方式，我的追求方式比较特别，那就是……"

他朝着她又俯低几分，若不是向南星连忙别过脸去，他的唇就快落到她唇上。可情况也好不到哪儿去，她这么一别过脸，他的唇没能落在她唇上，反倒落在了她耳侧。

他朝着她敏感的耳垂呵出后半句："出卖色相。"

向南星一觉醒来，已经是隔天早晨。

明明困得不行，生物钟却毫不留情地催她睁眼，浑身酸得跟不是自己的似的，向南星躲在被窝里动了动脚指头，记忆就全回来了。

太疯狂了，太疯狂了，向南星摇摇头，正要起身却是一顿，她是背对着另一侧睡的，还不确定昨晚那个人醒没醒，动作幅度不敢太大，只能一点一点小心翼翼地回过头去瞄一眼。

可等向南星将脑袋彻底扭过来时，脖子却瞬间僵了。

床的另一侧空空如也。他该不会一早赶飞机，就这么把她撇下了吧？

向南星登时傻了眼。

傻眼过后，又被说不清道不明的五味杂陈灌得心里又沉又闷。床头柜上的手机响起一声短信音，她无意识地瞥了眼，本没打算查看，却视线一定——那不是她的手机。

摸过来看，是一条提示航班临近请尽快值机的短信。飞机还有半小时就起飞了，可他手机都没带……

向南星心里那点五味杂陈还没来得及散尽，门外突然传来开门声，向南星当即把手机扔回去，腾一下蒙着被子睡回去。

她闭着眼睛，听着门开之后，有脚步声靠近。

那脚步径直来到床边，继而床垫微微下陷，他坐了下来，为她披了披被角。

周遭那么安静，他的动作那么轻柔，向南星差点就被触动了，正替她披着被角的手却稍稍一顿，向南星的呼吸也随之一滞。

他不知为何改了主意，刚披好的被角又被他掀开，他就这么贴着她躺了下来，将她的头发拨至另一边，吻她的颈侧，似要把她吻醒，又似乎想要她在梦中享受这一切。

半梦半醒间，她自他怀中转了个身，由背对改为正对。还以为她是动了情想要回吻，商陆顺势将她搂得更紧，却突然着了她的道，她提膝就往他裆下踹。

任商陆再怎么眼疾手快，也实在是反应不过来，没被她踹着裆，被她踹着了小腹，当即闷哼一声弯下腰去。

向南星得意地裹着被子从床上站起来，居高临下地用脚尖踢踢他弓着的背："活该。"

他哪儿有工夫搭理她，死死皱着眉，倒吸着凉气，再怎么喜怒不形于色的一个人，也受不住她这么一脚。

看他这样子分明痛苦不堪，向南星的得意劲转瞬就没了，赶紧蹲下去看他，不确定地问："你没事吧？"

无须开口，他惨白的脸色已经是标准答案。

向南星没想到自己这一脚踹得这么狠，更没想到他竟然一点都没躲开，挨了个正着。

向南星还在咬着手指琢磨是给他来点止痛药，还是直接上医院，他却突然一把箍过她的腰，把她连人带被一同拥进怀里，低头照着她的肩颈又咬又啃："商家绝后了，你负责？"

又被他骗了。

他这中气十足的模样，哪儿像是要绝后的人，可向南星这回再想推开他，也没门了。

若不是她肚子突然饿得直发出抗议声，他早扯了她裹在身上的被子，不管不顾地继续。

向南星是真的饿得前胸贴后背，幸好他刚去买了早餐回来，要不是他拦着她非得让她先去洗漱，向南星都懒得刷牙，一心只想先填饱肚子。

不过是简单的咸豆花配油条，向南星却吃得心满意足。

商陆倒是一直没动筷。虽说他买了两份咸豆花，但看她这架势，一份肯定不够吃。

油条吃完，她嘬嘬手："你怎么不吃？"

"吃过了。"商陆略过这个话题，转而说，"现在国内是真方便，买早餐都刷手机了，就我还特意带了一堆零钱去……"

既然他吃过了，向南星心安理得地打开第二份豆花："土老帽。"

商陆眉一皱："你现在是越来越嫌弃我了？又是臭傻子，又是土老帽。"

向南星吃东西，不理他，只在心里抗议她可从没骂过他臭傻子。再说了，她是会随随便便骂如此低级脏话的人吗？

向南星终于心满意足地放下筷子。幸好他吃过了，不然她肯定不够吃。

既然她吃完了,商陆看着她,紧了紧眉,似要开口说正事,却被向南星的手机振动声打断。

向南星当着他的面点开微信,看了一眼,笑了,开始回复。

商陆看着她轻快地敲着手机键盘的指尖,音色却不复轻快:"谁找你?"

她头也不抬:"关你什么事?"

这可和商陆设想的完全不一样。本以为一觉醒来,他的地位会直线回升,却怎么不升反降了?

向南星回完微信,站起身。这动作提醒了商陆,他伸手拽住她的手腕。

她不说对方是谁也就算了,现在这是要走?既然要走,也要留个早安吻再走吧?就像她当年那样,出门前抱着他不撒手,亲够了才走。

"没有早安吻?"

可他现在问她,她竟然还反问:"为什么要有早安吻?"

"我还没转正?"

"谁告诉你转正了?"

商陆愣是没反应过来。

向南星拍拍他的肩,就像老师在教育一个冥顽不灵的学生:"都什么年代了?睡一觉并不代表什么,土老帽。"说完竟真的走了。

赵伯言中午打电话给商陆,十分纳闷:"阿姨去我公寓打扫的时候告诉我你在那儿,你不是应该在纽约吗?"

商陆没回答,只说:"我中午没事,约个饭?"

这可是破天荒头一遭,赵伯言更纳闷了:"你个大忙人,竟然也有空闲的时候?"

赵伯言在长椿医院最好的神经外科,他又刚被分去给全国最知名的脑血管权威做助手,全国各地的病人都往他老师那儿跑,赵伯言忙到连迟佳都顾不上。

以商陆一贯的状态,他应该比赵伯言还忙两倍才对,不料这次竟有空约饭,赵伯言自然第一时间赶到。本以为是兄弟工作上又出了什么问题,可一见到商陆,赵伯言就发现不对,那手臂上的抓痕、脖子上的吻痕……分明是经过春宵一刻,怎么还愠着张脸?

赵伯言带他来吃日料,榻榻米的包间,服务员上了份鱼生拼盘,穿着和服说话轻柔,赵伯言都忍不住看了两眼,商陆却低头喝酒,一大瓶獭祭清酒,转眼被商陆喝没了三分之一。

赵伯言知道他的个性,从来不分享这些,嘴巴严,又顾女方面子。可赵伯言实在是好奇,终究没忍住:"昨晚跟向南星一块呢?"

商陆拿酒盏的手一顿。

得了,看来是猜对了,赵伯言继续旁敲侧击:"那你今天中午怎么不跟她一块吃?"

商陆静止了几秒,突然把酒杯放下,甚至直接转过半个身来。

终于轮到赵伯言给自己倒上一杯了,酒和八卦最配了。

商陆是真的没主意了,不然也不会破天荒请教起了赵伯言:"现在的女人都是怎么了?睡完不认账?"

"噗——"刚润了喉的酒,瞬间被赵伯言喷了出来。

貌美的和服服务员再进包厢,赵伯言也顾不上去看了。实在是因为商陆昨晚的经历太过精彩,赵伯言听着分不开神。

"都什么年代了?睡一觉并不代表什么,土老帽。"无法想象,这话竟出自向南星之口。

"睡一觉不够,那睡几觉才够?"商陆问赵伯言。

女人的心思千变万化,简直比NP完全问题、霍奇猜想、庞加莱猜想、黎曼假设、杨-米尔斯存在性和质量缺口、纳卫尔-斯托可方程、BSD猜想这七个世界未解数学难题加起来还难。

赵伯言几个字就概括了:"睡几觉都不够。"

"现在的女生可不比当年了。"赵伯言点拨道。

"世道真是变了。"商陆不得不感慨,现在再也不是他亲了一个姑娘之后就敢送戒指套牢的年代了。

赵伯言朝碟子里挤着芥末:"可不是吗?"

商陆虽面上习惯性不动声色，实则早已烦躁极了，劈手夺过赵伯言手里的芥末，往自己的酱油碟里挤。

"她还说她有三四个追求者，这么说来，也有可能是真的，不是故意说着气我的？"

商陆往碟子里挤了将近半管芥末却不自知，倒是赵伯言被吓着了，见他夹起一片鱼生，蘸了一大坨芥末就往嘴里送，赶紧让他打住："您可悠着点……这儿的生芥末贼辣。"

为时已晚。

商陆一口下去，顿时僵住，眼眶分明都辣红了，偏偏还要硬着一口气，硬是把这片火辣辣的鱼生连同所有情绪一同咽了下去，眉都没抬一下。

这么淡定？赵伯言琢磨着，大概这次的芥末没他上次来这儿时那么辣，便回过头纠结起向南星的三四个追求者："三四个？向南星真是能耐了……"

向南星一直都挺乖的，赵伯言自然大感意外，但转念想想，向南星和迟佳好朋友这么多年，被感染了招蜂引蝶的特点也不是那么难理解，于是只能感同身受地拍拍商陆的肩："难怪她今天中午没空跟你……"

商陆默默夹起一块蘸了芥末的鱼生，径直往赵伯言嘴里塞，赵伯言顿时辣没了后半句话，只顾把嘴里的鱼生吐出来，满桌找水喝。

商陆默默地把赵伯言的茶杯推过去，赵伯言着急慌地端着就喝。

赵伯言好不容易缓过来，眼里蓄着泪，连瞪商陆好几眼，用这招堵他的嘴？真狠，说好的兄弟情呢？

商陆却一脸平静地喝自己的酒，刀枪不入。

赵伯言只能悻悻然收回目光，正喝着水降火，手机响了，拿起来看一眼，又把屏幕举到商陆面前："向南星正和迟佳在一块呢，你可以放心了。"

辣得半死眉都不抬一下的商陆，一听"向南星"三个字，当下面色一沉，放下酒杯，定睛细看。

赵伯言默默感慨，果然"向南星"这三个字比半管芥末杀伤力还大。

迟佳拉了个群，邀人给向南星补过生日。

赵伯言动手翻群里还有哪些人，商陆在一旁看。群列表里除了蒋方卓、赵伯言以及几个阜立大学的老同学，还有几个生面孔——基本上都是男的。其中有个男的还用自己的车做头像，商陆的目光刚扫过这个头像，便是一蹙眉。这辆车，似乎是昨晚送向南星回宿舍的那位"影帝"的，但也不是十分确定。商陆刚要开口让赵伯言把这人的头像点开放大，那个人就先一步被迟佳删了。

赵伯言没反应过来："群里怎么突然清了个人出去？是把你清出去了？"

虽然那位"影帝"被清出群，商陆是满意的，但他依旧给不出赵伯言一个灿烂的表情："她俩压根就没拉我进群。"

赵伯言一愣，瞄一眼商陆搁在另一边的手机，确实一次都没响过。

赵伯言也不知是该得意还是同情："兄弟，你在向南星那儿的待遇有点差啊，还不比迟佳对我呢。"

商陆作势又要夹起一块沾满芥末的鱼生往他嘴里送，赵伯言慌忙闭嘴。

商陆确实有些后悔。

事实证明，睡一觉压根行不通。

没睡之前，他还相信自己是她心口的朱砂痣，他步步为营，她退无可退，主动权一直在他手里。睡完之后，怎么反倒一切都变了？

迟佳为向南星补过的生日就在隔天，定的是晚上，而这个白天，唯一没有受到邀请的商陆，和受了邀请的蒋方卓，一同带着市医管局和卫生局的领导参观了叶氏在北京成立的AI实验室。

负责开发肺癌多学科AI诊断系统的S-lab目前落地纽约，位于北京的实验室则负责国内首个肺癌病种库的建库工作。两个部门分工合作，肺癌病种库收录来自全国七百多家三甲医院提供的肺癌患者的影像、病理、基因检测、病历文本等多维数据，以便S-lab进行高维信息提取。

叶氏目前正在争取自家的AI诊断项目能被纳入健康中国战略计划，和职能部门打交道的事，若不是蒋方卓硬要拉上商陆，商陆是不会硬着头皮来的。他不擅长打官腔，而他演示影像的提取模型，领导们又看不懂，实在不知道蒋方卓拉他来干吗。

蒋方卓倒是应对得如鱼得水。

终于送走领导,商陆立马关掉演示到一半的模型:"以后这种场合别找我,我还是适合面对电脑。"

蒋方卓了解他的性格,却没依着他:"这不是正好吗?一会儿咱俩可以一起去南星的生日聚会。"

得,是那个比领导还难捉摸的女人。

商陆起身,投影设备的光打在他身上,摇曳而斑驳:"看来你只能一个人去了。"

蒋方卓不解地扬眉。

"她压根没邀请我。"商陆解释道。

蒋方卓更不解了:"我还以为你推迟回纽约的时间,是因为你俩已经和好了。"

"和好"两个字戳得商陆直蹙眉,他原本也以为能就这么和好,索性避过这个话题,只问道:"你怎么知道我推迟了回纽约的时间?"

他虽然人在北京,但S-lab的工作进程并没有落下,应该不会有人把小报告打到蒋方卓这儿。

"邹然私下问我,叶氏是不是打算把AI这块业务放在国内,所以才把你拖在国内,一直不让你走,她似乎并不想回国工作。"

商陆对此并不意外:"邹然想拿美国的绿卡。"

蒋方卓却不这么认为:"不是因为你?"

蒋方卓虽和邹然交际没那么密切,但也算一路见证着当年邹然跟着商陆一起去汶川救灾,到后来一同留学哥伦比亚大学,再到后来一同成立S-lab。要说这姑娘对商陆没什么朋友情谊之外的东西,外人肯定是不信的。

看来不少人和蒋方卓有一样的想法,不然商陆也不会开口便是一句:"怎么你们都觉得她对我有什么?"

蒋方卓的笑容仿佛在说难道不是吗?

商陆无奈道:"拜托,邹然进S-lab之后,又不是没交过男朋友,怎么个个都指向我？"

商陆原本都准备走人了，又被蒋方卓突然谈起的这个话题圈住。他往操作台边一倚，抱起胳膊，一脸正色道："学长，这些年你也交过女朋友，你觉得如果你心里始终有个人，你还能有心思和别人交往吗？"

蒋方卓的眉梢眼角微微一沉，又突然失笑，并没有花时间和他继续扯这个问题，只一笑带过，话题便又回到了商陆身上："好奇问一句，如果没有向南星，你会不会接受邹然？"

商陆垂眸想了想，抱着的双臂突然放下了："不会。"

他不会接受邹然，他的世界里也绝不会没有向南星。

商陆直起身，朝实验室外走的同时，不忘招呼蒋方卓一声："走吧。"

蒋方卓的思绪有些没跟上来，还坐在电脑前问："去哪儿？"

商陆拉开实验室的大门，站定，回头，等他："向南星不是邀请你参加她的生日聚会吗？我蹭下你的局，不介意吧？"

迟佳回国前，向南星的生活堪比尼姑，迟佳回国后，向南星简直变了个人，一个月跑两次工体，虽然这频率和爱折腾的小姑娘没法比，但和曾经那个堪比尼姑的自己相比，简直是回春了。

这次迟佳是在工体纯K给她办的生日聚会，虽然向南星财力有限，只订了个中包，但迟佳自掏腰包给她准备的蛋糕倒是非常大，整整三层。

除了向南星特意要求除名的那位前天想装醉骗她的张医生，迟佳拉进群里的人都来了，中包很快坐满。向南星正琢磨着要不要换个大包，迟佳招呼完客人，跑来问她："将方卓怎么还没到？"

"学长说公司出了点事，他又临时赶回去了，一会儿再赶过来。"

除了向南星的同事和迟佳叫来的西区医院的男神，其他人都是向南星在阜立大学的老同学，场子很快嗨起来。

用迟佳的话说，她都二十六了，彻底奔三了，不整场大的，怎么对得起自己？

对此，前半程还清醒着的向南星，笑着摆摆手说："年纪越大越不爱折腾。"

后半程喝多了的向南星却矢口否认自己之前说过的话，嚷着："老子明明才十八！"

光嚷还不够，向南星身体力行，端着酒瓶满场跟人喝酒，以示自己还年轻能喝。

阜立医院的同事看傻了眼，谁能想到平日里温文尔雅的向大夫还能有这一面？

赵伯言在一旁特别像过来人似的拍拍对方的肩："习惯就好，习惯就好。"

话音未落，向南星就端着酒瓶冲过来，一把拽走赵伯言搁在她同事肩上的手："老赵，你怎么能吃我同事豆腐？"

迟佳在场，赵伯言可不敢接这顶高帽，赶紧把向南星推到一边去："拍个肩而已，算哪门子吃豆腐？"

向南星撇撇嘴，扭头敬下一个去了，却突然撞到了柱子上，可包厢里哪儿来的柱子？

晕晕乎乎撞疼了的向南星抬头一看，原来不是柱子，是个人。

那人的脸她却分辨不清，即便这样，向南星依旧热情好客地挥手冲对方打了声招呼，笑吟吟的。

一旁的赵伯言没错过这一幕，见一个身形挺拔的身影一进门就被寿星拥个满怀，赵伯言先是一愣，再看对方下意识搂在寿星腰上的手，又蓦地激动起来，可算是沉冤得雪了——看看看！这才叫吃豆腐好吗？

可激动不过三秒，赵伯言又突然傻了眼。只因他终于看清，那身形挺拔的哥们是谁。

蒋方卓。

虽然蒋方卓很快把搂在向南星腰上的手拿开，转而随手拿起桌上的一瓶啤酒，一边和向南星碰杯，一边无奈地笑："这才几点，就喝蒙了？"

赵伯言的神志却还停留在学长下意识紧搂住向南星的那一幕，当然，这一幕闪回，很快就被随后推门进入的商陆打断。

蒋方卓之所以迟到，是因为在来的路上，突然得知富通医疗给叶氏发来了律师函。

富通医疗怀疑叶氏全力扶持的新S-lab在沿用前S-lab的成果,而这些成果如今都属于富通医疗,并且已在逐步申请专利,甚至还想借此限制S-lab出席三个月后的全球精准医疗大会。

这事可大可小,一晚上也解决不了,他们和纽约总部开了个简短的视频会议,总部决定先让律师团去富通医疗那儿探探底,再作打算。算下来他们也就迟到了一个小时左右,怎么寿星就已经喝高了?

蒋方卓先进的包厢,向南星还有心情和蒋方卓碰杯,笑得开怀。商陆后进的包厢,就落后了蒋方卓不到十秒的时间,也不知是他先站定在她面前,还是她先感觉到胃里一阵难受,总之她抬眼对上他目光的当口,便"呕"的一声,捂着嘴跑了,留蒋方卓和商陆二人面面相觑。

尤其商陆,脸色铁青。他就这么令人作呕?

蒋方卓见商陆没动,看来是受打击了,无奈地笑了笑:"我去看看她?"

商陆点点头。

蒋方卓刚要掉头朝门口走去,原本坐在沙发上的赵伯言却突然窜了过来,大嗓门道:"学长!你怎么才来?来来来!罚酒罚酒!"

蒋方卓有点为难,刚要开口,赵伯言已不由分说拽着蒋方卓往沙发那儿走去,顺便踢了商陆一脚:"喝醉的是你老情人,怎么能麻烦学长替你去收拾烂摊子?"

经赵伯言这么一提点,商陆当即掉头,快步出了包厢。

赵伯言目送着商陆的背影消失在门后,松了口气,斜眼去看蒋方卓——他的目光至今还没从门边收回来,赵伯言刚松下的那口气又不自觉地提了起来。

千万不要啊……

还不等赵伯言拉蒋方卓坐下,另一边,迟佳发现蒋方卓到了,特别热情地凑过来,挤掉了赵伯言的位置,连连招呼蒋方卓:"学长你可算来了!"

蒋方卓笑着把礼物递给迟佳:"你替寿星先收着?"

迟佳一看是个奢侈品牌子的蓝色盒子,系着白色缎带,自然要替向南星收好。

赵伯言在一旁默默围观,学长对谁都是一副和煦随意、脾气很好的样子,难道刚才进门那一幕,只是他的错觉?赵伯言趁迟佳回来之前,赶紧把蒋方卓拉到自己那边坐下,一边为蒋方卓倒上三杯罚酒,一边有意无意地套话:"学长,商陆不是没被邀请吗?他蹭你的局来的?"

蒋方卓点点头。

见蒋方卓上钩,赵伯言叹了口气:"唉,你说他俩穷折腾个什么劲?向南星都二十六了……"

赵伯言的情绪刚酝酿饱满,却不知谁点了一首震得人耳根疼的嗨歌,那歌前奏一起,赵伯言的话就被打断了。

蒋方卓自然没意识到赵伯言话里有话,举杯准备敬赵伯言。

赵伯言只得干下这一口,背景音乐越发吵了,他不得不扯着嗓子继续道:"哦对了学长,你还不知他俩曾经有个约定吧,就是商陆会在向南星二十六岁这一年娶……"

好巧不巧,赵伯言正要说出最后一个字时,包厢里不知哪位"铁肺"歌手突然吼了一嗓子,彻底将赵伯言的声音淹没。

这一嗓子后劲十足,包厢里半数以上的人都皱起了眉,蒋方卓也没能幸免,对着赵伯言指了指自己的耳朵,用口型说"我去外头抽根烟",不等赵伯言再开口,径直起身走了。

赵伯言目送着蒋方卓的身影消失在包厢门口。

差一点就进入正题了!赵伯言恼得拿起酒杯就灌,口中的酒还没咽下去,已恶狠狠地瞪向那个坏他好事的"铁肺"歌手。等赵伯言看清那个"铁肺"歌手是谁,他嘴里那口酒,瞬间卡在了喉咙里,不上不下。

那边,拿着麦克风准备吼第二嗓子的迟佳突然对上赵伯言投向她的愤怒目光,不由得一愣。

赵伯言哪儿还敢瞪她,赶紧把嘴里的酒咽下去,恨不得站起来为迟佳的歌声鼓掌,佳佳唱得真好!

蒋方卓出了包厢,将热闹隔绝的同时,一边寻找吸烟区的标识,一边摸口袋。

他抽的是电子烟,可惜摸出烟盒一看,空的,没烟弹了。蒋方卓多少有些烦躁,手心一紧,烟盒便被揉捏成团,被他扔进一旁的垃圾桶里,独留一根烟杆在两指之间,感觉如鲠在喉。

想到刚才赵伯言顾左右而言他的那番话,终是失笑。他又怎么会不知道那两人之间曾经的约定?

蒋方卓记得,应该是他和最后一任女友分手时,向南星约他吃饭,得知他被人甩了,本该是她安慰他的,最后她却喝多了。同是被甩,向南星大概挺感同身受。

蒋方卓从没细说过自己为什么被甩。他不像她,从没有用力地爱过什么人。每次恋爱,对象都觉得他不够上心,久而久之缺乏安全感,只能一拍两散。

而她分明用力地爱过某个人——又或者说,还在爱着。不然也不会喝醉后,拉着她信赖的学长又哭又笑:"他说过二十六岁要娶我的……骗子……"

就像向南星不理解学长为什么被人甩了还能如此淡定,那会儿的蒋方卓,其实也看不下去这位学妹为什么分手这么久了还没走出来。

可蒋方卓依旧安慰她:"没事,我给你托底。"

蒋方卓的意思其实是,介绍别的优秀的男生给她。和商陆一样优秀,甚至比商陆更优秀的。

可不知不觉,"托底"这两个字,在蒋方卓心里变得越来越不纯粹。他从没给向南星介绍过什么优秀的男生,倒是他自己陪着她的时间越来越多。

严格说起来,蒋方卓也不知道自己究竟是在哪一刻动了心。但他知道,她心里一直有个人,无可取代的人。

对于欲望,蒋方卓习惯了隐藏。

喝酒从不喝醉,抽烟只抽不含尼古丁的,同样,对于她,他也是克制的。他不希望他和她以及商陆之间的关系变得太复杂。可是从什么时候起,他快要失控了?就连赵伯言都看出来了,不然也不会旁敲侧击地说了刚才那番话。

蒋方卓敛去笑,正要转身回包厢,把自己重新丢进一片不需要思考的嘈杂中,却被走廊尽头突然响起的脚步声打断。

循声看去,向南星正从尽头的洗手间里拐出来。她似乎还是晕的,没走两步就脚下一崴。

今天作为寿星,她精心打扮了一番,红唇红裙子,黑瞳黑高跟,高跟鞋令她摇曳生姿的同时平衡也岌岌可危,她这么一崴,眼看就要摔倒,蒋方卓下意识地就要快步过去,向南星身后却突然闪出一个身影,扶住向南星的同时一拽,又把她拽回了洗手间。

蒋方卓原本悬着的脚步,顿了顿,终是彻底收了回去,头也不回地拉开包厢门,回到一片热闹之中。

直到十二点将至,向南星都没再回来。

不知谁提了一句:"赶紧的,该上蛋糕了。"

所有人都闻声而动,又是张罗着把蛋糕推到中间来,又是招呼着赶紧把生日帽拿来给寿星戴上。除了蒋方卓,他全程坐在沙发上,没动过。

蒋方卓低头拿着手机,忙着和叶氏的法务组发消息,置身事外一般,直到听见迟佳喊了一句"寿星呢",这才指尖一顿,却依旧没有抬头。

全场面面相觑,所有人脸上都写着同样一个问题:寿星人呢?

此时此刻的向南星,正睡在停车场的车里。周遭一片安静,睡得迷迷糊糊间,向南星陡然想起了什么,蓦地一睁眼,却不在嘈杂的KTV包厢。

向南星正愣着,她不是应该在自己的生日聚会上觥筹交错吗?

"你醒的倒是时候。"

一个不咸不淡的声音传来,向南星嗖地扭头看过去,驾驶座上的商陆好整以暇。

"你怎么在这儿?"不对,向南星改口问,"我怎么在这儿?"看一眼车窗外,分明是一片静谧的停车场。

商陆不置可否:"这个问题一会儿再说,等我下。"把一头雾水的向南星留在车上,他径直下了车。

向南星揉着太阳穴拼命回想自己又忘了什么,便听车后传来后备厢开合的声音,没一会儿商陆带着个蛋糕回到了车里。

"生日快乐。"

向南星看着只有巴掌那么大的小蛋糕,再想想KTV包厢里的三层大蛋糕,没说话。

商陆却已经插上蜡烛——一根,一手捧着蛋糕,一手点着打火机,点亮蜡烛。

向南星抬头看他一眼,隔着摇曳的烛光,鼓起腮帮子,迅速吹灭了蜡烛。

"许愿了吗?"

"没有。这么小一块蛋糕,许了愿怕也不灵。"

她是真的没许愿。倒不是因为蛋糕太小她嫌弃,只是脑子还没彻底从自己怎么会瞬移到停车场这个问题里挣脱出来。

商陆却当了真。毕竟最近被她嫌弃太多次,如今她这么一说,他再一瞧这蛋糕,确实是小了点,寒碜。

"我第一次做蛋糕,大的都做毁了,下次再给你做个大的。"

这一刻,向南星心里那根弦被不着痕迹地撩了一下,他却突然话锋一转:"看在蛋糕的份上,我能不能提个要求?"

还真是个破坏气氛的高手,向南星瞬间什么感想都没了:"追人还有你这么讨价还价的?"

她既然没直言拒绝,商陆就当她答应了:"我让你等了三年,你让我等多少年,我都等。我会好好做你的五号追求者,但是,能不能别总这么冷脸对我,偶尔对我笑笑,给我点甜头,行吗?迟佳对赵伯言,都比你对我好。"

他还挺有怨言。

向南星却只想说"赵伯言可比你可爱多了",忍着没说,只看一看他,又斜眼看看车表盘上显示的时间,说话便有些不负责任了:"你能在十二点前把这蛋糕全吃完,我就答应你。"

商陆不傻,也去看车表盘上显示的时间:23:59:03。

一秒,两秒,三秒——

商陆突然低头,照着蛋糕不顾形象地啃了起来。

向南星没想到他真会这么做,吓了一跳。

他这辈子估计都没这么不顾形象地吃过东西,就连上回吃麻辣烫,他虽然大快朵颐，但也带着讲究，不少小姑娘路过都要多看两眼。而如今这般狼吞虎咽的模样，奶油都蹭到鼻子上了，向南星看不下去，赶紧把他手里还剩的半个蛋糕拿走。

他一顿，又看一眼时间，还有二十秒就到十二点。

"你故意干预，我要求补时。"

他真当她不让他这么吃，是不怀好意地干预他？

向南星气得真想把他揪过来，把自己手里夺下的这半个蛋糕扣在他脸上，却在揪过他领口的下一秒改了主意，扔了蛋糕，空出手来捧住他的脸。

吻他，狠狠吻他，直吻到她自己也蹭了一脸奶油，才一把松开他。

商陆僵了半秒反应过来，偏还压抑着心底那丝窃喜，板着脸皱着眉，问："这是？"

道貌岸然极了。

向南星也不知在跟谁生气，气得她太阳穴跳得更欢："你不是要我给你点甜头吗？给你！给你行了吧？"

他突然笑了，这回不等她揪他的衣领，他已闭上眼，微微倾身而来，薄唇微启："继续。"

精炼的两字，性感至极。

深夜时分。安静的走廊上。

脚边放着行李箱的邹然，站在公寓门外，确认了一遍地址后，正犹豫着要不要先按个门铃，却听见叮的一声，电梯抵达的声音。

邹然循声看去，电梯刚开启了一道门缝，一个身影便急迫地从电梯里挤了出来。

邹然晃眼一看，都没看清那个身影是谁，电梯里又走出一个人，那人邹然可是一眼就认出来了，是商陆。

商陆走出电梯的下一秒，不是朝家门口走去，而是一把搂过那个邹然没认出来的身影，吻了上去。而被商陆吻住的那个人，似乎是要躲避，又似乎是在迎合,二人就这么纠缠着,一路跌跌撞撞地朝邹然这边而来。

邹然顿时头脑一片空白,几乎是下意识地推开消防通道的门,躲了进去。

消防通道的门还摇晃着没有关严,躲在门后的邹然透过门上的玻璃窗看清了,商陆打开公寓门,闪身进屋的下一秒,迅速伸出胳膊,将另一个人搂了进去。

消防通道的门终于关严了,邹然的思绪却再也找不回来。

直到凌晨两点,向南星都没能睡着。

一来她当时喝醉在车上睡了很久,二来,身心都亢奋到了一定程度,确实需要时间来平复,更何况他就侧睡在她身后,胳膊搂着她的腰。他的呼吸均匀地呵在她颈侧,向南星更头昏脑涨,睡意全无。

就着地灯的昏黄光线,向南星扭头看一眼,他竟睡得这么沉。而她,作为一个几小时之后就得起床上班的人,却难以入睡。

真想把他摇醒陪自己熬夜,但也只是想想而已,向南星悄悄拿开他搂着她腰的手,蹑手蹑脚地下了床,本是去厨房给自己倒杯水喝,端着刚倒满的水杯,却不知不觉地走向了客厅。

茶几上依旧很乱,一堆文件中却没有了姥爷那封信的踪迹——究竟是她上回看错了,还是他把姥爷的信收了起来?反正她睡不着,公寓也不大,索性四处翻翻,看能不能找到那封信。

其实她一直想问商陆的,那封信她明明收在自己宿舍里,他又是怎么拿到的?可她又担心这么一问,尘封的糟糕回忆又要冒出来徒增烦恼。

客厅里没找着,又去书房找。

一打开书房门,除了各式各样的手办,书桌上还摞着一堆文件。

向南星走到书桌边,拿起最上头的那份文件,翻了翻,抖了抖,里头并没有夹着什么信纸。

向南星悻悻然将文件放下,这才意识到,即便公寓不大,但要找封信,依旧无异于大海捞针。她烦躁地挠了挠头,算了,转身就要往外走,却蓦地一顿。

商陆抱着胳膊,侧臂倚在书房的门框上,带着点睡意看她。

向南星心尖突地一跳。

他的声音一片惺忪，确实没睡醒："梦游呢？"

他这么一说，向南星琢磨了一下要不自己干脆就装作梦游蒙混过去，转念一想还是放弃了，干脆不回答，没事似的朝门边走去，路过他时只丢下一句："我睡不着，我想吃夜宵。"

他一扬眉，意思似乎是想吃夜宵，不是应该去厨房吗？来书房做什么？

可转念一想，他又豁然开朗了，突然弯腰打横抱起她，这回换向南星三分诧异、七分不解了，她下意识地搂住他的颈项："干吗？"

"你不是想要夜宵吗？"

他抱着她，头也不回地往里走，很快把她放到书桌上。

向南星未坐稳，手往后一撑，书桌上那摞文件被她弄倒，她却再也顾不上了。

他吻住她，带着欲望。

向南星终于恍然大悟过来，她说的夜宵，和他以为的夜宵，压根就不是同一个意思。

吃完这顿"夜宵"，向南星这一晚是彻底不用睡了。

从书房到厨房，倒杯水的工夫他都不想和她分开，他这哪儿是要喂饱她，分明是要吃了她。

若不是她最后把他反锁在洗手间外，怕是再折腾下去，天都快亮了，她可是个白天要上班的人。

洗了个热水澡，终于缓过来，向南星看着镜子里的自己，眉梢眼角的疲惫无不是纵欲带来的恶果。

裹着浴巾出了洗手间，正见商陆手里抱着衣服，朝她走来。他怎么还能一脸神清气爽，半点不见倦意？

向南星真怕他还有精力继续胡来，走到她面前的商陆却直接把手里的衣服展开，直接往她头上套："穿我的睡衣睡吧。你还能睡……"回头看一眼墙上的挂钟，"三个小时。"

三个小时？向南星顿时只想晕过去。

他却帮她套好衣服。他的卫衣,她穿着刚好遮到大腿,就是袖子太长,向南星甩了甩袖子,跟水袖似的。

他看着她,笑了下,下一秒却敛了眸,拿起她乱甩的袖子,把一封信交到她手里。

向南星低头一瞧,瞬间没了表情。是姥爷的信。

"你刚才满屋子乱翻,是在找这个吧?"

向南星没抬头看他,只在心里暗忖,他能不能别这么聪明。

安静了好几秒,向南星的声音带着些迟滞:"信你看过了?"

"嗯。"

很简短的回答,简短到让人辨不出情绪。

"姥爷信里对你说了什么?"

"你可以自己看。"

向南星却摇摇头,把信还给他,绕过他,直接回卧室睡觉。

商陆没再说什么。向南星睡下没多久,他也上了床,向南星仰躺着看天花板,余光瞥见他朝她挪了挪,似要抱着她睡。

"这封信,我明明收在宿舍里,你是怎么拿到的?"

她终究还是问了。

商陆原本要搂住她的动作稍稍一顿,继而将她搂得更紧,唇点在她的额角:"你答应搬过来和我一起住,我就告诉你。"

向南星当即一个侧身躲开:"想得美。"

她突然一侧身,被子滑了下去,商陆帮她盖好被子,说:"我想去一趟墓园,把信烧给姥爷。"

告诉姥爷,他是真的已经放下了。

在这个话题上,她从来不跟他犟,声音低了低,问他:"什么时候去?"

"我过两天得回一趟纽约,等我回来,你跟我一起去墓园?"

向南星想了想,点了点头,不料刚点下去的头又定住,只因他接下来的一句:"以外孙媳妇的身份?"

"滚。"

向南星扯过被子蒙住头,用实际行动告诉他,想得美。

向南星之前其实很怕他要离开北京。最近却突然变了,巴不得他赶紧走。

她补过生日那天,蒋方卓迟到,似乎是因为S-lab那边出了问题,看来商陆急着回纽约,也是因为这事。

向南星没多过问,只在外网上查一查,可惜没有任何关于S-lab的新消息传出来,反倒阜立医院出了医闹的新闻,近来频频见报。

商陆回纽约的隔周,向南星照常上班,被一群披着孝服的人堵了在大门外。

第一次见到这阵仗,向南星挺怵,医院门前,两米长的白色横幅摊在地上,上书"医生无德,杀人偿命"几个黑字,七八个身着孝服的人坐在横幅前,怀里抱着一位中年女子的黑白照,花圈则摆放在两旁。

医院门前俨然成了灵堂,过往路人无不驻足围观,本想来就医的患者都吓得退避三舍。

这些人把医院大门堵死,压根不让人进出,向南星只能绕道从西侧门进医院,一进急诊室就发现被他们这么一闹,来看急诊的患者出奇地少,中医急诊这边还不是很明显,平常门庭若市的西医急诊那边尤其显得空落。

关于堵在医院大门外的那些人,消息一大早就已经传开了:"听说是心外的主任汪洋,病人死在手术台上了,家属就带着一帮人闹事来了。"

又是这个汪主任……当年商陆姥爷就是因为他过度医疗而险些丧命,向南星虽对汪主任的印象极差,但也就事论事:"患者觉得是医生把人治死了,可以去申请医疗事故鉴定,在医院门口设灵堂,这也太……"

同事赶紧做了个"嘘"的手势,主任火急火燎地来了。

护士长招呼一声:"都去会议室。"

谁也不敢当着领导的面八卦,一个个收拾好表情,三三两两地跟过去。

各部门都召开了临时会议,说明了一下医闹的情况,虽然病人都被大门口摆出阵仗的灵堂吓跑了,但医护人员不能乱。

小道消息永远比会上领导的讲话传播得更快,听说家属代表已经在和院长谈条件了,开了个天价——当然也没人敢去证实。但似乎家属代表和院方一直没能谈妥,医院外的灵堂一摆就是一个星期,迟迟没有撤掉的迹象。这事警察出面都没用,倒是不知哪个平台的新闻记者混进来,跑进医院暗访,被保安请了出去。

商陆不知从哪儿看到的新闻,打电话让她请假别上班,可向南星怎么可能答应,隔天就有护士找到她:"向大夫,有人找你。"

向南星心里一惊,难不成他故技重施,突然跑回国给她惊吓?再一看时间,他上回来阜立医院给她送戒指,差不多也是中午这个时间。

向南星坐在座位上没动,护士补充道:"她说她叫邹然,是你朋友。"

向南星一头雾水地出了急诊室。

等在门口的人,背对着向南星,白色风衣配裸色高跟鞋,一身干净利落的装扮。

向南星作势咳了一声,对方回过头来,还真是邹然。

多少年没见,向南星总觉得面前的邹然和记忆里的学姐相比,还是有些不同的,眉眼间多了丝轻熟的魅力。

邹然应该是打听过阜立医院的上班时间,十一点半来找向南星,本以为向南星正好开始午休,却没算到阜立医院的上班时间刚调整为夏令时,向南星得十二点才能走。

最近医院病人少,向南星索性让邹然进急诊室坐会儿。

可她俩从来不是朋友,真的对面而坐的那一刻,除了沉默再没别的。倒是外头突然传来一片混乱的动静,向南星在急诊室待久了,一听帘子外纷乱的脚步声和轮子滑动声,就知道是有病人紧急送医。

这点动静惊醒了邹然,她看了看向南星,抱歉地笑了笑:"其实挺不好意思这样唐突来找你的。"

她这么客气,向南星只能硬着头皮接过话题:"学姐,你找我是为了……"

邹然犹豫了一下,还是说了:"你知道富通医疗发了律师函给叶氏,要求S-lab全面停工吗?"

向南星的表情一紧。

邹然看明白了，她并不知道这事。邹然的声音隐约严肃了些："富通医疗先我们一步注册了深度学习的算法模型专利，搞得现在S-lab很被动。如果不是因为商陆最近一直被拴在国内，没办法回纽约，我们的进度肯定会比富通医疗快。可现在，我们不仅落后了一大截，专利权还被他们抢了。"

邹然一席话，柔中带着刺，尤其是一个"拴"字。邹然说这个字时，两眼一动不动地看着向南星。显然邹然觉得把商陆拴在国内的人，是她。

向南星哑然地张了张嘴。邹然虽半个字都没责怪她，但她怎么听怎么觉得硌硬，偏又找不到任何说辞反驳。

"我真的无意冒犯，但……"邹然语气里的犹豫，仿佛不忍伤害向南星似的。

向南星吃不消她这套，明明是她找上门来，还这么犹犹豫豫，不说重点。

"你想说什么直说吧。"向南星彻底冷了脸，不想和她绕圈子。

邹然却一副知心小姐姐的样子："现在是S-lab最紧要的关头，别耽误他，好吗？"

"什么叫'别耽误他'？"其实向南星更想说的是，关你什么事？

邹然看着她，就像在看一个极不懂事的小朋友。

向南星终于意识到对方段位太高，那她就好好扮演她的知心小姐姐吧，向南星索性两手一摊，任性到底："好，既然这一切都是我的责任，那我现在就打电话给商陆，告诉他，我听完学姐你这番话，觉得我确实不该耽误他，让他以后别再来找我了。"

邹然赶紧按住向南星拨号的手，被向南星曲解了意图一般，眉宇间透着委屈："你误会了，我不是这意思。"

向南星冷淡地瞅了眼邹然按在她腕上的手。

邹然很快识趣地拿开手，作势抬腕看了眼手表："这样吧，马上十二点了，我们先去吃饭，边吃边谈？"

"我习惯吃食堂。"向南星说完起身，走了两步又停下回头，抱歉地对要起身跟过来的邹然说，"不好意思，最近我们医院严查院外人员，不允许院外人员在员工食堂用餐。"

向南星说完便拉开帘子出了急诊室。言外之意已经很明显，学姐爱上哪儿吃上哪儿吃去，她并不打算奉陪。

邹然坐在急诊室里，没跟出来。

向南星不可能等她，加快脚步就要朝出口走去，走了不到三米却又猛地被逼停。

急诊手术室里突然起了一阵骚乱，转眼冲出一个一瘸一拐的男人，护士头破血流地冲出来，尖叫着："快叫保安！快！"

向南星被这声尖叫惊回了神，才发现那男人手里有把手术刀，应该是从手术室里随手拿的。

随着护士的那声尖叫，候诊区里的所有人都吓得直往出口拥去。

向南星脚步纷乱，刚要随着人流往外跑，才想起邹然还在诊室里。她刚要折回去，中医急诊对面的儿科急诊有孩子跑出来看热闹。

那孩子几乎是与拿着手术刀的男子迎面撞上，向南星赶紧把那孩子扯过来，蹲下去用身体护住那孩子。不论是医生还是患者，全都在慌乱地朝外拥，向南星死死地抱着孩子，不敢移动分毫，混乱中，向南星手臂被划了一刀，撕裂般的疼痛令脑子一片空白，直到被闻讯赶到的保安一把拽起，一路推搡出了急诊室。

在急诊室受伤的人，全被安排到了门诊二楼。

和向南星一同被救出的那个孩子，在二楼被他妈妈找到，向南星由着护士包扎好伤口，起身四处寻找邹然。

门诊二楼人头攒动，散落着各种惊魂未定的声音，向南星只好站起来，沿着座椅一排一排地找。各种声音一同混杂进向南星的耳朵，这才知道刚才在急诊室闹事的，就是医闹的家属。他没能和医院就赔偿达成一致，又在闹事时受了伤，怀恨在心，才有了刚刚那一出。只是可怜了那个倒霉的急诊医生，被那疯子抓着一同摔下了楼。

又有人说被摔下楼的，并不是阜立医院的医生，而是院外人员。只不过因为穿着白色的风衣，被那红了眼的疯子误认为是医生，给害了。

向南星原本匆忙的脚步瞬间定住，脑中早已一片空白，只余她在急诊室外初见邹然的一幕,白色风衣,裸色高跟鞋……

向南星在几个同事群里都问了,没问到任何消息,焦急得如热锅上的蚂蚁,只能一边深呼吸让自己保持冷静,一边分析,如果真摔下楼,那么最有可能在脑外科或骨科的手术室里抢救。

脑外科在七楼,骨科在九楼,向南星当即乘电梯先去七楼,紧攥在手中的手机却在这时接连来了数条微信消息。

向南星点开来看,同事告诉她,护士群里提到那个医闹了,说是颅内出血,正在脑外科做手术。

向南星连忙问:"那个和医闹一同摔下楼的院外人员呢?"

同事颇为无奈:"我正准备问呢,她们护士长就下了封口令,不让任何人提这事。"

不只是护士,全院人员都被下了封口令,向南星除了网上那些真假参半的消息,再没有别的信息来源。

迟佳微信联系了邹然,邹然一直没回过。

向南星两天没睡好觉,她手臂被划伤,班也请假不上了,就成天待在宿舍里,只想做只缩头乌龟。

阜立第一附属医院的医闹事件在网上愈演愈烈,院长不得不出面接受采访,在医疗事故认定结果出来之前,院长并没有透露任何细节,只说:"这次医闹事件并没有造成人员死亡。"

有院长这句话,向南星的心起码宽了一半。

向南星刚在午间新闻看完这个消息,主任就突然打电话给她,让她回一趟医院,语气十分严肃。

这还是向南星这两天以来第一次出门。

她到了主任办公室,推门进去,主任正铁青着脸在那儿等着。

一向和蔼的主任这次却没叫她坐,只锁着眉开口:"那个邹然,是你带去急诊室的吧?"

向南星一听这两天来每分每秒都在困扰着她的担忧终于有了出口,都没去思考主任为什么突然这么问，只顾着反问主任："她没事吧？"

主任无奈抚额，她这明摆着是默认了人是她带去急诊室的，主任都顾不上生气，只是叹气："小向，你上班时间把外人带到急诊室去干吗？"

问责的口吻令向南星下意识地浑身一僵。

主任见她这样子，只是一个劲地摇头："你要我怎么说你？你这既违反了医院规定，还变相害了人家！"

"我……"

主任或许以为她想狡辩，不留情面地打断她："我们都查过了，这个邹然压根不是来就诊的，就是来找你的。好在她只是脊椎骨折，万一她真摔死了呢？这责任你要怎么扛？"

脊椎骨折，这不是最糟糕的答案，但也好不到哪儿去，万一伤着脊椎神经……向南星的神经突突跳着，不敢往下想。

主任教育了她一番，沉了口气，这才恢复正色道："邹然的家属现在就在院长办公室里坐着，对方指明要见你，我现在带你过去。"

向南星并没有料到会有这么一出。她依稀记得迟佳提过，邹然父母早年离婚，邹母再嫁，搬到了北京，邹然生父则一直在广州，似乎过得挺颠沛流离的。大概也是因为这个原因，邹然或多或少觉得商陆的境遇和她很像。

然而无论此刻在院长办公室里坐着的是谁，向南星都愧于面对对方。

主任特意先让向南星来办公室一趟，就是为了给她打个预防针，向南星当年是他招进阜立医院的，也是那一批里最快升主治医师的，他对她顶多是怒其不争，可院长办公室里那些人，就不会这么轻易饶了她。

主任只能最后提醒她："对方看着教养很好，但也保不齐见到你会情绪失控，你自己好好担待着。"

主任的言外之意很明显，这桩医闹事件一出，只会让医患关系更紧张，当着邹然家属的面，她既要表现出悔意，又要保护好自己。

向南星点点头。可就算主任提前给她打了预防针，向南星走进院长办公室时，依旧紧张到手脚僵硬，嗓子干涩。尤其是看见坐在沙发上的那位神情憔悴却姿态得体的阿姨。

向南星站在门边没动。

邹母看到她,分明是咬牙切齿,恨不得冲过来撕了她,却强忍着愤怒。确实如主任所言,这位阿姨,用尽了教养在克制自己。

院长之所以把向南星叫来,是因为这位邹太太不见到向南星本人,就不肯开口谈条件。现在院方只希望能尽快平息事端,挽救医院的名声,尽快谈妥赔偿事宜,免得再出什么幺蛾子。

"邹太太。"院长比邹母大半轮,语气却十分恭敬,甚至是小心翼翼,"您可以放心,我们院已经组织专家团为令爱会诊,关于赔偿方面……"

邹母平心静气地打断他:"你们医院不开除她,我是不会答应和你们医院和解的。"

邹母看了向南星一眼,目光极寒。

向南星头皮发麻,想要避开,身体却被钉在原地,一动不动地迎接对方投来的恨意。

"我们家不缺钱,就缺一个公道。如果我女儿以后落下残疾,我不会放过你们。"

此时此刻的商陆,站在阜立医院的宿舍门外。他叩了叩门,里头没人应。

他在网上看到阜立医院出了医闹伤人的恶性事件,当时只是想问问向南星的情况,她却只字不提医院出的事,反倒说她请了几天假好好放松一下。

报喜不报忧,其中必有诈,商陆这才赶了回来。

S-lab全面停工,他与其在纽约待着,干等着叶氏和富通医疗的斡旋结果,不如回到他最放心不下的人身边。

商陆乘航班到了首都机场,刚开手机没一会儿,特地旁敲侧击地发消息问她:"你这假期过得,该不会又在宿舍里一觉睡到大中午吧?"

她回他:"刚叫了外卖,准备吃完再睡个午觉。我得把工作五年来缺的觉都补回来。"

站在门外的商陆低头一瞧,门口的把手上确实挂着份外卖,她却不在屋里。

商陆一边往楼梯走,一边摸出手机,正犹豫着要不要给向南星打个电话,却听一串脚步声伴随着交谈声,从楼梯口传来。

午休时间,两个阜立医院的医生在食堂打了饭带回宿舍,在医院里不敢说的事,此刻大可随意讨论——

"我还以为这事一出,汪主任铁定下台呢,怎么反而出国研修的名单里还有汪主任的名字?"

"院长肯定会保住汪主任的,谁让汪主任是他的爱婿呢。先借着出国研修躲到国外去避一避风头,等一切平息了,照样该干吗干吗。"

"那倒也是,反正被汪主任治死的那人家属这么一闹,有理也变没理,不止没理,还成了罪犯,自身都难保了,还怎么找汪主任算账?"

"那医闹的也不是什么省油的灯,说是要替死去的老婆讨公道,其实还不是因为欠了债,把老婆气得心脏病发,他也不管。好了,现在人死了,他终于盼来了钱,张口就要医院赔一千万。不过话说回来,这事闹那么大,总归得有个人背锅吧?都上新闻了……"

"就看院长能找到哪个倒霉蛋,替汪主任背锅喽。"

二人交谈着上了台阶,忽见楼梯口站着个人,全吓得噤了声,再一看,对方应该不是阜立医院的人,二人这才放下心来。还好是个外人,不然被同事听见她俩这么八卦,总归是影响不好。二人就这么交换了个眼色,便绕过商陆,朝各自的宿舍走去。

商陆看一眼那二人的背影,收回目光,走下楼去,思绪却停留在刚听见的那番话里。

姓汪的主任肯定不止一个,但一说院长的女婿,商陆脑中就浮现出了心外主任汪洋的那张脸。

当年这位院长就是为了维护汪洋,找去了阜立大学,以势压人,他不肯妥协,才退学重读。

这次的医闹又和汪洋有关?真是医界毒瘤。

商陆忙着思考,等走到路边,才记起自己忘了打电话给向南星。

他摸出手机，拨她的电话。通了，但她没接。他又打了第二遍。

打电话对方不接，绝对不打第二遍的传统，从来不适用于她。商陆又打了第三遍。

出了宿舍，再拐过面前的岔路口，就是阜立第一附属医院的正门，前几天在医院外摆出的阵势吓人的灵堂如今全撤了，但大门口进进出出的患者人数依旧是肉眼可见的少。最近阜立医院的负面新闻实在太多。

商陆还在想能去哪儿找到她，却被一串熟悉的手机铃声引得一蹙眉——爷爷，孙子给您来电话了。

那是向南星为他专设的手机铃声。他几次让她换掉，她都没换。

商陆还凑在耳边的手机传来提示：对不起，您拨打的电话无人接听。

同时，那阵铃声也断了。商陆挂断，继续拨，铃声再次响起。

商陆循着铃声快步拐过岔路口，脚步忽然一收。向南星就坐在岔路口的墙根处，抱着膝盖埋着脑袋。很安静，肩膀不见起伏，也不闻抽咽声，却依旧显得有点悲伤。

商陆下意识要拉起她，手却在碰到她肩膀前的一瞬间僵住，又收回。

这样的她，令他有些手足无措。他怕拉起她时，看见她在掉眼泪。

双手往口袋里一放，商陆敛去所有该有的不该有的情绪，语气平常，带着点一贯的不满，问："能不能把这铃声换了？"

他能看出她肩膀一僵，缓慢地抬起头来。还好，她没哭，只是很无力。

她像个很久没有睡饱觉的可怜虫，问他："你怎么在这儿？"

商陆鹦鹉学舌："你怎么在这儿？"还这么丧气？

他只说了前半句，便没了声，沉默地朝她伸出手。

向南星没接。她看看他的手，目光又顺着他精瘦的胳膊来到他脸上。她的表情很是惨淡，这惨淡的表情稍稍犹豫了一下，才说道："能暂时收留我几天吗？"

"我得搬出宿舍了。"

第二章

有我在

向南星带着商陆回宿舍收拾行李。

她忙着往两个箱子里塞东西，什么也不说，也不问他为什么突然回来，见她如此反常，商陆把箱盖扣下去，不让她瞎忙："为什么要搬出宿舍？"

她扯出一个笑容："院长特地优待，让我带薪休假。"

可她的语气一点也不开心。

院长确实是这么说的，让她先休假，不用上班了，但说这话时，院长的语气却十分值得玩味，大概是把她当作和邹母谈条件的筹码了吧。

如果是无期限放假，和开除有什么区别？只不过好听一点。

向南星记得院长让她先出去时，邹母看她的眼神，她说："我女儿就是被你和那个姓商的害了……"

她来不及对这话做出任何反应，被同样在场的主任用眼神撵了出去——都知道，在这个节骨眼上和家属谈什么都是白搭。

等她离开医院，主任的电话又过来了，说："院长被卫计委一个电话叫去了，邹家应该是有卫计委的关系。"

主任叹着气："你就好好休假吧。"

官大一级压死人，而她俨然成了食物链的底层。看来她的宿舍也住不了多久了，与其忍着即将到来的流言蜚语继续住在阜立宿舍，不如她自己先离开。

向南星正要重新打开箱盖，继续收她的行李，商陆却扣住她的肩，让她在床尾坐下，思忖片刻，问道："是不是因为邹然？"

向南星表情定住，沉默了足足一分钟，原本还想站起，却终是肩膀一沉，颓丧地窝进床垫："你知道她出事了？"

商陆点头："她妈妈给我打了电话。"

向南星心尖一沉，半响，苦笑道："她妈妈跟你说了，是我把她带进急诊室以后出的事？"

出事以后向南星之所以一直没跟他提过，其实是怕他怪她，就像当年那样。可如果真和当年一样，他又怎么会像此刻这般，站在她面前，平心静气地和她说话？

"没有。她妈妈只是警告我，如果邹然落下什么后遗症，她不会放过我。"

向南星并没有想过还有这一出，问道："这关你什么事？"

商陆犹豫该不该说，思量过后，还是说了："我离开北京前一晚，邹然来找过我。她喝多了，说了些……"

他的欲言又止，令她也下意识地小心着语气："说了……什么？"

商陆却摆了摆手："都是些胡话。"他并不想交代太多细枝末节，惹她胡思乱想，"她既不肯走，也不肯告诉我她家在哪儿，我只能打电话让她弟来接她，没想到她妈妈也一起来了。"

"她是对你表白了吧？"

向南星又不傻，怎么可能猜不到一个女孩子喝多了，还能说些什么？

商陆并没有很快重拾话题，停了几秒，见她并没有太抗拒，才继续道："她见到她家人就哭了，说她在国外漂了这么多年，都是为了我。说实话我挺震惊的，我以为……"

"你以为她是为了科研,为了理想,才和你们这帮大男人一样这么拼?"

商陆确实是这么想的。除了工作,他并没有过多关注过邹然,自然不会想得太多。不像对她,商陆看一眼向南星,她此刻一皱眉,他都会忍不住去深究,她心里正想着些什么。

"看来我俩在她妈妈眼里,都是罪人。你辜负了她,而我,害了她。"

向南星回视着商陆,还有他给自己垫背,心里多少好受了一些,现在也只能指望他告诉自己:"邹然现在情况怎么样?你应该见到她了吧?"

"你觉得她妈妈会让我去见她吗?"

怎么就没一件事是顺心的?向南星叹气都叹到不想再叹了。

向南星不知想到些什么,本来郁郁寡欢的,又突然眼睛一亮,赶紧摸出手机:"主任说邹然是脊椎骨折,我让我同事去骨外和神外打听一下,肯定能……"

商陆却按住她,把她的手机收走:"别折腾了。就算你打听到了,也什么都做不了,除了徒增烦恼。"

为什么世界上偏要有那么多力所不能及的事情?

向南星在宿舍里的所有衣物,两个行李箱就装满了,她这两年压根没时间添置什么新衣服,换季不穿的她一般会放回家。书倒是不少,满满一书架。学医的,考试多,书自然也多,大概得两个大纸箱才能装完。

向南星正琢磨着该怎么把这些书带走,商陆却把她从书架上捧下来的一摞书放了回去:"书就留这儿吧。有点自信,你还能住回来的。"虽然他挺希望她能一辈子住在他那儿的。

提着行李出门,已经是下午四点,宿舍里基本没人,大家都在上班,向南星就这么默默地走了。

商陆回纽约之前,把赵伯言借他开的车停在了公寓的车库里,眼下只能拦一辆出租车,后备厢有点小,商陆让她先上车,他负责把行李塞进后备厢。

商陆直到放好行李,准备关后备厢时,才发现向南星还在旁边站着,看着他。

他扬一扬眉:"怎么了?"

"你不怪我?"向南星终究还是问了。

看着她丧气的模样,商陆很快明白过来她指的是哪件事。

"那是意外,谁都不想的。"说完,他"砰"的一声关上后备厢,揽了下她的肩,把她往后座车门带去。

向南星在商陆这儿一住就是两天。

商陆就算在国内也是忙得昏天暗地,要随时和S-lab保持联系,但这两天却过起了无所事事的日子。

他每天陪着她在家里看无聊的电影,在家里做饭,一来他做的饭实在太难吃,二来向南星也怕他耽误工作,连吃了两天他做的午饭,向南星觉得是时候让他打住了:"你该忙忙去吧,不用总陪着我。"

他却说:"我是真的不忙。"

他的表情历来让人猜不透,向南星与他坐在餐桌两边,放下筷子,看了一番他的脸,没猜透他说的是不是真的。

"你们两个月后不是要参加精准大会吗?"

S-lab总得带着阶段性成果去参会吧?难不成空手去?还是因为邹然出事,S-lab也停摆了?毕竟邹然是团队元老。

提到这事,他的表情终于有了起伏,微微一蹙眉,犹豫这事该不该和她说。商陆考虑了几秒,换位思考一下,他也不希望她有心事瞒着自己,那他也坦诚些吧,索性说了:"富通医疗向专利局上诉,S-lab涉嫌侵权,暂时关停了后台,专利局需要逐一比对我们的算法模型是不是真的侵权。"

"侵权?!"向南星都想和他一起去找个大师算算命了。

他的反应倒是不冷不热:"放心吧,虽然二者都是基于医疗影像定量分析算法模型,但富通医疗的算法模型只能处理3D影像,S-lab的算法模型则是为了处理4D影像而生的。"

提到他的专业,他眼里是有光的。向南星虽然是门外汉,没听懂,但没有打断他。

商陆也没意识到自己话突然就多了:"它不仅能够从任意角度呈现肺部的3D结构,还加入了时间这个第四维度,使得血液流动随着时间变化的情况也可以完全……"直到这时他才一顿，突然意识到自己跟她说这些干吗，重新拿起筷子，夹起一块可乐鸡翅送到她碗里，"算了，不说了，太枯燥了。"

向南星低头看看自己碗里的可乐鸡翅，她倒宁愿他眼里藏着光地说着她听不懂的东西，也不想吃这块外皮焦黑、里头却一点不入味的可乐鸡翅。

商陆却习以为常地吃着自己做的可乐鸡翅。他在纽约这些年发现中餐馆做得还不如他。

"一会儿去趟超市？我晚上约了大伙过来吃火锅。"

话题突然从3D解构、4D影像一下子跳到了晚上吃火锅，向南星一时没反应过来。

"谁？"

"迟佳，赵伯言。本来我还想叫上蒋方卓，可惜他人在纽约，吃不到他心心念念的火锅了。"

学长历来两头跑，向南星就没在意，一门心思想着自己该怎么神不知鬼不觉地把这块可乐鸡翅扔到垃圾桶里。

商陆提到纽约，倒是想到了另一件事，见她看着碗里的可乐鸡翅走神，不知道她是不是又想到邹然的事了，索性开口打断她："要不要办个美签，和我一起回纽约待一阵子？"

向南星肩膀一僵，这才抬起头来，看着他，却不说话。

她眼里的情绪有点复杂，或许她觉得对不起邹然，或许只是单纯不想跟他一起去纽约？

商陆将所有的猜测隐在波澜不惊的眸色下，只说："我只是觉得你需要换个环境散散心，没别的意思。"

向南星和商陆下午去了趟超市，回到家，把《爸爸去哪儿2》的电影都在电视上看完了，迟佳和赵伯言这两个大忙人才匆匆按响公寓的门铃。

向南星终于可以退出无聊至极的电影，起身去应门，一开门迟佳就是一句："还是不是姐妹了，出这么大事都不告诉我？"

向南星的脸上是笑容也挡不住的丧气。迟佳得知阜立医院出了医闹事件的当下，就打电话问过向南星，向南星却什么也没说，现在看来迟佳是都知道了。

历来捧着迟佳的赵伯言，这回却打断了迟佳："赶紧进屋吧，就别乌鸦嘴了。"

迟佳赶紧改口："呸呸呸，这肯定不会是什么大事，就算是大事，也能大事化小，小事化了。"

迟佳正准备换鞋进屋，才意识到自己被赵伯言撑了，实在是难以置信，不客气地一拍赵伯言的肩："你刚说我乌鸦嘴？"

赵伯言缩缩脖子，连忙蹲下去换鞋，躲开了她拍在他肩上的手，再站起来时，巧妙地躲开迟佳的瞪视，直接去找商陆："我顺路带了点卤味来，搁餐桌上还是搁茶几上？"

大家关系亲近，火锅就搭在茶几上，四个人席地而坐，分着两包蘸料。

迟佳在来的路上听赵伯言说了商陆停工的事，如今仔细瞧瞧对面这两人，连这么美味的火锅都不足以消灭他们的坏心情。

迟佳也想叹气："你俩要不要去算个命？怎么都这么倒霉？"

向南星没说话，但心里早有此意。当然也只是想想而已，她知道商陆是不可能信这种封建迷信的。

赵伯言听不下去了："你一个学医的，劝人算命，合适吗？"

"赵伯言，你怎么回事，吃炸药了？今天撑我两次了！"

赵伯言之前确实不这样，给他八百个胆子，也不敢说迟佳一句不是。赵伯言没说话，烫毛肚去了。

有这两个活宝在，向南星总归是能分散些注意力不去想那些愁人的事了，迟佳却偏偏把话题扯回了愁人的事上："还有这汪洋，要是没他，也不会出什么医闹，怎么他反倒一点事都没有？汪洋前阵子还跑我们院国际部做专家会诊，我们国际部有个姓肖的主治医生，似乎是汪洋的学生，两人一见面，肖医生那一口一句汪老师叫的……"迟佳倒胃口地搓了搓胳膊。

向南星低头，默默吃菜。

"网上的新闻也是，风向都变了，从刚开始声讨汪洋，到后来指责家属狮子大开口，现在全去讨论医闹害人美女坠楼了……"

"网友一贯这么健忘的啦,总有更新鲜的谈资。"赵伯言讨好地把烫好的毛肚往迟佳碗里放,接过迟佳的话说道,"姓汪的背景也不简单……"

迟佳不领情,当即把毛肚扔回赵伯言碗里:"我不想听你说话,闭嘴。"

看来迟佳还记恨着赵伯言撑她的事,赵伯言向商陆求救,商陆只好贡献一点谈资给迟佳,免得迟佳还生赵伯言的气:"汪洋不仅没事,还被安排出国研修,避风头去了。"

"研修?"向南星一听,终于坐不住了,"国际心外学术论坛的研修?"

向南星之前听从心外门诊轮到急诊这边半年的同事李大夫说过,今年北京各大三甲医院都会参加这次国际心外论坛,而且是由汪洋带队,学术论坛之余,他们还会和美国的心外专家一同交流研修。怎么医闹事件一出,她都快饭碗不保了,汪洋还能继续带队去参加国际论坛?实在是匪夷所思。

迟佳就是心外的护士,一听是国际心外学术论坛的研修,便是一锁眉:"这学术论坛今年是在纽约举办吧?"

赵伯言不知是真的诧异,还是找话和迟佳聊:"这你也知道?"

这回,迟佳没工夫再对赵伯言冷言冷语了,她脸上挂起的表情十分值得玩味:"巧了,我们国际部的肖大夫也会去。"

向南星原本以为商陆邀她去纽约,不过是见她在北京待得实在憋屈,而他可能随时要回纽约,自然不放心她一个人。她想着做做样子,报了个瑜伽班,让自己忙起来,也好让他放心。

商陆倒是没再提过让她去纽约的事,向南星还以为他就此作罢了,直到几天后,她刚从瑜伽班出来接到邢璐的越洋电话,向南星才知道,他不是就此作罢,而是"曲线救国"。

邢璐自从前几年领养了一个女儿之后,抑郁症好了很多。这两年,邢璐没少邀请向南星去纽约玩,但向南星之前一直很忙,对纽约这个地方又特别抵触,虽然叶志伟、邢璐夫妇一直视她为救命恩人,但毕竟阶层不同,向南星也就一直借口工作忙,没有应邀。

这次,邢璐不知从哪儿得知她在休假,又一次邀她去玩。

"前几年我回北京办领养囡囡的手续，一直是你负责招待，我老公也惦记着要还这个人情很久了，正好你最近有空，要不干脆来纽约玩一趟？"

"姐，我是挺想去的，可是……"

向南星压根不想去，办美签得用上户口本，万一她回家拿户口本，被她爸妈知道她被放大假，爸妈肯定要问东问西，还不得愁死她？更重要的是，她一直在尝试和那个医闹当事人孙昊碰上头。

孙昊妻子刚去世时，孙昊接受过采访，说他手里有汪洋篡改他妻子病历的证据，但这个证据他一直没拿出来，于是有人猜测，篡改病历一事是他编造的，只为多讹钱。但如果孙昊说的都是真的呢？

医闹风波已过去一周多的时间，阜立医院的医护人员多多少少都松了口，向南星终于打听到了那个孙昊人还在阜立医院，但做完开颅手术之后一直没醒。

孙昊现在是犯罪嫌疑人，在医院病床上拷着。向南星想要探视，得先向警方提交申请。可她提的两次申请警方都拒绝了。她不是孙昊的家属，警方的拒绝合情合理。

而她之所以报这个瑜伽班，就是因为她打听到了脑外科的住院护士偶尔会来这个瑜伽班。可惜向南星已经连续来了三天瑜伽班，都没碰见对方。

邢璐在这个节骨眼上发出邀约，向南星礼貌性的托词还是得有，想了想，觉得这个理由还算充分，于是说道："美签办起来太麻烦了，等办下来，说不定我假期都结束了。"

假期结束……但愿如此，向南星在心里默默补充道。

邢璐好像早就料到她会这么说，解决办法都替她想好了："我们这边出邀请函，走加急，很方便的。"

向南星总觉得邢璐这通电话是有备而来，试探着问："姐，是谁告诉你我在休假的？"

她为了不让他爸妈知道她现在在家待业，可是连朋友圈都没发过。

"方卓昨天给囡囡带了从北京买的礼物，顺嘴说了一句你在放假。本来我昨天就想给你打电话的，可惜有时差，你那会儿应该都睡了，我才改今天联系你。"

学长?

向南星给蒋方卓打起电话来,可从来不管什么时差不时差的,当即一个电话拨过去:"学长,商陆到底给了你什么好处,你要帮他把我拐去纽约?"

学长应该正在忙,对着他那边的不知什么人说了句:"Wait a moment(稍等一下)。"

继而是起身的声音,直到到了更僻静处,学长浅淡的笑声才从听筒里传来:"他兜了这么一大圈,就是不放心你一个人在国内,你就从了吧。我现在在忙,一会儿再说,好吗?"

学长的声音一贯温柔,即便她这通电话确实打搅了他。向南星只能依言挂了电话。

向南星其实很想知道,商陆究竟是怎么想的。这些天来,他从没提过要帮她讨回公道,从没提过要帮她去摆平邹母,更没提过要让汪洋得到应有的惩罚,他会不会压根不希望她复职?这样的话,她就可以如他所愿,和他一起去纽约,一直陪着他……他是否再也不是当年那个冷峻又充满正义感的少年?那个曾为了救下仅有一面之缘的邢璐而拼尽全力的他;那个曾为了一个公道,宁愿退学复读的他;那个曾为了自己的科研成果能以最低的价格为病人所用,而被富通医疗封杀的他。

向南星害怕他真的变了,就一直没告诉他,她最近究竟在忙活些什么。

大概因为存了这样的心思,即便同床也是异梦。

他睡梦中下意识地要过来搂她,她则下意识地避开。

二人放在两边床头柜上的手机,同一时间连续振动起来,生生把向南星和商陆振醒了。

向南星从床上窸窸窣窣地坐起来,商陆也起身开了台灯,各自摸过手机一看,迟佳把他俩拉进了一个群,在群里连发了十几张照片,并附上三个大大的感叹号。

这十几张照片都是在停车场拍的,拍的都是同一个女人,那女人从电梯出来,很快上了一辆车。那辆车的驾驶座坐着个男人,女的一上车,两人就亲上了。

可向南星把屏幕亮度调到最高,都没能看清黑灯瞎火的车厢里坐的究竟是谁。

照片似乎是迟佳偷拍的,不仅光线昏暗,焦也是虚的,向南星各种角度地摆弄一番手机,依旧没能看清照片上那两人长什么样,索性放弃,直接发语音给迟佳:"这都谁跟谁啊?"

商陆几乎与她同一时间开口,在群里发语音问:"汪洋?"

向南星一听他脱口而出的这个名字,愣了。

他俩的手机又同时一振,迟佳在群里回复:"女人的第六感真是太准了,我就说这肖大夫和汪洋肯定有什么吧……"

向南星赶紧把照片保存,顾不上在群里发语音,直接打电话给迟佳,拨通的下一秒迟佳就接了。迟佳把音量压得极低:"姑奶奶,你怎么这时候给我打电话?好在我手机是静音的,不然我肯定要被那对狗男女发现。"

向南星也压低了音量:"你现在还在停车场?"

"对啊。我今晚和肖大夫跟同一台手术,我还纳闷呢,七个小时的手术,她下了手术台竟然还有心情化妆换高跟鞋?原来是有姘头在停车场等着……"迟佳啧啧两声。

孙昊那边迟迟没消息,汪洋这边却突然柳暗花明,向南星顿觉自己翻身有望:"你再离近点拍,最好再来个小视频。"

迟佳依言挂断,很快发来小视频,虽然依旧是偷拍,但比之前那组照片清晰了不少,驾驶座上坐着的男人确实是汪洋,车牌号也拍进去了。

向南星差点就把小视频转去了阜立医院的微信大群,想了想又一顿,这就要下床:"书房是不是有打印机?"

商陆没回答,一双很冷静的眸看着她。

向南星还在兴头上,没浪费时间等他的回答,趿上拖鞋就要去书房:"我把每一帧都打印出来,明天一早就送到院长办公室去,看院长还保不保这个宝贝女婿。"

商陆这才一把拉住她:"别急。"

向南星愣了几秒,突然有点想冷笑。他当然不急,她都这么惨了他也没想着要帮一把。

"你当然不急,你巴不得我没了工作,好跟你一起出国!"

此话一出,两个人脸都僵了。向南星的话憋在心里太久,如今终于脱口而出,向南星看向他。如果说他之前的表情是过于冷静,那她这句话过后,他的脸色就是一片冷峻了。

他攥住她手腕的手,紧了紧,又松开,什么也没说,从另一侧床沿下了床,直接赤着脚出了卧室。

向南星看着他冒着寒意的身影消失在卧室门外,心里瞬间没了底——他生气了。向南星却不想服软,他越是发脾气,越是证明被她说中了。自私的男人……

她在心里正骂着他时,这个自私的男人又抱着电脑回来了。

向南星赌气不说话,商陆亦然,在一片充满对峙意味的沉默中,只剩下商陆点击电脑触摸板的声音。商陆很快调出视频,把电脑往床上一甩,多少带着点赌气的意味,"啪"的一声用力按下空格键,视频开始播放。

向南星一直站在床边,一眼都不带看他,直到听见电脑里传出囫囵不清的声音,才忽然扭头看过去。电脑上正播放着视频,画面里是一个包扎着脑袋、意识不清地躺在病床上的人。

是孙昊。

即便向南星只见过孙昊一次,但因为她最近查了太多网上的相关新闻,见过太多孙昊和他亡妻的照片,所以对视频里孙昊的这张脸一点也不陌生。

孙昊急切却又口齿不清地说了什么,不仅向南星听不明白,视频里的另一个声音也不得不出言提醒他:"别急,慢慢说。现在是护士给你清创的时间,警察不会进来。"

这冷静自持似能安抚人心的声音……向南星不禁侧眸,用余光看了眼商陆。他背对着她,坐在另一侧的床沿,生人勿进。

视频里的孙昊终于慢下了语调,向南星也终于听清了他说了什么:"汪洋篡改了我老婆的病历,我的手机里,有证据……"

说到这儿画面突然定格,向南星还以为是视频卡了,慌忙抱起电脑连按空格键。她这么一阵乱按，播放器突然跳到下一个视频开始播放。

视频里一双手正快速地操作着电脑，电脑的USB接口连着一部摔坏的手机，文件管理器的进度条一直在加满，很快跳出提示，手机磁盘已修复。

那双手把修复好的照片都导了出来，照片栏被迅速地右划，最终一张照片被选中放大。这张照片中，是一份电子病历。

视频里，向南星十分熟悉的嗓音随即响起："病人死亡后，电子病历一直没有归档封存，仍处于开放状态，有权限的人可以修改病历，证实了该病历存在被篡改的可能。"

向南星眨了眨眼睛，眉头要皱不皱的，总算找回了自己的声音："这……都什么时候录的？"

他坐在那儿，背对她，语气和他背脊一样又冷又轴："你练什么鬼瑜伽，把我丢在家里的时候。"

向南星咽了口唾沫，其实她是想说对不起的，出口却成了："你确定电子病历有被篡改的可能性？"

到这个关头还在质疑他？商陆终于回头看她："你忘了我大学学什么的了？北京这些三甲医院用的电子病历系统，模板都是我们清华生医做的。"

"哦。"

哦？就一个哦？商陆身体一侧睡回床上，盖上被子。

向南星看着他把被子裹成一团，跟个大粽子似的，一筹莫展地挠了挠头。

商陆侧卧着，闭着眼不发一言，耳畔响起她合上电脑放到一边的声音，继而是她躺回床上的声音，然后再没动静。

商陆睁开眼，等了半天，什么也没等到，真想翻身过去压住她，啃得她再也翘不了嘴，想到她最近兴致缺失，连手都不愿意让他碰一下，又作罢，闭上眼。

一只纤细的胳膊却在这时小心翼翼地自后搂了过来。商陆刚闭上的眼，睫毛微微一颤。

"我还以为你打算就这么一直放任我失业在家了……"她依旧没认错，语气却服了软。

"你是怎么见到孙昊的？见他之前，不是得先向警方申请探视吗？"她是真的好奇。

他终于侧过半个脑袋，斜她一眼："亲我就告诉你。"他不是开玩笑。

"咕噜"一声，是她咽唾沫的声音。

两个星期手都没让碰一下，更别说是接吻了。向南星都忘了该怎么起这个头。

他却不像之前那样，不等她反应就扑过来为所欲为，就这么干看着她，等着她。

向南星只得慢吞吞地斜撑起手肘，支起上半身，凑过来亲了下他的唇角。

唇角稍稍一热，她就撤了。商陆目光浅淡，看她的唇，看她的眼睛。

"敷衍。"

有的亲就不错了，还嫌东嫌西？向南星腹诽，不客气地扭过他的下巴，照着他那说不出一句好话的嘴，用力吻了下去。

脖子都快被她拧折了，商陆顺势侧过身来正对她，彼此的唇未分开，由他加深这个吻。

骗子。她的主动献吻压根没能换来他的答案。

困在他的桎梏里，直到浑身毫无着力处，他才埋在她颈侧，发出一声浅淡至极又撩人耳膜的闷哼。

商陆将她搂在怀里，扯过被子盖住，手指绕着她那半长不短的头发，话倒是不少："我找人黑进了阜立医院的系统，发现了一件很有趣的事。"

他的声音忽然一停，向南星自然要往他这边凑，问："什么？"

她侧过来，半个身子紧贴着他，下巴也垫在了他肩上。

商陆故意留了后半句没说，等的就是这一刻，他的指尖顺着她的背轻抚至她盈盈一握的腰。

"孙昊妻子出事当天，有一个非阜立医院的IP（网协）地址登录过阜立医院内部的电子病历系统。这个IP地址是不是汪洋的私人地址，我还没查到——我往汪洋的各种社交平台和邮箱都发了木马病毒，但他一直没点开。"

"这犯法吗？"

她这嘴……商陆低头,照着咬一口,原谅了她:"汪洋的私人电脑一直种不上木马,我只能亲自在他电脑上查了。他和他的女学生不是要去纽约参加研修吗?你既然不乐意去纽约,那就在家等我消息。"

"去!当然去。"向南星音调刚提起来,又惆怅地一低,"不过得等我先回家偷到户口本。"

她总不能直白地跟她爸妈说,她需要拿户口本去办签证吧。还有别的什么理由能让她从家里骗出户口本呢?难不成告诉爸妈,自己要拿户口本去结婚?思来想去,就只剩下一招——偷。

其实在向南星成天往瑜伽班跑的这段时间,商陆不止干了这些事,他还去找了邹母。

商陆有个大学同学在阜立第一附属医院的设备科,他这个同学的女友是加护病房的护士,他要打听孙昊这个人在哪儿,并不难。

孙昊从加护病房转到普通病房的当天,他同学以调试设备的名义,先把他弄进了病房,同学女友再以清创的名义把警察请出去,商陆这才和孙昊碰上了面。

而邹然,他想见一面反倒更难。

邹母安排邹然转了院。至于转去了哪儿,商陆找到邹母,邹母始终不肯说。即便商陆明说他从来只当邹然是自己的朋友,邹母依旧不认。

"你们这些年轻人,都是玩暧昧的高手,我女儿对你的付出,你难道真的就看不到?她为了你,一个从来不进厨房的姑娘家,突然大半夜打越洋电话问我这道菜该怎么做……她还做过好多这样的傻事,我都不想提了,你自己好好想想是不是这么个理——如果你明确拒绝了我女儿,她怎么还会这么死心塌地跟了你整整五年?"

听到这话,商陆多少是震惊的,邹然确实经常下厨,但她每次都会招待S-lab的所有成员,他又怎么知道她是特地为他做的?更别提她和他共事的这五年。

"她不是跟了我五年,她是在S-lab干了五年。"

商陆说什么都于事无补,固执的老人家始终认为自己的女儿原本好端端的却横遭厄运,未来可能要在轮椅上度过,这一切都是这个男人的错。

第二章 有我在

商陆原本想着邹然肯定比失去理智的老人家更加明事理，这是意外，大家都不想的，他见了邹然之后，邹然或许会帮他说服老人家，起码先把向南星的工作保住，毕竟整件事情的罪魁祸首是汪洋，向南星是无辜的。

和令他吃尽闭门羹的邹母相比，汪洋那边则顺利多了，迟佳在偶然撞见汪洋和他女徒弟肖倩的幽会地点之后，时不时就有高清无码图发来。

见向南星这边一直按兵不动，迟佳急了："我这么多照片白偷拍啦？把这些照片印它个五百份，从阜立医院的楼顶往下一撒，不就完事了吗？"

该怎么和迟佳解释？

向南星起了个头："我打算先去趟纽约。"

手机那端的迟佳有点蒙："这时候跑去度假？星仔，你心什么时候变这么大了？"

虽说迟佳眼里的向南星一向心很大，不爱自寻烦恼，懂得选择性遗忘，要不是因为这性格，她和商陆估计现在还在成天掐架，一言不合就翻旧账。可和汪洋的恩怨怎么能与和商陆的恩怨相比？她就打算这么忍下这口气，跑去纽约散心？迟佳不懂。

事情成功前，向南星不想说得太多，只说："你就等着吧，等我从纽约回来，说不定汪洋已经被吊销执业资格了。"

篡改病历导致医疗事故鉴定出现偏差，吊销执业资格已经算轻了，重者，汪洋恐怕难逃牢狱之灾，得和孙昊做狱友。

向南星打这通电话给迟佳，不是为了听迟佳数落，她拉回正题："我打算周末回趟家，一起？"

关于向南星对汪洋的态度，迟佳已经很不解了，这回更是摸不着头脑，不确定地问："你这不是往枪口上撞吗？你现在待业，万一回家被你爸妈发现破绽怎么办？"

迟佳可还记得向南星自己说过，向妈一旦生起气来，可不会管闺女已经二十好几了，照样抄起鸡毛掸子抽她屁股。

可向南星有什么办法？美签的材料都准备好了，就差户口本。她特地选在周末回家，还拉上迟佳，就是希望迟佳能帮她打个掩护。

向南星回家的时间选得正好，向爸出诊去了，为一个偏瘫病人做针灸，家里就向妈一个人，真是天助我也。

向南星原本计划让迟佳拖住她妈，她偷溜进爸妈卧室找户口本，可她一进屋，鞋都还没脱，向妈从厨房里探出脑袋就是一句："回来得正好，下去买瓶酱油。"

怎么一进屋就被打乱了节奏？向南星只得跑下楼买酱油。

等向南星买完酱油，哼哧哼哧地爬楼回来，把酱油送进厨房，刚要脚底抹油，又被向妈叫住："帮我洗菜。"

向妈用下巴点点水池，向南星扭头一看，这么多菜？还让不让她进屋偷户口本了？

坐在沙发上的迟佳见向南星一直没从厨房出来，凑到门口一看，向南星正在埋头洗菜，背影都透着一股颓废劲。

迟佳一向机灵，直接上前说："阿姨，我来帮忙吧，星仔太磨蹭了。"

确实磨蹭，因为不情愿，一片菜叶洗一分钟，都快被她洗烂了。

向妈却不打算放向南星出去，一边催促向南星快点，一边对迟佳客气："怎么能让你一个客人帮忙呢？你坐着就好。"

向南星默默叹气，看来她一时半会儿出不了厨房了，便侧过脑袋，避开正在料理台另一边剖鱼的向妈，冲着迟佳用口型说了句："去我妈卧室找找，卧室。"

迟佳扬眉答应，转眼就从厨房门框那儿缩没了脑袋。

等迟佳再回来，向妈的湛香鱼片都做好了。

向妈正准备把这道湛香鱼片端出厨房，正在帮忙切西红柿的向南星一看，吓得她举着刀就追了过来。

向妈比她还惊恐："刀！刀放下！"

向南星这才意识到，赶紧把刀放下，她光顾着担心她妈现在走出厨房发现迟佳不在客厅了。

好在她刚悻悻然放下刀，迟佳就再一次从厨房门口探进个脑袋，问："要我帮忙吗？"

第二章 有我在

回来得正是时候。

向南星给迟佳递个眼色，迟佳心领神会，上前接过向妈手里的汤碗："阿姨我来吧。"

迟佳这么乖，向妈欢喜极了："等着，阿姨再给你做个你最爱的红烧肉。"

见向妈折回去炒第二道菜，向南星这才用口型问迟佳："户口本……"

迟佳耸耸肩，表示没找到。

直到上桌吃饭，向南星才终于走出厨房。

见她不愿动筷子，向妈误会了："不用等你爸，他中午不回来吃，下午直接去医馆。"

向南星"哦"了一声，夹了块红烧肉送进嘴里，做做样子，其实心里一直在琢磨户口本会在哪儿。

向妈有个不好的习惯，一和向爸吵架，就要撕东西。向南星从小到大，她妈撕过结婚照，撕过结婚证，撕过向爸的执业证书，当然也撕过户口本，唯独没撕过她的作业本。

向爸为了补办证件，跑断了腿，痛定思痛，决定把重要的东西都藏起来，并且不定期换地方藏。向妈找不着，自然也就撕不了了。他爸这回又把户口本藏哪儿了？

向南星正心不在焉地吃着香气扑鼻的红烧肉，忽听她妈开口问："听说最近有人在追你？"

向南星筷子夹着的半块红烧肉差点掉桌上，急忙张嘴去接，接住的同时抬头，惊恐地看向向妈，才发现向妈这话不是对她说的，而是对迟佳说的。

迟佳的筷子一停，表情也僵住了。

向南星一边嚼着掉到嘴里的半块红烧肉，一边眯眼瞧向迟佳，怎么迟佳从没跟她提过这事？

迟佳愣过之后就笑了："阿姨，你这都从哪儿听说的？"

"别看你们护士长平时不苟言笑的，私底下可爱说你们这帮小姑娘的八卦了。"

向南星听着，不动了。西区医院成立国际部后，向妈在西区医院的好多老同事都调去了国际部，为了迟佳这份工作，向妈之前走了点同事关系。这么说来，迟佳的顶头上司和向妈关系还挺好，向南星都不知道的八卦，向妈却知道。

向妈知道的还不止这些，转而又道："还是一个刚进你们院的牙科医生？"

牙科医生……迟佳一听，脸色一白，那可不是什么娇羞的白。

向南星暂时把户口本的事抛到一边，琢磨起这牙科医生来。上回联谊，迟佳叫来了一个牙科医生，向妈提到的那位看来就是他？效率这么快？毫不知情的向南星在桌子底下踢了踢迟佳，以表自己被归为局外人的愤慨。

迟佳却没感受到似的，浑身透着股紧绷，展开笑容冲向妈解释："那都是同事瞎传的，没这回事。我再去盛碗饭，阿姨您做的菜实在太好吃了。"说着便端起碗，起身去了厨房。

向南星一口饭都没动过，偏也套用了迟佳的说辞，端起碗进了厨房，跟到正站在电饭煲前若有所思的迟佳身后，问："你有新恋情怎么能不告诉我？"

迟佳肩头一紧，回过头来，看来刚才是在走神。

"什么新恋情？"迟佳自嘲地笑笑，继而轻飘飘投下一枚重磅炸弹，"陈默。"

向南星半晌才从一片诧异中找到自己的声音："陈默回国了？"只是音量压得更低。

迟佳点头，已然十分沮丧。

"陈默妈前阵子还和我妈说陈默打算和他密歇根的同学合伙开个牙科诊所。"

"我哪儿知道他哪根神经搭错了？"迟佳越想越气愤，原本握在手中的饭勺狠狠往锅里一放，"还有上回，你记得吧？就商陆喊我们一起吃火锅那回，赵伯言去接我下班，看见陈默了。"

向南星一算时间，不就是两周前？

"赵伯言就因为这事，吃火锅的时候竟敢撑我两次！关键是又不是我让陈默回来的，我也压根没搭理过陈默，这也能怪到我头上？"

与其说是感受到了迟佳的气愤，不如说是赵伯言连发脾气都发得这么隐晦，向南星都不知道是该笑还是该同情。

迟佳本来是来帮忙的,却坏了情绪,在向妈面前还不能表现出任何异常来,为了帮向南星争取时间,吃完饭,在向妈开口让向南星洗碗之前,迟佳就已主动包揽,把碗筷收拾好端进厨房的同时,用眼神示意向南星赶紧去找户口本。

向南星默默地冲迟佳抱拳,不敢耽搁,转眼就溜进了爸妈的卧室。可惜翻箱倒柜半天,依旧没找到户口本。难道不在卧室?

向南星起身,刚拉开卧室门走出去,就听"啪"的一声,是瓷器打碎在地上的声音。

向南星握在门把上的手堪堪停住。

声音似乎是从厨房传来的,向南星走到厨房门口。

是碗摔碎了,迟佳正蹲在那儿捡碎片,向妈一边帮忙,一边懊悔:"阿姨不该跟你提陈默的。"说着又一拍脑门,"我也真是的,非得跟你说什么让你开始一段新感情,别再想着以前了……"

迟佳语气听着还算轻快,却没抬头,大概表情并不轻快:"阿姨,我真是手滑才摔了碗,没别的……"

向南星觉得挺对不住迟佳的,自己妈妈这张嘴……她刚要上前把这两人的话题岔开,让迟佳缓口气,迟佳捡碎片的动作却蓦地一停——划伤手了。

向南星五官都快愁得皱起来了:"我去拿创可贴。"

向爸的医药箱就在电视柜底下的抽屉里放着,向南星抱出医药箱正要打开,手机响了。她一手开药箱,一手从兜里摸出手机。

商陆发微信问她:"找到了?"

向南星急急忙忙,语音回了一个字"没",然后搁下手机,翻药箱找创可贴。

创可贴用完了,就剩下一个空盒,向南星无奈,正要关上药箱,指尖却一顿———堆药盒底下,似乎压着个红本。从药盒的缝隙里,正好露出红本上一个金色的"结"字。

向南星定睛一瞧,是她爸妈的结婚证。

她把压在红本上的药盒一股脑全拿了出来,随手扔在电视柜上。果然,她爸把重要的证件全藏在了箱底。

向南星把被她翻出来的药盒胡乱塞回药箱,一边暗叹着向爸的精明,一边把户口本藏进自己挂在门边衣帽架上的包里。

这时向妈和迟佳正从厨房出来,见她没有找药箱,反而在门边站着,皆是一愣。

向南星脑筋一转,一手将包斜背在肩上,一手拉开家门,说:"我下楼去给迟佳买创可贴。"

不等身后二位吱声,她一溜烟跑出了门,一边"咚咚咚"地下楼,一边给商陆打电话,刚一接通,不等对方开口就喊:"找着了!"

对面一愣,笑了:"我刚到你家小区门口。"

商陆原本是想来直接摊牌的,不承想她这么争气,商陆的车开到她家楼下时,她已经在那儿等着了。

他下了车,离她还有五步远,向南星已迫不及待地摸出户口本,朝他得意地一挥。商陆眼角微微一弯,便从一贯的冷眸中弯出难得的桃花笑,没说话,只冲她张开双臂。

向南星前一秒还不屑地撇撇嘴,后一秒却跑过去一跳,商陆伸手一接,她这个"树袋熊"就这么挂在了他身上。

商陆刚要亲她,却脸色一变,顷刻间音色都紧了:"下来。"

向南星顿时眉头一皱:"嘿你这人!明明是你让我抱的……"

"下来。"重复的两个字,只是警示意味更明显了。

向南星火气一上来,更挂在他身上不撒手了,甚至脑袋都埋了进去,只剩右手还举着得来不易的户口本。

嫌她沉?她偏要把全身重量都压在他身上。

商陆无奈抬眸,越过向南星的肩头,正视她身后,问好道:"叔叔。"

商陆话音一落,明显感觉到他身上这个"树袋熊"浑身都僵了。她从他身上跳下去,因为太慌张,双脚落地都没站稳,商陆伸手托了一把,等她站稳,他正要收手,抬眸却见对面的向爸目光终于从自家闺女手上的户口本上移开,回落到他正搂着自家闺女的那只胳膊上。

向南星怯生生地开口唤了声:"爸……"

向爸的目光才猛地一抬,看向自家闺女。

向爸沉默了足足一分钟,才勉强消化掉震惊,说话难得磕巴:"我……我是不反对你俩偷偷结婚,但万一被你妈知道,这责任,你俩可得自己担。"

结婚?向南星还以为自己听错了,可看她爸吓得面色惨白的模样,分明是既想成全年轻人一时冲动的决定,又怕家里的母老虎怪罪自己。向南星先悄悄把户口本藏回包里,然后才一脸郑重地走向她爸,说:"爸,您误会了!"

可向南星这一步还没来得及迈出去,就被商陆突然扯住了衣角。

向南星顿在原地举足不前的同时,商陆同样一脸郑重地开了口:"爸,您没误会。"

爸?向爸双目一瞪,刚才不还叫他叔叔来着?

震惊的何止向爸,向南星的眼睛瞪得比她爸还大,万分不敢相信地看向商陆。商陆却只安抚性地回视她一眼,便再度调转目光看向向爸:"但是,在征得你和妈的同意之前,我们不会急着去领证的,南星最近在休假,我想让她和我一起回趟纽约,又不知该怎么告诉你们,只能先偷户口本把签证办了,再找机会和你们解释。"

商陆说话时一脸诚恳,向南星都险些信了。商陆则目不斜视,免得和她对视,她又露出什么破绽。

商陆这番话总算令向爸稍稍放下心,他走上前来,语重心长地拍了拍商陆的肩:"其实吧,叔叔……咳,爸也希望你俩能尽快结婚,但是……"

向南星觉得她要是再不解释,她爸怕是要把这女婿彻底认下了,连忙插话道:"谁要跟他结婚啊?"

商陆伸臂圈住向南星的腰,用眼神阻止向南星再说下去,继而看向向爸,抱歉一笑,道:"她是还没答应要和我结婚,但放心吧爸,我会哄好她的。"

"你也放心,爸会帮你说服你丈母娘的,但这需要点时间。"向爸就这么把老丈人的责任彻底揽上了身。

即便当年因为商陆姥爷的病两家确实闹得很不愉快,但向爸性格似向南星,不爱计较，可他作为老丈人不爱计较有什么用？家里他又说了不算。向妈那个丈母娘，可是很爱计较的。尤其几个月前，刚得知商陆要回国卖房，向爸就挺希望两个小辈能重归于好，就算不能重归于好，能做回朋友也是可以的。向爸好不容易说服了向妈，却不料商陆这个心狠的，有一次向妈在楼下碰见商陆和买家、中介一同来验房，向妈远远地朝商陆打招呼，商陆竟然视若无睹。自那以后，向妈一提到商陆，那叫一个咬牙切齿，向妈可是对向爸放过话的，说："商陆那小子哪天敢踏进我家门，一定打断他的狗腿！"

商陆："麻烦爸爸了。"

向爸："不麻烦，不麻烦。"

向南星站在一旁，蒙了。这对翁婿就这么互相谦虚着，把她下半辈子的归属问题给解决了？

有了向爸这个内应，向南星神不知鬼不觉地把美签办了，在大使馆顺利面签完之后，向南星又神不知鬼不觉地把户口本送去了她爸的办公室，由向爸继续换着地方藏。

临走前，向南星再三重申："爸，我是真的真的没想要和他结婚。"

向爸却曲解了她的意思，以为她是怕他在她妈那儿说漏嘴，向爸自是再三保证："你就放心和他出国玩吧，我绝对绝对不会告诉你妈的。"

向南星暗自摇头，算了，解释不通，不过转念想想，她都答应和商陆一起去纽约"旅行"了，还怎么证明她和商陆之间是清白的？

说来惭愧，这还是向南星长这么大头一回坐飞机。二十好几的人了，刚起飞时还在下意识地双手紧抓扶手，背脊紧靠座椅，眼睛也闭着，正感受着颠簸，旁座的人忽然一笑："谁才是土老帽？"

向南星刚被这浸着满满笑意的音色说得背脊一僵，那丝僵硬又被飞机的颠簸瞬间颠散。向南星依旧双手紧抓扶手，背脊紧靠座椅，眼睛却睁开了，瞪他。小人！还记着他之前不懂手机支付，她取笑他是土老帽一事。

商陆见她是真的紧张，抓在扶手上的手，指节都泛白了，这才敛了笑意，说："我倒是有一个坐飞机缓解紧张的办法。"

第二章 有我在

"快说。"

"接吻。"

"骗谁呢？接吻时脑垂体会分泌多巴胺，只会让人更亢奋。"

敢骗她这个学医的？

"试试不就知道了？有时候理论和实践是正好相反的，你们中医不是最讲究辨证论治的吗？"

连中医理论都搬出来了，向南星扯着嘴皮假笑："你不是最不信中医的吗？"

骗她亲他？没门。他已经害得她被她爸误以为她恨嫁了。

商陆低头瞧瞧她已经松开扶手的手，一笑，又抬眸看她的眼睛，说："都有心情和我抬杠了，看来是不紧张了。"

向南星一愣，还真是，都分心和他掐上架了，哪儿还顾得上紧张？再看他，正安然地靠回椅中，微合着眼，隐去得意之色："既然你不愿在飞机上亲我，那等到了我的公寓再补上。"

想得美。

"谁要去住你的公寓？在北京，我那是没办法才住你那儿的，在纽约，学长都替我安排好了，下了飞机，学长就接我直接去住邢璐家的大别墅。"

汪洋带队的研修团要一周后才到纽约，叶氏作为扎根纽约的华资公司，一些活动也邀请了汪洋带队的国内专家团，所以汪洋他们也会参观叶氏在美东的几个地方实验室，向南星想着到时候以蒋方卓助理的身份混进汪洋的行程里，肯定有机会接触到汪洋的电脑。

商陆却抱歉一笑："那不好意思了，起飞前，我刚通知学长，不用给你安排住处，你会住我那儿。"

什么叫道高一尺魔高一丈，向南星看着他那张表面是抱歉、实则有恃无恐的脸，紧了紧后槽牙，哑然地问："他答应了？"

商陆笃定："他有什么理由不答应？"

想来也是，比起蒋方卓和她的关系，明显蒋方卓和商陆的关系更亲。

十三个小时的飞行，降落肯尼迪机场时，正是黄昏。蒋方卓还真的没来接他们。

商陆叫了车,他的公寓在皇后区,离机场半小时车程,向南星坐在车里,一路看着街景,评判道:"纽约好像也不是很繁华。"

"曼哈顿比较繁华,生活成本也最高。"商陆简单介绍道。

不料向南星回过头来瞧他,眼里带了点可怜他的意味,她心里正嘀咕着:这穷小子,早知道不打车,坐地铁了。

纽约打车确实贵,到了公寓,他付车钱足足付了四十五美元,向南星默默一算,三百块人民币。

"贵……"

商陆接过司机找回的零钱,回头见她没下车,正坐在后座嘀咕些什么。

"说什么呢?"

向南星这才收了声,抿唇下车。

他住的是个叫Grand Ave的公寓,看外观并没有想象中旧,商陆推着两个行李箱进了电梯,她也跟了进去。

毕竟是别人的地盘,向南星多少有些拘谨,尤其进了他的公寓,夕阳的余晖斜进屋内,是暖黄色。挺敞亮的一室一厅,但因为很久没通风,带着点潮湿的气味,向南星站在门边观察了一会儿,他推着两个行李箱在她身旁等她:"怎么不进去?"

"你不怕我先进去,发现你家里有什么……"她一顿,侧头看他。

"女人的东西?"

他竟然猜到她想问什么,向南星耸了耸肩。

他还真的回答了她这么无聊的问题:"等你的行李箱进了屋,我家里就有女人的东西了。"

向南星撇撇嘴,进了屋。他随后推着行李箱进屋。这回,家里总算有女人的东西了。

当然,不止有了女人的东西,还有了女主人。

商陆把行李箱推到角落,折回来,问:"困吗?"

"不困。"

向南星走向窗边,想开窗透会儿气。她以为他接下来会说,不困的话,就去吃点东西。眼下正好是晚饭时间。

商陆却悄然自后抱住她。在他怀里的向南星被迫转了个身,与他四目相对。

"那……欠我的吻,可以还了吗?"

"谁欠你了?"

"你。"

他怎么能回答得这么理所当然?

不等向南星抗议,他已微微俯下身来。

吻,连本带利地吻。不带半点蛮横,只余温柔。辗转间,是满足。把她拐来了,真好。

向南星越吻越口干舌燥,稍稍推开他:"我饿……"能不能先吃饭?

他吻去她的后半句话,也不知是故意曲解她的意思,还是真就这么想的:"现在就喂饱你。"

话音一落,他就将她打横抱起,直奔卧室而去——如果家里有沙发的话,他其实连卧室都不想进。

可惜他这个公寓,家具少得可怜,客厅里没有沙发,卧室里也没有床,就一张床垫铺在地板上,向南星见连床单都没有,屁股一挨上床垫,就连连往后退:"这是你家吗?"

真是半点家的样子都没有。

商陆被她挣脱了去,才想起要从衣柜里拿床单出来。他临走的时候把床单收起来了。

商陆展开床单,随意地往床垫上一扔,转眼间,向南星整个人被床单罩住,见她在床单底下扑棱着,像个晴天娃娃,商陆笑了一下,屈膝跪上床垫,守株待兔。

等向南星终于成功从床单底下钻出来,还没看清近在眼前的他,就已被扑倒。

她身上这件长衬衫裙,光是解扣子已经够他折腾一阵了,向南星一边感受着他和她的扣子缠斗的劲,一边分神看着卧室的一切,还真是半点没有家的样子。

客厅里也是,连沙发都没有,小小一间公寓都能显得如此空落,他这些年在国外一个人就是这么过的?

"看什么呢?"

他终于解开了她衬衫裙上的纽扣,能分心关注她。

"在看你卧室里有没有女人的东西。"

他笑,怎么还惦记着这事?伸手把她的下巴捏回来,让她专注眼前:"等会儿我再带你好好参观下,至于现在……"

等一切结束时,向南星再也没力气嫌弃他的床垫了,闷着头,恨不得裹上还没铺好的床单睡一觉。

也不知过了多久,去而复返的商陆矮身坐到床垫旁,摸了摸她的脑袋:"我叫的比萨到了,起来吃点?"

她只有力气摆摆手,说不出一个"不"字。怎么感觉自己这次来纽约,就是羊入虎口,坐等他吃干抹净的?

他点了两份八寸的比萨,一个培根的,一个鸡肉的,还有些杂七杂八的小吃,连同可乐一起拎进卧室,直接搁在床垫旁的地板上,撕下一块喂她。

向南星见她只需张嘴,不需动手,还是乐意的,啃了一口便眉一皱,推开了:"还没必胜客的好吃。"

他吃她剩下的那半块,动作自然,眉眼和悦,习以为常了似的:"这已经是整个皇后区最好吃的一家了。"

更嫌弃这个地方了……但总归是肚子饿,看他把那半块鸡肉比萨吃完,转手又去拿培根味的,向南星肚子咕噜一叫,只能把嫌弃放在一边,冲他一张嘴。

商陆刚送到嘴边的比萨一停,又换了方向送去给她,先伺候她的胃。

向南星勉为其难,先填饱肚子再说,吃完了,下意识地嘬了下他的手指。商陆指尖被她嘬得一麻,撤回手的同时抬头看她,又想亲她了。

商陆打住这念头,免得她说他是人中泰迪,听她在那儿为伙食问题担忧:"唐人街呢?没中餐馆?"

"这儿的中餐馆,你就别指望了。"

"那怎么办？"

向南星嘴刁，其他都好说，就是在吃这一方面，实在是委屈不了自己。

商陆倒是早就想好了："在家做饭吃。"

"啊？"向南星不确定地看看这卧室，虽然她还没进厨房看过，但完全可以想见，厨房里肯定也是空得跟样板间似的，"你这儿连餐桌都没有吧？"

商陆似乎没想到她会这么嫌弃，眉心微微一紧："不是你说的，不让我一个人买家具，要等你来了，再一点一点把家具添置齐了？"

她那时候是怎么说的？她要的就是那种两个人共同组建一个家的感觉……

向南星被他说得一愣，仔细回想，她确实说过这话，不过，那都是三年前的事了。

她刚进他公寓，还以为他是穷得没钱置办家具。向南星悄悄瞅他，见他虽提起从前，表情倒还是一贯地寡淡。这人真是好生奇怪，对她不闻不问两年多，她说的每一句话，他却都记到现在，真是让人讨厌，又没那么讨厌。喜欢，又不敢再全心全意地喜欢。

商陆见她走神想着什么，曲起指关节，敲了敲她的脑门，示意她回神："所以，什么时候让我转正？"他看着她的眼神，寡淡中似乎又多了点小心翼翼，"岳父可都认我了。"

差点着了他的道，敢情他在她面前忆往昔，到头来还是为了转正二字，向南星回过神："别跟我打感情牌。"

商陆耸耸肩，其实也没奢望她现在就能答应："其实我知道你为什么一直不让我转正。"

向南星挑眉不接话，又想套她话？没门。

他却自行说出了答案："因为你怕我再像上次那样，丢下你。"

他看着她的眼睛，看得向南星突然有些心虚，当下挺直腰杆坐起来，嗓门也大了："美得你！我不让你转正，只是因为……"

因为他英俊多金？因为他……

"因为……"向南星一时之间竟编不下去。

商陆见她扯半天扯不出个所以然来，胡乱揉了揉她的脑袋，把她头发都揉乱了："吃完就早点睡吧，明早一起买家具去。"

向南星被他这么一插科打诨，忘了跟他计较转正不转正了，全然没发觉自己一直在跟着他的节奏走，看一眼搁在床垫旁地板上的闹钟——晚上八点，既惊讶于他俩六点到的公寓，竟一下折腾到八点，又惊讶于他的睡觉时间："你八点就睡？"

时差在这儿摆着，她可一点都不困。

商陆："我得回趟实验室。"

富通医疗申请的封存数据周期只有一个月，没有足够证据控告S-lab侵权的话，过两天实验室就能解封。

S-lab原本的运行模式是：国内的实验室负责数据的挖掘、质控以及数据云的建立和维护，数据到了S-lab手里，纪行书负责图像分析，邹然负责前端建模，商陆和他从中科院挖来的李嘉宁，共同负责深度学习算法，IBM的前工程师徐闯则负责硬件。

团队内分工明确，却因为邹然的离开，少了最重要的前端环节。商陆一直在试着接手邹然的工作，但效率明显慢了。一个半月后的精准医疗峰会，S-lab总不能拿个半成品和吹得天花乱坠的PPT应付吧？

S-lab的未来不会局限在肺癌领域，肺癌只是一个相对更容易攻克的方向，连这个最容易攻克的方向都拿不下来的话，S-lab的天花板也高不到哪儿去。

蒋方卓为商陆引荐了几个人，商陆本想着她在家里好好睡一觉，他面试完蒋方卓引荐的人，再回来陪她。

"我也去。"比起睡觉，向南星其实更想看看他工作的环境。

"实验室里的一切可都是保密的，外人不让进，参观的话还是算了吧。"

这是商陆自己立下的规矩，他也不好带头打破。

向南星反驳道："谁说我是外人了？"

商陆表情一凝，眉梢突然感兴趣地一扬。不是外人，难不成是夫人？

"我假装是你助理不就行了？"

这个提议令商陆刚扬起的眉梢，顷刻间低了回去，他又拿床单罩她，这回倒是被她躲开了，商陆看看闹钟，不能和她闹了，刮一下她的鼻尖，起身道："助理就算了，你要是以我未婚妻的名义去参观，我还能勉强答应你。"

未婚妻？勉强？

他起身背对她，在衣柜里找衣服换上，刚才他在家里到处溜达，就只穿了条灰色的长裤。

向南星看看他那跟被猫爪子挠过似的背，心想早知道在他背上多抓几道了，皮笑肉不笑道："我才懒得跟你去呢，我一会儿去附近酒吧喝一杯，顺便赏一赏外国的小鲜肉。"

刚穿上衬衫正在系扣子的商陆，指尖在第三颗纽扣上堪堪一停，这才一边继续系着扣子，一边转身道："外国没有小鲜肉，只有大胡子和啤酒肚。"然后屈膝蹲下，和她平视，亲亲她，"等我回来。"

四个字，明明不带起伏，向南星却觉得自己又被撩了。

商陆一走，向南星也没闲着，在他公寓里到处参观。

和如今随处高楼林立的北京相比，窗外的夜景还不如三里屯，大概纽约的极致繁华都给了曼哈顿。向南星也不是看夜景来的，只匆匆一瞥窗外，便在公寓里这儿瞧瞧，那儿翻翻。厨房倒是不像她想得那样空落，锅碗瓢盆一应俱全，算是整个公寓里设施最齐整的一隅了，就连专门煲汤的锅都有。

虽说广东人爱煲汤，但商陆对此可是一窍不通，更不可能专门为此买个锅。

向南星想到了某种可能性，搓一搓胳膊，逼自己不去想，出了厨房，继续去别的地方搜罗。

搜罗的结果，就是公寓里确实没有任何一件属于女人的东西，向南星脸上却不见笑容，把自己往客厅的懒人沙发袋上一丢，摸出手机，给迟佳发微信。

星仔："干吗呢？"

算一算国内的时间，迟佳应该刚开始上班没多久，有时间听她闲扯。果然没一会儿手机就振了。

佳："我在派出所。"

向南星一愣："你不是应该在上班吗？"

迟佳发了个一言难尽的表情。

向南星顿时联想到自己的遭遇，在软得不成形的沙发袋上坐直，原本随意地单手拿手机，也变成审慎地双手捧着手机："有人去你医院闹事？"

佳："那倒没有。"

向南星松口气，刚准备懒散地窝回沙发袋中，却被迟佳发来的下一条微信猛地震慑住。

佳："陈默把他同科室的同事揍了。然后我又把陈默揍了。"

然后，三个人被一同请进派出所了。

佳："怎么突然找我？你已经到纽约了？"

向南星把自己心里那点因一个煲汤锅而起的小九九放到一边，回道："陈默好端端的，揍他同事干吗？"

陈默从小到大可都是三好学生——起码表面上脾气是很好的，从没打过架。

佳："我上回叫去联谊的两个医生，一个姓张，一个姓方，还记得不？"

向南星紧了紧握手机的手。姓张的，不就是上回装醉要骗她送他回家的那个？

佳："他俩到处散播我和我姐们心术不正，想勾搭他俩，搞得其他人最近都戴有色眼镜看我，我就找上门去理论了呗，结果被陈默听见了，他就动手了。"

真是世界之大，无奇不有，前有道貌岸然、往女人身上泼脏水，后有挺身而出、为人解气的，向南星突然不知该为迟佳感到欣慰还是憋屈，思来想去，打了一串字过去："陈默还是很在乎你的。"

佳："别！可别再误会他对我有什么，没准他是猜到那两人口中的'我姐们'是你，替你打抱不平呢。"

向南星吓得直接发语音过去："别！你可别扯上我！"

迟佳回过来的语气更是撇得干净："别！那你也别扯上我。"

微信页面安静了好一会儿，手机才终于一振。

佳："所以他只是吃饱了撑的，随便找人打了一架。"

星仔:"同意!"

两个姑娘就这么同时把和陈默的关系撇得干干净净,这事也就翻篇了——起码对向南星而言,是这样的。

佳:"所以你这一大早找我,到底什么事?"

向南星想了想,回道:"没什么。"

她把手机揣回去,迟佳现在估计正烦着,她在厨房的那点小发现还是自己消化吧。即便真是邹然放在这儿的煲汤锅,也说明不了什么吧……

向南星正自我安慰,手机又振了。这回却不是迟佳发来的微信,而是来电。

向南星接起,是商陆。

他说:"一个好消息,一个坏消息。"

向南星想了想,说:"好消息。"

"蒋方卓刚通知我,北京来的心外专家团会参观叶氏在宾州的心血管药物生产线和机械心脏的研究室,想不想作为叶氏方面的陪同人员,提前会一会你们汪主任?"

一听到这个名字,向南星后槽牙都紧了:"当然。"

那边安静了一会儿,向南星先打破沉默,问:"那坏消息呢?"

"坏消息是……"商陆那边的环境安静极了,向南星正屏息等着,门铃却响了。

向南星起身去开门:"谁大晚上的还来你家找你?"

"怎么?"

"有人按你家门铃。"

"先别急着开门,在猫眼里看看外头是谁。"

向南星走到门边一看,门上哪有什么猫眼?想到公寓楼下有门禁系统,出入都得输入密码,应该还算安全,她就没听商陆的,直接开了门。门开的一刹那,她却愣了。

"坏消息是,"此刻的商陆,对着听筒,亦对着面前的她。"才离开两个小时,就想你了。"

呸!情话"狗"。

"哪有两个小时？明明就一个小时三十五分钟。"

向南星嘴上驳斥着，身体却随了心，突然就扑了过去。商陆前一秒还想着要怎么应对她的驳斥，下一秒便笑了，牢牢接住她。

"你是这儿的女主人，你说什么都对。"

他身体力行，把女主人抱进屋里，大概是因为把她一个人搁家里太久，她生气了，嘴上犟得很。

"你租的房子，随便立女主人，你房东答应吗？"

"明天就买下来。"

"喊，真会哄人。"吹牛不打草稿。

商陆笑。哄着吧，欠了她三年，是得哄一辈子才行。

向南星原本以为等汪洋的这一周，会十分无聊，没承想每天都被安排得满满当当。第二天，她刚和商陆买完几样大件家具，家总算有个家样了，第三天，商陆就把朋友们都请来温居。

向南星刚开始还叫苦不迭："你要累死我？请那么多人，我得做多少菜招待？"

商陆哪儿能让她吃亏，纪行书可是出了名的居家好男人，一大早就买了一大堆食材，按响了他们家的门铃。

这会儿向南星刚适应时差，正睡得昏天暗地，突然被门铃声吵醒，自然不乐意，本想踢一踢商陆，让他去开门，可见他睡得那么沉，只能收了踢向他的脚，捏着眉心起身去开门。

门打开的那一刻，向南星愣了下，没认出来门外的纪行书。当年还算风流倜傥的清华小哥哥，怎么才三十多就秃了？

纪行书不等门里这位穿着清凉的姑娘认出自己，已先行被吓坏了。

向南星还在琢磨对面站着的究竟是不是纪行书，纪行书那慌忙别开视线的模样，令她不得不分了神，一皱眉，再一低头——大意了。

虽说纽约大街上的老外穿着清凉的比比皆是，但毕竟向南星才来几天，还做不到太入乡随俗，当下耳根一红，这就要随手拿过挂在玄关的包遮在胸前，手还没摸着包的肩带，肩上却已先行稍稍一沉。

商陆不知何时到的玄关，将手中拿着的外套往她肩上一披，瞬间将她遮得严严实实。

向南星当即扯紧外套，转身就溜，只留下一句话，徒劳地掩饰尴尬："你俩先聊，我……我先回去刷个牙。"

直到向南星跑没了踪影，纪行书才敢把视线重新落回门内，正好迎上商陆手插裤袋、泰然自若的样子。

纪行书纳闷了："你不是说，你还在追吗？"都穿成那样了，这是住一块？

商陆挠了挠头，看来这个问题问得他略感憋屈，索性略过不答，说："师哥你这么早到，是打算连早餐一起帮我们做了？"

商陆对纪行书无须客套，纪行书对商陆的公寓也早已了如指掌，他直接脱了鞋，提着菜，直奔厨房方向："你也知道我一向起得早。实验室现在又停工，就更睡不好了。"

刚说到这儿，纪行书脚步就停了，这还是他熟悉的地方吗？客厅里沙发、茶几、地毯，甚至挂画都有了。只是包装还没拆，一看就是刚买的，还没来得及好好归置一番。

纪行书回头，看向商陆的目光简直是老母亲般的欣慰："果然有女人了就是不一样。"

终于有点家的感觉了。

"那也不是什么女人都行的。"

商陆踏着拖鞋走了，留纪行书一人感受这寥寥数语对他这个·单身多年人士的伤害。

向南星在洗手台前刷着牙，顺便上下打量镜中的自己。身上那件带拉链的卫衣是商陆的，里头那件低胸睡衣，是昨天逛家居店商陆帮她选的。除了露，没别的特点，他非一本正经地说好看。什么好看？分明就是为了满足一己私欲睁眼说瞎话，向南星嘴里含着泡沫正腹诽着，罪魁祸首的那张脸就出现在了镜子的一角。

向南星回头一瞧,商陆正半倚着浴室门框,似笑非笑地睬她。

向南星噗地吐掉泡沫,漱口,不理他,沉默的背影写着:都怪你。

他倒是优哉:"放心,我师哥一千多度的近视,戴了眼镜也看不清。"

向南星刚要说话,外头传来纪行书的声音:"我煎了点培根,配荷包蛋,你俩出来吃点。"

向南星对纪行书倒是客气:"来了!"这就脱了外套要出去。

商陆见她这一脱,身上就只剩一件缎面小吊带,在她走出门的那一刻,直接捞住她的胳膊,上下打量她身上仅剩的小吊带,眉梢一挑,意思分明:你没觉得这样出去有什么不妥?

"不是你说你师哥近视,看不清的吗?"这话分明是故意激他。

商陆可不管她是不是故意激他,一把将她圈过来,自后贴着她耳侧,气息描绘着耳郭,斩钉截铁道:"那也不行,只有我能看。"

向南星挺享受他抱着她不肯放手的样子,正要在他怀里转个身,改而和他面对面,却被再次响起的门铃声打断。

"又是谁这么早?"向南星鼻子都皱了。

"我实验室全是一帮早起晚睡的。"

要不是门铃突然响,怀里这姑娘分明是要转过身来给他一个吻。平白错失早起福利的商陆微微蹙眉,早知道就提前知会客人,让大家都晚点到。

S-lab的人陆陆续续都来了,商陆一个一个为她介绍。怕她无聊,带她多认识一些朋友也是好的。

人多的好处很快就显露出来,昨晚他俩只把床弄好了,忙着试床,其他家具一律没管,如今一帮上门蹭饭的,反倒成了商陆的免费劳动力。纪行书开始做午餐前,客厅里还是各种待拆的家具,等做完午餐,回头一瞧,家具竟都归置好了。沙发是沙发,茶几是茶几,电视柜也快安装完毕。向南星正在试刚插上电源的新电视,拿着遥控器调台。原本冷冰冰的公寓一下子就有了烟火气。

纪行书老母亲似的微笑又来了:"我们之前都说,他买这房子干吗,住这儿的时间还不如住实验室的时间长,没承想,今天终于派上了用场。"

向南星拿遥控器的手一顿,电视转到她刚才找了半天也没找到的华语频道,她却已顾不上去看。

不知谁接过纪行书的话题打趣了一句:"商陆,你小子藏得深啊!早前买这房子,就是奔着结婚来的吧?"

商陆笑笑,没否认。

那一刻,向南星的目光瞬间回转,落在商陆身上。商陆被她忽然而来的盯视弄得笑容微微一僵。

向南星哪儿还顾得上注意自己的目光是否太过直接,满腹心思都用来纳闷:连三十五块钱的麻辣烫都不舍得浪费的穷小子,怎么会在纽约有套房?

两天后,S-lab实验室宣布解封,富通医疗没讨到任何好处不说,还变相为S-lab做了免费的推广。所有人都开始好奇,能被堂堂富通医疗视为眼中钉的S-lab,究竟有什么能耐?

房子的事,向南星还没找机会问,商陆又忙了起来。

向南星也没闲着,周末约了邢璐。

囡囡的学校每周末都有假期任务,邢璐带着囡囡参观自然历史博物馆,完成假期任务,向南星想去的大都会正好离得不远,两个大人带着一个小姑娘,权当是当代艺术之都一日游了。

邢璐去年回国领养的囡囡,向南星还曾陪她们去了好些北京的景点,这孩子因为面瘫,一直被同龄人排挤,很是怕生,在邢璐之前,还被一个领养人弃养过。奷在碰到了邢璐,这孩子的人生轨迹才发生了改变。

经历过失独之痛的邢璐十分宠爱这孩子,如今再见囡囡,向南星也觉得她似乎比去年开朗了一些,但依旧有些怕生。

囡囡的病情拖了好几年一直没治疗,即便邢璐一回纽约就带她去看了神经科,但直到现在都没能根治。

囡囡被保姆带去上厕所,邢璐这才说了些囡囡的近况。

邢璐本想请个中医给囡囡试试针灸，可惜囡囡一见又是针又是陌生人，哭闹得不像话，好些天都缓不过来。那几天里，除了邢璐，这孩子拒绝任何人靠近。

邢璐特地咨询了心理医生，心理医生推测这孩子可能被虐待过，邢璐既不忍心让孩子困于面瘫的自卑，更不忍心逼孩子再一次面对回忆的恐惧，这回终于盼到向南星来纽约，邢璐自然把希望压在了向南星身上。

"你能不能帮帮囡囡，试着针灸一段时间，看看她会不会好转？"

邢璐还是很信赖这姑娘的，毕竟当年这姑娘还只是个大一学生，就曾救过她的命。当然邢璐不是纯粹找她帮忙，明白说了会给她开薪水。

向南星可是没料到，自己在国内的工作岌岌可危，到了国外，反倒成了阔太太看中的人才。

商陆知道她见过邢璐，但不知道还有这么一茬，向南星也没提邢璐找她聊了什么，就怕商陆过度解读，真让她一直留在纽约。可纽约对于向南星来说，就只是个未知的城市。对于一个一辈子没离开过北京的"土老帽"来说，未知除了意味着新鲜，更意味着恐惧。

向南星决定还是先按自己原定的计划来，一周后，她等来了汪洋的团队。

可惜汪洋一行人在纽约的行程由纽约心外协会负责，等专家团启程前往宾州，参观叶氏的心血管药物生产线和机械心脏的研究室之后，才改由叶氏接待。

蒋方卓给向南星临时安排了个职位——他的助理，向南星作为蒋方卓的助理，自然要提前飞到费城，为专家团接机。

商陆自己实验室的事都忙不过来，他虽说会尽快赶去费城和她会合，但向南星还是得考虑到，万一商陆没能如期赶来，她又不懂黑客技术，大概就只能把汪洋的电脑偷走了事。

汪洋一行人刚落地费城机场，就和叶氏的地陪碰上了面。地陪是个年轻的中国女人，自称是蒋方卓的助理，叫Nancy。

汪主任大概是嫌英文念得绕口，问了句："Nancy？中文名呢？"

向南星稍稍一愣："南希。商南希。"

向南星把专家团的人都安排上了大巴。

第二章 有我在

汪洋和向南星在照片里见过无数次的肖大夫坐在一块，没什么笑意，车一开动，他就叫来向南星，说自己有腰伤，要求之后尽量给他安排单独的轿车。

向南星嘴上说好的，心里却在作呕：这汪主任和女学生挤在逼仄的驾驶座亲作一团的时候，怎么就不担心担心自己的腰伤？

专家团抵达费城的第一天，向南星并没有为舟车劳顿的专家们安排行程，把他们送到下榻的酒店之后，这一天的任务就算完成了。

向南星特地把汪洋和他的女徒弟肖倩安排成隔壁，自己则住在他俩对门，吃完晚餐，众人回到各自房间之后，向南星特地守在房间的猫眼处候着，果然没一会儿，对面汪洋的房间门就开了，汪洋鬼鬼祟祟地探头在走廊上张望了一下，便走到隔壁肖倩的房间，敲了敲门。

向南星全程躲在猫眼后看着，直到汪洋被肖倩领进屋，向南星才收了视线，啧啧两声感叹。

她要是能弄到领班卡，现在就能刷进汪洋的房间，把他的电脑偷出来，而且完全可以做到神不知鬼不觉。毕竟汪洋就算电脑被偷，也绝不敢调监控查，毕竟一调监控，他和肖倩幽会的事就会败露。

隔天去参观机械心脏实验室，对于向南星来说，最头疼的还不是要面对道貌岸然的汪主任——毕竟向南星之前最后一次见到汪洋，还是在阜立医院去年的年终大会上，那时她还是长发，每天扎马尾，在医院上班也素面朝天，那之后她把长发剪了，成了如今刚及肩的短发，作为蒋方卓的助理，她自然每日都是精致妆容，汪主任和专家团里的另一位阜立医院心外的副主任，就算之前在阜立医院和她打过照面，如今也没认出她来，都以为她真的叫商南希，唤她"商小姐"。

可就是这点，让向南星很是头疼。

向南星十分后悔，她给自己起什么假名字不好，非得起"商南希"这么个名字……当时怎么会下意识地给自己冠了商陆的姓？向南星百思不得其解。

实验室的工作人员正用英文讲解着机械心脏瓣膜的最新工艺，一旁的翻译负责译成中文，英文那部分向南星分明一句都没听懂，还得面不改色地附和，就怕被瞧出什么破绽。

向南星正腹诽着做蒋方卓的助理可真难，会三国语言是起码的要求，身后便传来一句："Nancy？"

向南星当下没意识到那是在叫她，还在沉醉地扮演着一个英语通，直到同样的声音又唤了："商南希？"

向南星才蓦地一怔，赶紧回过头去。还以为是专家团的人在叫她，映入眼帘的却是蒋方卓。

蒋方卓站在专家团的最后，与前一个人隔了几步远，似乎有意避之。皮夹克白球鞋，鼻梁上还架着一副墨镜，和平日里严谨的西装笔挺相去甚远，向南星差点没认出来。

他招招手示意她过去，向南星这才悄悄从专家团的最前排一路退到最后排。

直到二人出了实验室，向南星才开口问："学长，你怎么来了？"

蒋方卓不需要陪同专家团参观，只需出席最后一天在宾夕法尼亚大学的座谈会即可。

"我原本以为商陆会和你一起来费城，但我一早去S-lab，发现商陆也在那儿，一群人刚通宵完。"

"又通宵？"

商陆昨晚和她通电话，明明说他快忙完了，可以回家睡觉了。

"你一个人在这儿，总归不能让人放心，我索性就过来看看，反正纽约到费城，车程也才两个小时。"

向南星倒不关心这个，只顾着问："商陆该不会到最后来不了费城吧？"

蒋方卓的表情有半秒的迟滞，但只有半秒，便恢复笑意："放心，这么多年，我就没见他承诺什么事却没办到过。"

蒋方卓手里一直拿着一块工牌，这时才将手抬起，把工牌往向南星脖子上一挂。

向南星发丝微微一荡，才把商陆这个名字从嘴边摘掉，低头看自己的新工牌。她只顾着看自己的新工牌，都忘了把被绳子压住的头发撩开，蒋方卓便替她代劳。

指尖碰到她颈侧的那一小块皮肤，她没觉得有什么不妥，蒋方卓却指尖一僵，缩了手,看她工牌上的名字——Nancy Shang。商南希。

"你这新名字,我还真得适应适应。"

蒋方卓笑容无漾,双眼藏于镜片后。

蒋方卓提前这么多天来费城,算是私人行程,也就没当众露面。蒋方卓在叶氏分管研发,这几年在国内也牵头了不少联合实验室,和这帮专家团的人或多或少都有交情,汪洋就问过向南星,蒋方卓什么时候到,向南星只说蒋老师会赶在最后一天座谈会前抵达。

向南星白天陪人参观,晚上回到酒店,习惯性躲在猫眼后,看对面两扇门的动静。

汪洋去肖倩那儿"串门"的时间并不固定,有时是刚吃完晚饭,有时又会拖到很晚,可即便拖到再晚,晚上十一点前,汪洋也一定会回自己的房间。

雷打不动的十一点,向南星起初还纳闷,直到听专家团的人夸汪洋是老婆奴,才恍然大悟。汪洋的妻子每天都会固定时间查岗,看来汪洋十一点前回房间,就是为了应付查岗。

可惜专家团的行程早在医闹事件发生之前就已敲定,叶氏也一早就预订了这间五星级酒店,酒店管理完善,向南星都不知道上哪儿去钻空子,弄到汪洋的房卡。

蒋方卓说房卡的事他来想办法,但向南星知道,专家团的接待事宜由叶氏外联部门全权负责,蒋方卓安插她这个空降的助理进来,已经费了一番心思,其余的也不好再插手。

向南星只能暂时先等着,顺便等商陆来和她会合。可向南星这一等,就等到了专家团在宾州的行程过半。

最后一天的座谈会一结束,专家团可就要飞离费城,向南星终于等不住了,商陆突然打电话给她,刚要开口,就被向南星打断:"能不能靠点谱?"

真是靠人不如靠己。

那头一顿,解释道:"我傍晚的航班,飞费城。"

商陆打电话给她,其实就是为了说这事。S-lab的成员在实验室里没日没夜地熬了一个星期，系统测试终于通过，商陆挂了电话，连家都不回了，打算直接从实验室直奔机场。

实验室在四楼，他按的电梯却迟迟停在一楼不动，商陆等不及，索性直接爬楼梯下去。

到了路边，倒是很快拦到了出租车，商陆刚坐进车里，手机就响了。是纪行书打给他的。

商陆一秒接听："怎么了？"

就怕是刚试运行成功的系统突然出了什么错误。

纪行书停顿好几秒，倒不像是很急迫的样子，只是似乎有些难以启齿。

商陆也就没等他，直接告诉司机，去机场。

电话那头的纪行书听见了，这才赶紧开口："邹然来了。"

商陆拿手机的手一僵。

"要不……你现在回来一趟？"纪行书试探性地问。

向南星这一天都陪着专家团参观宾大附属医院的心脏中心，好在蒋方卓没事，可以去机场接商陆。

宾大医院以其卓越的临床实践和科学研究闻名于全世界，心脏中心更一直是心脏影像、移植和康复等方面的权威，叶氏和宾大医院的心脏中心也是长期合作的关系。此次行程，令国内专家团最惊艳的机械辅助设备和经导管心脏瓣膜置换，都是他们和叶氏合作研发的产品。

若不是向南星一门心思想着如何和汪洋套近乎，大概也会惊叹于宾大医院在各方各面体现出来的先进。

向南星的努力没白费，她时刻关注着汪洋的动向，汪洋应该是发现了这点，还挺受用，也注意起向南星来。

向南星在心脏中心外的自动贩卖机买水，零钱不够，汪洋竟不知从哪儿冒出来，"热心"地借钱给她。

他掏钱包时，向南星分明瞧见他的房卡就插在钱包里。

第二章 有我在

向南星从汪洋手里接过零钱的那一刻，愣了下。这老家伙，递钱就递钱吧，竟挠她手心？

汪洋掉头回心脏中心，留了个背影给向南星，自以为风流倜傥。这可把向南星恶心坏了，就在这时候，商陆打电话给她，她接起来，自然是没好脾气。

好在商陆打这通电话来，是告诉她，他傍晚就能来和她会合。

一想到汪主任得意不了多久，向南星总算忍下恶心，前脚刚挂了商陆的电话，后脚就打给蒋方卓，请学长傍晚去机场接下商陆。

怎料向南星傍晚回到酒店，正在房间一门心思等着商陆，商陆那边却出了岔子。

向南星原本估摸着，商陆的航班即将抵达，便在微信上给他留了则语音，告诉他学长已经去机场接他了。没承想，下一秒，商陆竟直接回复了一则语音。

向南星都顾不上点开语音听听他回复了些什么，当即锁眉，一个电话打过去："飞机晚点了？"不然他怎么手机还没关机？

"我错过了最后一趟直飞的航班。"商陆的语气有些紧张，但也不算急迫，"你给我一个具体定位，我直接从纽约开车过去。"

"怎么会错过航班？"

"实验室出了点事，我回去了一趟。"

这话听着真是憋屈，实验室永远排第一，她永远排第二——没准连第二都排不上。

"您干脆永远别来了！"向南星"啪"地挂了电话。

商陆此时正开着同事借他的车，手机连着车载蓝牙，通话虽断了，但向南星那句气话，在车厢内久久地绕着余音。他回拨过去，向南星已经不接了。

商陆捏了捏眉心，油门踩得更实，车速一下就飙过了七十英里。

若不是纪行书之前那通电话，他此刻应该已经快要落地费城机场了。

接到纪行书的电话没多久，商陆就回了实验室。

见到邹然的那一刻，虽然已有准备，商陆还是愣了。她坐着轮椅。

他离开实验室时等电梯，电梯却停在一楼迟迟不上来，大概就是因为那时的邹然就在一楼，轮椅不方便进出电梯，耗了些时间。

实验室其他人都沉着脸，邹然的心情却似乎不错，笑着说："都别这么垂头丧气行吗？见到我，难道不开心吗？"

邹然在团队里是出了名的好脾气，其他人也只能配合着，勉强忘掉轮椅的存在。直到商陆开口，说想单独和邹然说几句，其他人才陆陆续续从实验室退出去。

两人安静了一会儿，商陆开口道："对不起。"

邹然笑着摆摆手："别这么说。"

邹然和邹母的想法果然是不一样的，商陆觉得自己没看错人。

刚才纪行书在电话里提了句，说邹然这次是回纽约做复健的，邹母也陪着一起来了，但邹然没让她妈妈陪着来实验室——很明显，邹然知道如果邹母在场，气氛会闹得很僵。

邹然目前的情绪看着很稳定，商陆的语气多少轻松了些："你在哪家医院复健？有什么需要随时叫我们。"他说的是"我们"。

"南星这段时间也在纽约。"他说。

邹然的笑容在这一刻一僵，一秒的僵硬过后，她恢复常态："她怎么也在？"

看来邹然还不知道向南星被停职一事。

"这件事情说起来有些复杂，以后我会慢慢跟你说明。"

商陆顿了顿，犹豫了一下接下来这句话该不该在如今这个场合说出口。

"能不能帮我个忙？"商陆终究还是说了，"说服你母亲，别迁怒于南星。"

邹然在这一刻终于失去了所有笑意，再笑起时，已是满满的讽刺："商陆，你难道一点都不关心我？"

商陆眉宇间的起伏顷刻凝结。

"我都这样了，你还是三句不离她……你不忍心她受伤害，那我呢？你就没想过我的感受？"

邹然双眼憋得通红，看着他，一眨眼就有泪水滑落。

挂了商陆电话的向南星，除了愤怒，只剩后悔，自己晚餐都没吃，就为了等他。

他还真跟大爷似的,不拖到最后一秒不现身,气得她更饿了,肚子咕咕叫。她霍然拉开房门,准备去餐厅填饱肚子,却见汪洋和肖倩一前一后地自走廊另一头而来。

汪洋见四下无人,照着肖倩的屁股掐了一把,吓得向南星赶紧缩回自己房间,透过猫眼望向外面,顿时心中大呼完蛋——汪洋竟没去肖倩的房间,而是直接把肖倩带去了他的房间。

向南星本想今晚下手,找机会调包汪洋的房卡,再趁汪洋去肖倩房间时,潜进汪洋房间偷电脑的,哪承想汪洋今天竟……

眼见汪洋和肖倩消失在对面那道门后,向南星顿时心如死灰,身子一转,背靠住门,烦躁得直挠头。这时,她的手机"叮"的一响,是学长发来的微信。

蒋方卓:"商陆联系你了吗?"

紧接着又是"叮"的一声。

蒋方卓:"他说他误了飞机,改自驾过来。"

向南星有气无力地敲着字"今晚的计划泡汤了",还没点击发送,手机就又响了。

这回不是微信,而是来电——向妈。

向南星一怔,咽口唾沫,小心地接听:"喂?"

向南星为了不让她妈发现她在纽约,特地开通了国际漫游,话费贵得她肉疼,偶尔还要在朋友圈发一些她和迟佳之前在一块时拍的旧照。

向妈这通电话打来,问的是迟佳的事——准确来说,是迟佳和陈默的事。

"迟佳最近有跟你提过陈默吗?"

"没有啊。"

"陈默妈妈今天一大早来找我哭诉,说她家陈默背着她回国了。"

"是吗?"向南星假装惊讶,"他妈妈不是说他打算定居国外,开牙科诊所吗?"

"而且呀,他也在西区医院的国际部。"

"这么巧?"向南星一脸平静地大呼小叫。

"我就去问我在国际部的同事,你猜怎么着?陈默不仅在那儿上班,听说还在追一个护士。那护士该不会就是迟佳吧?"

她妈还真是消息灵通,向南星应付着说:"不是吧?"

见向南星一问三不知,向妈估计有些怀疑,语气多了几分试探:"迟佳真没在你面前提过这些?"

"真没有!"

"难道陈默追的护士另有其人?"

"真没准。"

"我看你成天和迟佳待在一块,跟连体婴儿似的,就不能旁敲侧击地问问?"

"妈,你能不能别这么八卦?"

"我不是八卦,是陈默他妈妈不放心,怕她儿子在迟佳这个坑里再被坑一回——这可是她的原话。"

这原话可真难听,向南星火气上来了:"她才坑呢!谁都瞧不上,就她儿子最宝贝行了吧?"

各种烦心事集中在一个晚上,等向南星挂了电话再去餐厅,餐厅已经闭餐,只能去酒吧点杯喝的,吃点小食果腹。

吹萨克斯的大叔很有范,络腮胡很粗犷,萨克斯却吹得温柔听,低音沉静,中音悠远。向南星却只想让他吹点欢快的。

有人不远不近地唤了声:"商小姐?"

直到第二遍呼唤响起,向南星这才一愣,扭头看去,汪洋正站在吧台半米开外。这老家伙——

"汪主任?"向南星语气热情到她都想翻白眼。

看来这老家伙真以为她对他有意思,和向南星把酒言欢,那叫一个开怀。向南星自也不客气,灌他灌得毫不手软。

"汪主任,你知道吗?我从小就崇拜医生,你们真的太伟大了。"

汪洋被哄得开心,又喝了两杯威士忌。

"叫什么汪主任这么见外?叫我哥就行。"

第二章 有我在

向南星瞅一眼他搁在另一侧手边的钱包，强忍住啐他一脸的冲动，甜笑道："主任你酒量真好！"

任他再好的酒量，也禁不住被这么灌，见汪洋终于醉得不行，有意无意往向南星这边栽，向南星终于把嫌弃之情全盘上脸。

她可一根手指头都不想碰他，招来服务生，让服务生把汪洋搀回房间。她则负责拿他的钱包，一路送着汪洋回他的房间。她从汪洋的钱包里摸出她觊觎已久的房卡，刷开房门。服务生搀着汪洋进房间，向南星自然也跟了进去。

服务生走了，她却没走。

汪洋倒在沙发上，酒气迅速四散，和酒气一样满屋子乱窜的，还有向南星。

她四下都找过了，却没找到汪洋的电脑，折回沙发处，抬脚就往汪洋身上踹，以泄不忿。

不承想这么一踹，她竟发现电脑就在汪洋的身下，她赶紧伸手去拿，却不料汪洋稍一挪动，又将电脑压回身下。

向南星没时间跟他客气，直接推他的肩膀，要把他推到沙发底下去。却在这时，汪洋悠悠睁开了眼。向南星做贼心虚，愣住的当下，汪洋伸手似要摸她的脸，向南星险险避开。汪洋的手便只能搭在沙发背上，他撑坐起来，酒已醒了小半。

向南星僵笑道："汪主任，你可算醒了。"

汪洋却顿时板起脸："不是说好叫哥的吗？"

向南星嘴角抽搐了一下，说："我去给你倒杯水。"说着就跑去了吧台，一边倒水，一边琢磨，老家伙都醒了，她还怎么偷电脑？

向南星急得把衬衣最上头的一颗纽扣都解了，端起水杯一回头，老家伙竟不知何时来到她的身后，只隔着一步远。

向南星反应快，笑着递上水杯，心里敲着边鼓，老家伙若是再上前半步，这戏她可不演了，直接抄起身后吧台上的酒瓶，扬手就砸。

汪洋倒是没有上前，看看水杯，又看看她，道貌岸然到了极点："小商啊，我是有家室的人，你这样，不太好吧？"

真以为她要勾引他？向南星扯着嘴皮笑，别自作多情了好吗？

汪洋看她衬衫上那颗不知何时解开的纽扣，再抬头看她的笑，俨然觉得那是另外一层含义。

就在这时，向南星的手机响了。向南星一看是商陆的来电，赶紧挂断。

见她表情如此紧张，汪洋大概联想到自己妻子查岗时自己的心情，于是问道："你男人？"

向南星随意糊弄了句："我哥。"

话音刚落，手机又响，向南星又挂断。

商陆放她鸽子就算了，这时候打电话来捣乱算怎么回事？

可她这边刚一挂断，那边门铃就响了。两个声音衔接得毫无缝隙，房间里二人皆是一愣。

"Room service（客房服务）。"

应该是服务生，很标准的美式口音。

"你叫的服务？"汪洋问。

向南星一动不动，更没敢回答。

汪洋趔趔趄趄地去开门，门一开，汪洋也不动了。门外哪是什么服务生？分明是个亚洲男人。

"不接我电话？"

门外的亚洲男人，目光越过汪洋肩膀，冲屋里的向南星说。

汪洋来不及回头看向南星的反应，门外那个亚洲男人目光已来到他身上："因为他？"

四目相对间，汪洋一皱眉。门外的亚洲男人，似乎有些眼熟。

商陆……这个名字刚跃出汪洋记忆的大门，汪洋的领子就被他一把提起。

商陆……商南希……汪洋的酒彻底醒了："你……你是她哥？"

"我是她男人。"

话音刚落，商陆一拳挥出。

商陆的拳头，汪洋的惨叫，向南星看傻了眼。商陆是没认出来这人就是汪洋吗？真当她跟个老家伙开房？

直到把人揍趴下的商陆突然停下拳头,朝她使个眼色,向南星才恍惚醒了——他那眼神分明是让她赶紧趁乱把电脑偷了。

向南星迅速跑回屋内,抱起电脑就跑。

"别打了!别打了!你再打我叫保安了!"路过门边时,她一边嚷着一边趁乱在汪洋的屁股上踹了一脚。

戏要演到底,这一脚虽踹得重,但音色却泛着满满的担忧:"汪主任,你先撑着,我去叫保安!"

也不知汪主任听没听见她的话,向南星溜出门,正要躲回自己房间,一串自走廊尽头而来的脚步声打断她掏房卡的动作,向南星循声看去,保安竟真的来了。

向南星刚来得及把电脑背到身后,赶到的保安已经将商陆架开。

商陆迅速回头看了眼向南星——看来电脑已经到手,他索性顺势束手就擒。

抱着头缩成一团的汪洋被另一名保安伸手碰了一下,顿时吓得哀叫,保安连声唤道:"sir(先生)?"

汪洋才后知后觉地发现自己得救了,从抱着头的两只胳膊的缝隙间瞄一眼,确定商陆已经被人牵制住,这才颤颤巍巍地放下两只胳膊,手脚并用地爬了起来。

汪洋执意报警,商陆被警察带走。

保安是隔壁的肖倩听见动静打电话叫来的,向南星和肖倩作为证人,也一起去了警局。

向南星在费城人生地不熟,只能偷偷联系蒋方卓,看看学长有没有办法把商陆从警局捞出来。

向南星到了警局,不得不拿出真的护照。肖倩和她一起做的登记,一听她的名字竟然不叫"商南希",顿时傻眼了。

等录完口供,在口供室外,肖倩和向南星碰上了,肖倩在录口供的这段时间想明白了什么,再见到向南星的这一刻,当即冷笑道:"厉害啊,跑美国来玩'仙人跳'?"

向南星一脸无辜道:"肖大夫,你和汪主任关系这么好吗?这是在替他指责我？"

肖倩脸色一白，走了。

向南星却不能走。

蒋方卓带着律师来捞人，把商陆保释出来。但汪洋态度坚决，坚持要验伤提告，蒋方卓出面，汪洋也不卖他面子。

明后两天是专家团在费城待的最后两天，头一天，叶氏特地安排专家团去费城奇摩表演艺术中心的Verizon Hall(佛瑞森音乐厅)，听费城交响乐团的演奏会。最后一天，则是宾大的座谈会。

两天都是重头戏，汪洋在这个关键时刻挂了彩，自然气不过，不想轻饶商陆。

汪洋前脚刚回酒店，进了电梯，门即将关上的那一刻，突然伸进来一只胳膊挡住门。门被反向拉开的下一秒，正对着电梯壁检查自己脸上伤口的汪洋，顿时吓白了脸。

商陆进了电梯，神情自若。

向南星倒是站在门外没动，不想和汪洋同乘一部电梯，商陆却伸手将她拉了进去。

商陆瞥一眼僵在电梯的角落、大气都不敢喘的汪洋，拿着向南星的房卡的那只手，伸了过去。商陆的动作和表情一样，不带任何情绪，汪洋却顿时如惊弓之鸟，惊得连连后退，大概以为又要挨揍。

商陆嘴角噙起一抹冷笑，弧度轻微，只够汪洋瞧见。汪洋大概恨得咬紧了后槽牙，却一根手指头都不敢动。

商陆刷了房卡，按下楼层。

向南星和汪洋同住七楼，电梯到了七楼，商陆揽着向南星的肩走了，汪洋却没出来，一直缩在电梯角落，直到电梯门关上。

听见电梯门关上，商陆脚步未停，向南星却顿住，侧眸看他。商陆刚从她的目光中嗅出一丝愤怒，他搁在向南星肩头的手，就被她一把扯开了。

向南星自顾自地朝自己房间走，商陆愣了两秒，跟上前去。

到了门口，向南星刷卡进屋，商陆自然也要跟进去，向南星直接反手扔出

第二章 有我在

汪洋的电脑，商陆刚险险接住，耳边已是"砰"的一声关门声。

向南星把他关在了门外。

方才在电梯里稍一举手投足都能吓得汪洋魂飞魄散的商陆，此刻面对紧闭的门扉，却犯了愁。

好在还有蒋方卓收留。

商陆一晚上都在忙着破译密码，恢复数据，他带来的包里没有一件行李，全是各式各样的U盘。

蒋方卓接完电话回来，商陆刚把回收站一个月前的数据恢复。再早之前的已经被覆盖，只能卸下硬盘，回纽约交给专业的黑客。

商陆仔细审阅成功恢复的数据之后，眉头一紧，拳头就砸向了键盘。

刚挂了电话走向商陆的蒋方卓，被这砸键盘的声音逼停了几秒，这才继续走来。

看了眼屏幕，蒋方卓知道他为什么火大了。汪洋避风头的这一个月还挺闲，回收站里恢复的，七成是黄片。

"看来汪洋真打算要告你，负责接待他的工作人员刚打电话给我，说汪洋打算多留一段时间，让工作人员替他退机票。"

商陆还在和汪洋的电脑较劲，蒋方卓继续道："如果他真的在费城提告，又有确凿证据的话，你会被限制出宾州，一个月后的精准医疗峰会，你恐怕就去不了了。"

商陆握着鼠标的手一顿，原本打算删掉的"黄片"，就这么被他无意间点了播放。

商陆刚要关掉播放器，影片里却出现了肖倩的声音："你老婆又查你岗？"

商陆的手指，紧急悬停在鼠标上。

随着肖倩的声音响起，影片里，裹着浴巾的肖倩走向床边。

汪洋虽没入镜，他的声音，此刻电脑前的商陆和蒋方卓却听得清楚——

"是我岳父。"

"你岳父找你干吗？这么晚了……"

肖倩的目光，一直看着画面左侧。

汪洋随即自画面左侧入镜，坐到床边，搂住肖倩："那医闹的孙昊，答应和解了。"

"之前不是咬死不肯和解的吗？"

"我岳父施压，不让他赊一分钱，他没钱治病了，自然老实了。"

"赔多少？"

汪洋竖起一根手指。

肖倩："一百万？你出？"

"怎么可能？当然是医院出。他那贱命，想让我自掏腰包？没门。"

"你以后可得注意，上了手术台，一旦室颤，就算恢复了自主心率，你也不能继续冠状动脉造影，这样会诱发更严重的室颤，再抢救回来的几率就很渺茫了……"

"不愧是我的好学生，一会儿保准好好疼你……"

"我说正经的！"

"那是他老婆命短，我不抓紧时间完成手术，她照样得死。"汪洋冷血地评判着他人的生死，一条人命，不及他此刻的快活要紧，汪洋笑着刮了刮肖倩的鼻子，"咱俩不抓紧时间，我老婆可真要打电话来查岗了……"

商陆关了视频，与蒋方卓对视一眼，彼此均已了然——蒋方卓刚才的担忧显然是多余的，汪洋甭想在费城安安稳稳地待到起诉商陆的那一天。

这一晚，向南星注定无眠。

她虽然把商陆拒之门外，满腹心思却被他带走了。她在床上辗转反侧许久，终是起身摸过手机。商陆一个电话都没打来，应该是在忙着对付汪洋的电脑。

他到底有没有查到什么？向南星一想到这个就好奇得抓耳挠腮。

这时手机一响，向南星都顾不上装腔作势，一秒接听："查到了？"

相比她的急切，商陆倒是慢条斯理得堪比树懒："为什么生我气？"

"你先回答我。"

第二章 有我在

"你先。"

二人僵持不下，见他非得跟她较劲，向南星沉默半晌，索性要挂断电话，电话那头的商陆料到了似的，说："这样吧，你开门，我告诉你。"

向南星反应了几秒，双目一睁，下了床，趿着拖鞋去了门边，透过猫眼朝外一望，商陆正在门外。

商陆看见原本透着光的猫眼忽然一暗，笑道："观察什么呢？还不开门？"

猫眼后的向南星有点发毛，怎么他什么都知道？她颇为烦躁不甘不愿地拉开门，门虽开了，却不让他进。

商陆稍稍一歪头："不是都说好了吗？怎么又反悔，不让进了？"

向南星跟他咬文嚼字："你只说让我开门，可没说要我放你进来。"

隔着一道门缝，商陆的声音也不敞亮，带着一丝试探："你生气，是因为我迟到？"

看她的表情，应该是了。商陆犹豫了一下要不要说，三秒的安静后，他说："我误了航班，其实是因为邹然去了实验室。"

原本半靠在门框上，拦着门不让他有可乘之机的向南星，隐隐一僵。

"邹然前脚刚到，邹然妈妈也到了。"

邹母的脸忽然显现在向南星的脑海中，向南星打了个寒噤。邹然虽然爱做表面工作，但向南星相信她不会为难商陆，至于邹母，还真不一定。

"她没为难你吧？"

她或许还未发觉，自己的语气已经浸染了一丝担忧。

商陆听出了担忧，反而蹙了眉："她妈妈砸了我两台电脑，我挨了一下。"

"砸你哪儿了？"

果然，担忧更藏不住了。

商陆没说话。

这时候还卖什么关子？向南星豁然拉开门，迎上去就扳过他的肩，四处查看。也不知她碰到了哪儿，他"嘶"地倒抽一口凉气，向南星刚要撒手，却被他伸臂搂了过去。搂进怀里，就不撒手。

向南星急眼了："骗我？"

他贴在她耳侧，说："我哪敢？放我进屋，我把衣服脱了，你好好检查？"

他竟然还敢当面问她意见。

向南星刚要把他领进屋，一想，不对。这厮自从发现苦肉计对她奏效之后，每次都用这招对付她。他之前揍汪洋那劲，拳声霍霍的，哪像是一个受伤的人？

向南星双眼狐疑地一眯，把他搂在她身上的胳膊扯开，默默退后一步，退回屋内。

商陆见状，哀哀一句："我可是病人。"

向南星和他打太极："既然你是病人，更要少运动，多休息。"他进了她的房间，怕是又要拉着她运动到天明，"晚安。"

商陆还没反应过来，面前的房门已合上，他就这么吃了今天的第二回闭门羹。

又一次把他拒之门外的向南星，当下心情是舒坦了，可她一想到汪洋的事依旧没有任何进展，晚上睡不好，白天坐不住。

反观汪洋，至今还有恃无恐，以自己遭到骚扰为由，要求换房间，酒店为了平息事端，免费为汪洋升级到了顶楼的商务套房。难道真是好人不长命，祸害活千年？

晚餐时，从地陪口中得知汪洋今晚会照常出席演奏会，向南星耐着性子出了餐厅，终于忍无可忍地跳脚，直奔蒋方卓的房间去找商陆。

眼看一天都过去了，他还没破解汪洋的电脑？简直有辱"科技宅"的名头。

到了蒋方卓房门外，向南星将门铃按得鼓点一般迅疾，直到蒋方卓开门，见到蒋方卓身上穿着浆得笔挺的西装，她的火气才稍稍一停。

和平常的商务西装不同，蒋方卓手里还拿着个领结，向南星这才想起，他一会儿要去听演奏会。演奏会要求正装出席。

"商陆人呢？"

"他在卧室。"蒋方卓将穿着便装的向南星上下一打量，"半小时后就要出发去Verizon Hall了，你不去换衣服？"

"我哪有心思去听什么演奏会？"向南星哭丧着一张脸进了屋。

第二章 有我在

蒋方卓身为公司高层，住的也只是高级套房，不及那恬不知耻的汪洋住的商务套房，向南星直奔卧室的途中路过客厅，见到汪洋的电脑被拆解得七零八落地搁在茶几上，脚步稍稍一停，这才继续朝卧室走去。

卧室的门虚掩，向南星直接推门而入，商陆背对她站着，刚脱下身上的T恤，拿起床尾凳上的衬衣，准备换上。

一听门边有动静，他停下手头的动作回过头来，眉心习惯性坏脾气地蹙着。

向南星却比他先愣住。他的肩胛处，瘀青了一大片。真被邹母伤着了？

商陆见闯进来的是她，倒是很快卸了防备，继续穿衬衫。

向南星凛了凛神，扭头一看床尾凳上放着和蒋方卓身上差不多的西装。

"你也去听演奏会？"

商陆系着纽扣朝她走来："对，学长借了他的西装给我。"

"查到汪洋篡改电子病历的证据了吗？"

"快了。"

"快了？那不就是还没查到，那你还有心思去听演奏会？"

瞧她热锅上的蚂蚁似的，商陆刚要刮下她的鼻子，让她别这么沉重，可一想到昨天看到的视频里，汪洋就是这么对他的姘头的，那曲起的手指，便在向南星鼻尖一停，只说道："剑的奥义不在于杀，在于藏。等着吧。"

一听他藏着一丝胸有成竹的劲，向南星眼馋道："别卖关子行吗？"

他肯定是有进展，才会这么说。

商陆微微一笑，不答，就是要吊她胃口，谁让她昨晚把他关在门外。

商陆穿学长的衣服还挺合身，想当年刚认识蒋方卓，刚过一米八的商陆还矮蒋方卓一小截，这几年商陆的个头又往上窜了几厘米，如今和蒋方卓差不多高。

她从没见他穿得这么正式过，忍不住多看了两眼，又在心里默默掂量，这人身材挺拔，肩宽腿长，穿什么不好看？不穿都好看。

学长穿正装透着贵气，他穿正装，倒更像个雅痞。领带也系得生疏，向南星见他那领带怎么绕也绕不出花来，索性上前帮他系。他低头，迁就她的身高。

睫毛忽闪一下，彼此间的距离只剩几厘米，向南星很快帮他系好领带，刚要撒手,见他毫不设防,一心享受着她的服务,顿时恶向胆边生,扯着他的领带,用力一勒,顿时勒得商陆咳嗽起来。

古人诚不欺我,唯女子与小人难养,她那得意的眼神,分明是在说活该,谁让你对我卖关子?

商陆缓过气来的下一秒,便一把箍她过来,道:"你谋杀亲夫啊?"

"亲夫?我亲夫在哪儿呢?"她说完甚至故意越过商陆肩头,在商陆身后找自己的亲夫。

真是越来越皮了。

商陆扯松领带的下一秒,捧起她的脸,恶狠狠地低下头去,似咬似吻般攫住她的唇。

此时的蒋方卓,刚接过服务生送到门口的女士礼服。礼服用防尘袋套着,熨得没有一丝褶,蒋方卓把礼服挂在自己臂弯中,一路进了卧室:"南星,我帮你租了套礼服,你……"

蒋方卓的脚步停在卧室门外。同是安静,此刻蒋方卓这一隅的安静,和卧室里的安静截然不同,看着眼前这对恋人,蒋方卓默默退出,反手带上门。

靠在墙边,看着臂弯里挂着的女式礼服,蒋方卓忽然失笑。

费城的交响乐团赫赫有名,是当代十大交响乐团之一,以精湛的技艺和饱满的音色被誉为"费城之声"。

叶志伟和邢璐夫妻也到了,囡囡怕生,夫妻俩就没带孩子来。

这次的音乐会叶志伟私人掏腰包,订了两个包厢,专家团共十一人,一个包厢容纳不下,汪洋等人便被安排在了叶志伟的包厢。

叶志伟和汪洋他们一一握手,地陪在一旁为叶志伟介绍。

地陪介绍到这位阜立附属医院的汪洋主任时,叶志伟关心道:"汪主任,你这脸上怎么挂了彩?"

汪洋谦和地笑了笑:"摔的,摔的。"

叶志伟自谦了一句招呼不周,一旁深谙汪洋受伤真相的地陪只能硬着头皮赔笑脸。

已经入座的邢璐其实已经很久没有公开露过面了，对于需要寒暄的场合有些不习惯——往常九月至次年五月的演奏季，就只有叶志伟陪她来费城听演奏会，今晚的包厢里，全是生面孔，邢璐不由得问叶志伟："方卓他们怎么还没到？"

一听"方卓"这个名字，汪主任笑容一僵。昨晚带律师去警局捞人的，不就是蒋方卓？

说曹操曹操就到，包厢门被推开，一身西装的蒋方卓走了进来。

汪洋脸色稍稍一沉，刚要重启笑意，蒋方卓身后又陆续进来两个人。汪洋的脸，彻底垮了。

向南星和商陆一进包厢，就分别被邢璐和叶志伟招了过去。

向南星被邢璐安排在她身边的座位，座位背对着其他人，向南星都没办法好好欣赏下汪主任此时的表情，那该是多精彩的一幕，只能竖着耳朵听身后的叶志伟向大家介绍道："这位是S-lab的负责人，商陆。S-lab目前是我们重点扶持的实验室，未来大有可为啊。"

叶志伟不吝溢美之词，其他人都没说话，向南星好奇死了，顾不上邢璐正对她说着话，悄悄地回头看了一眼。

汪洋的表情，比她想得更精彩。

商陆却异常平静，甚至朝汪洋伸出了手："汪主任，久仰。"

汪洋的嘴角一抽。

叶志伟纳闷道："你们认识？"

"汪主任是国内出名的心外专家。而且……我相信，他未来会更出名。"

商陆笑了笑，笑得很浅，向南星却破天荒地和汪洋同步，下意识地打了个寒战。

演奏会以斯特拉文斯基的《春之祭》开场，古典乐似有让人沉醉的魔力，向南星都没发现中途商陆出去了一趟，等他回来时，向南星才顾得上投去询问的一瞥。

商陆凑到她耳边，只说了三个字："出鞘了。"

向南星皱着眉看他,没懂。他笑了笑,就着她偏向他的角度,亲了亲她——当众。

向南星此地无银三百两地看看周遭,还好没人瞧见,都专心听演奏呢。

第一乐章结束,全场掌声过后,场内陷入一片安静,所有人都在静候着第二乐章,就在这时,不知谁的手机突然狂轰滥炸般振动起来。

明明关了铃声,微小的振动声却因为太过此起彼伏,依旧成功引得包间内的人不满地皱起了眉。

在这番无声的不满的围绕下,汪洋不好意思地站了起来,掏出手机,快步去包厢外接听。

离席时,向南星被路过的汪洋撞了下膝盖,刚要怒瞪汪洋,她的手机也振了——不同于汪洋的手机那此起彼伏的振动声,向南星的手机就振了一下。

向南星摸出手机看了眼。是迟佳,在向南星与商陆同在的那个群里,发了个微博链接。

佳:"快看!"

商陆的手机怎么没振?向南星扭头看他,他还在专心听着演奏。

向南星点开链接,狐疑之色在一瞬间消失。

包厢里的人还沉浸在更加悠远绵长的第二乐章中,国内的网络上却已掀起了轩然大波——之前闹过一阵的阜立医闹事件,有了后续。

受害者、亦是加害者的孙昊,在他的微博上实名发布了一段阜立医院心外主任汪洋的音频。音频里透露汪洋在主刀孙昊妻子的手术时,操作不当,致人死亡。

这与有关部门给出的事故鉴定结果大相径庭,向南星点开的当下,孙昊的这条微博转发数已破三万。

向南星哑然地看向身旁的商陆。他的目光依旧聚焦在演奏台,只是他的手暗地里握住了她的。手心传来的力度仿佛在告诉她,为什么剑的奥义不在于杀,而在于藏。

因为一旦出鞘,便一定要置对方于死地。而网络上的造势,仅仅是对恶人惩罚的开始。

第二章 有我在

汪洋站在走廊上,看着网络上对他掀起的口诛笔伐,急迫、惶恐,一时间太多情绪涌来,人反倒愣着,什么也做不了。

他打电话给岳父林建生,林建生关机。大概岳父的手机已经被各方人士打爆,只能关机了事。

网上的那段音频,汪洋听到的当下就记起来是出自哪里。

肖倩因为他和那个"商南希"不清不楚,昨夜从警局回来之后,就没理他,他哄了一晚,也没哄好。白忙活了一晚,隔天还发现电脑丢了。他明天要参加宾大的座谈会,电脑里有明天的发言稿,可他把所有的行李都翻遍了,也没能找到电脑。

他原本以为是服务生帮他换房间时弄丢的,服务生却表示十分无辜。汪洋只好让酒店调监控,自己亲自在监控房一帧一帧地查——从服务生把他的行李搬去商务套房开始,监控视频持续倒放至商陆逮着他一顿揍的那一幕。汪洋正硬着头皮看着这屈辱的一幕,妻子林蕊的电话突然将一切打断。

林蕊在电话那头歇斯底里地兴师问罪。汪洋再无暇顾及,只能叫停监控回放,先应付老婆。

林蕊突然收到了几张他和肖倩在车内幽会的照片,但照片拍得并不清楚,他一口咬定是有人恶作剧,哄老婆哄了一下午,总算勉强哄好。昨天哄情人,今天哄老婆,汪洋疲于应付,之后又马不停蹄地随专家团一行人,一同来到艺术中心。

今晚的演奏会叶志伟会出席,汪洋必须参加,他只能让叶氏的地陪帮他在监控房看着。

如今把这一切串联起来,汪洋终于恍然大悟,林蕊收到的那些照片恐怕也是商陆捣的鬼,故意发一些模糊的照片,只是为了转移视线,让他忙着哄老婆,错过了追查电脑下落的最佳时间,如今他想再找着电脑,又有什么用?

此时此刻的汪洋回想起来,其实有那么一瞬间,他是心生怀疑的,怎么会有这么多巧合凑在一块?可情人的冷待、妻子的质问,以及他一贯企图攀附叶志伟的心,在同一时间将他缠住,令他的那丝怀疑稍纵即逝。

直到此时此刻,汪洋突然想到演奏会开始前,商陆对他说的那句话:"汪主任是国内出名的心外专家。而且……我相信,他未来会更出名。"

原以为那只是表面上的奉承话,但如今再一咀嚼,那小子其实在和他玩文字游戏。他确实出名了,却是以这种方式,在短短几个小时之间,被全国网民唾弃。

包厢门在此刻被推开,绝望的汪洋机械地看过去,迎面而来的是面上平静、脚步轻快的"始作俑者"。

商陆问他:"汪主任,怎么不进去听演奏?"

那张年轻的、平静的、没有杂质的脸孔,映在汪洋眼里。

"你还想怎么害我?"

"我这只是抛砖引玉而已,接下来,就要看你岳父的了。"

商陆路过他,往洗手间方向走。

汪洋顿时惶恐:"你什么意思?"

商陆脚下一顿,停在汪洋身前,却并未偏头看他哪怕半眼。

"我知道你们阜立医院每台手术都会录像,怎么偏偏你那台手术的录像,因为系统故障被覆盖了呢?"

商陆嘴角浅浅一勾,汪洋的眼底有藏不住的惊骇。

"这不是你的权限能办到的事情。"商陆话音一顿,终于扭头看他,眼里的平静之下藏着狠劲,"现在就要看你岳父,是把你推出去自保,还是被你拉下水了。"

岳父的手机已经关机,而这意味着什么……汪洋的瞳孔剧烈闪烁,身体却已石化。

商陆话音落下,悠然离去,平静之下藏着的狠劲也随之彻底消失在走廊尽头。

被人遗忘的医闹事件又一次在网上引起了轩然大波,但和上回不一样的是,经历了同样路数的删帖、辟谣之后,网络上的呼声不仅没有消退,反倒愈演愈烈。

院方沉寂一周,直到医疗事故调查组再一次介入之后,才将新发现的证据呈交——虽然汪洋的那台手术因为医院的设备故障导致官方的手术视频被覆盖,但当值护士用手机录下的、用于临床带教计划的非官方视频,被移交调查组。

这可比篡改病历的罪责更严重,孙昊也对阜立医院以及汪洋本人共同提起

第二章 有我在

了民事诉讼，这意味着汪洋一旦回国，将面临刑事、民事双重起诉。

汪洋一夜之间消失，专家团的人离开费城时，就这么少了一个人。

与此同时，林院长即将内退的消息，也在阜立医院的各大医护群里悄然传开。

有人可怜："林院长培养了多年的接班人就这么栽了，可不得难过好一阵子？"

有人看透："这事闹这么大，医疗事故调查组都出动了，林院长应该庆幸自己没被牵连才是。"

至于林院长会不会内退，就不是"虾兵蟹将"们该关心的问题了。

迟佳见肖倩都回国了，向南星却还没影，急忙问她："你是不是可以复职了？"

"不知道呢。为难我的是邹然妈妈。我自己现在也不是很想回医院上班。"向南星心里也没底。

"你怎么成'恋爱脑'了？为了男人，工作都不要了？"

"谁说我是为了男人？"

"那是为了什么？"

向南星稍做犹豫，还是把自己没成型的想法说了："我想自己出来单干。"

最近发生的一切令向南星乱七八糟地想了很多，父母自然是希望她能在体制内做中医，虽然注定不能大展拳脚——向南星也不觉得自己是有什么大本事之人——但贵在稳定。等向爸退休后，再把医馆交给她，她再带几个徒弟，从医生涯也就这样安安稳稳地到了头。

迟佳不是太理解她的想法，只问了她最关心的："你该不会想留在美国开医馆吧？"

"怎么可能？"向南星断然否定。

她肯定是要回国的，这点她很肯定。

美签最长允许入境六个月，她怕是待不满六个月就要走，只是她还没和商陆说这事。

从费城回到纽约，商陆又一头扎进了实验室，向南星闲来无事，考了个 NCCAOM（美国国家针灸及东方医学认证委员会）的针灸资格证，邢璐帮她挂靠了一家国医馆，让她可以合法地为囡囡施针。

邢璐倒是希望她能留在纽约发展。

确实，这些年国医在美国发展得很不错，纽约是美国最早一批在法律上认可中医的地区，邢璐帮她挂靠的国医馆，是在纽约很有名气的谢和苏国医馆，邢璐还介绍了谢和苏的女儿谢梓桐和她认识，但越是接触美国的中医，向南星越是坚定了回国的想法。

中医的针灸和理疗虽是被认可的，但中医的根——中药，却一直没能通过美国FDA（美国食品药品监督管理局）的审批，中药的药理始终不被认可，只能作为植物药和食品补充剂，游走在灰色地带。

谢梓桐大学学的是自动化，却因为生于中医世家，不甘不愿地接受了她当初并不爱的这份中医工作。

谢梓桐自己开发了个配药的小程序，还被她爸骂了一顿。

向南星倒是挺感兴趣的，国内不少常用的药材在纽约根本买不着，在美国合法的那些植物药，向南星也用不惯，正好在电脑上装了谢梓桐的配药小程序，想先试试。

商陆熬了个通宵回到家，刚碰见她要出门——两人最近的作息完全相反，商陆难得回家时还能见到她，自然要抓紧时间亲亲抱抱。

他低着头在她耳边蹭："你今天就不能不去邢璐那儿吗？"

还以为她又是去给囡囡施针，结果她却说："我今天不用去邢璐那儿，我是去找谢梓桐。"

谢梓桐……商陆回忆了下，似乎是她暂时挂靠的那家国医馆的主事人。

"她的小程序总让我电脑死机，我去找她，看看有什么解决办法。"

商陆一听，找到理由不放她走了："这事我在行，什么小程序？我看看。"

他没记错的话，谢梓桐是个中医，术业有专攻，电脑类的肯定没他在行才是。

向南星倒不是因为这个原因留下的，难得抱着真人，她确实有点不想撒手，只怪他最近总在实验室里，她见不着他人。

窝在沙发上，商陆抱着她，她抱着电脑，演示配药小程序。

程序很不稳定，她的电脑死机了两次，向南星只好打住自己的演示，兴奋劲却未能打住："我想让谢梓桐改进一下，等我回国，让同事都试试这么配药。"

　　困得半躺在沙发上的商陆，突然就醒了几分："回国？"

　　向南星看着他原本困意围绕，却忽然跟明镜似的亮起的眼睛，不由得噎了一下。

　　见她瞬间紧绷得额角的青筋都微微凸起，商陆才意识到自己的反应有点大。

　　他沉了口气："等我一个月。"

　　"啊？"

　　"等我们的产品在精准大会上亮相，合作意向的反馈足够好的话，我有信心把S-lab带回国。"

　　这下，向南星蒙了，半晌才问道："我还以为……"

　　"你还以为我拴着你不让你走？"

　　向南星心虚地没答。

　　商陆把她的电脑合上，让那糟心的小程序眼不见为净，紧了紧搂在她腰上的胳膊："我的目标从没变过，把成果带回国，还有……"

　　他一顿，看她的眼睛，目光清浅，向南星却一点一点陷了进去。

　　他的目标，似乎二十岁时，就告诉过她——他要把成果带回国，以及娶她。

　　商陆见她太阳穴的青筋又隐隐紧了，没有继续说下去，只拍拍她的肩，说："你是不是到发朋友圈的点了？"

　　"啊？哦对！"

　　向南星摸出手机看了看时间，又换算了一下时差，此时国内正好是周末的晚上，她按老规矩发了一条和迟佳一起吃晚餐的照片，展示给她爸妈所在的那个分组可见。

　　这点小伎俩，她玩了一个多月，商陆早摸清了她的门道，向妈却一直被蒙得好好的，其中应该少不了向爸的掩护。

　　见她发完朋友圈又偷摸地看时间，似乎在计算着是时候出门了，商陆从沙发上起了身。

看来是准备放她出门了？向南星刚要伸手给他，让商陆拉她一把，商陆却避开她的手，一弯腰，将她打横抱起。

"哎？"

刚发出一个惊讶的音节，就被他打断："别去找那什么谢梓桐了，陪我睡会儿。"说着就要往卧室方向走去。

向南星搂他的脖颈也不是，挣脱他的怀抱也不是，正僵着，落在沙发上的手机响了。

"电话！肯定是谢梓桐催我了！"

无视她的抗议，任由她的手机响了又停，停了又响。可一沾床，商陆却突然不想睡了。

太久没为非作歹，她的皮肤传到他指尖的柔软触感，想要来个晨间运动的冲动，迅速战胜了困意。

原本只是浅浅的吻，渐渐变得深沉而纠缠，向南星被他吮得舌尖微微发紧，稍稍推开他，问道："不是睡觉吗？"

"和你睡觉。"

这文字游戏玩的……

商陆刚要俯下身，他兜里的手机突然响了。这大清早的，还让不让人抓紧时间尽兴了？

是一个86打头的来自中国的陌生号码，商陆见这号码眼生，不想浪费时间接，正要挂断，向南星却忽然眸光一定，下意识伸手挡住了商陆挂断来电的手。

那是迟佳的号码。

"迟佳怎么给你打电话？"

她这么一说，商陆只能接听，还没开口，那端的迟佳已是火急火燎的一句："你是不是和星仔在一起？"

与向南星互相对视一眼，商陆没答反问："怎么了？"

"我刚给她打电话，她没接。"向南星仿佛都能听见迟佳焦急地来回踱步的声音，"你赶紧让她把刚发的那条朋友圈删了！"

向南星凑在商陆耳边,一听到这儿,不禁锁起眉,直接拿过手机,和迟佳对话:"怎么了?"

"我……"迟佳是又急又气,"陈默刚拉着我吵了一通,结、结果就碰见你妈了……"

世界静止三秒。

向南星猛地一个鲤鱼打挺,腾空而起,赤着脚就往客厅狂奔,拿起自己落在沙发上的手机,点开朋友圈的照片,手指刚要点下确认删除键,手机突然一振。

向南星一惊——振动之后响起的铃声,以及向妈来电的页面同时出现,彻底阻断了向南星删除照片的动作。何止是动作?连她的大脑活动都被阻断了。

商陆走到沙发旁时,向南星已经僵成了一尊石像。

商陆看一眼她的手机屏幕,想了想,替她接听——

"喂?"

一声清浅但磁性的低音,令手机两端的两个女人同时瞪大了眼。

电话那头的向妈安静了足足有半分钟。

此时,向南星几次试图夺回手机,均被商陆轻轻一拂,挡了回去。

向南星完全没明白他葫芦里卖的是什么药,只见他脸色沉静而笃定,仿佛早已拿定了主意似的。

直到这时,向妈终于发话了:"你俩现在,立刻!马上!给我回来一趟!"

第三章

那三个字

　　此话一出，向南星的心顿时摔成两瓣，一瓣令她心生窃喜，向妈这话似乎给他俩留了些余地；一瓣却是瞬间的绝望——就算他俩立刻奔去机场，也来不及吧……

　　这回向南星终于不再试图抢手机了，既然商陆刚才要抢着接听，那就不能怪她把这个烂摊子丢给他。

　　商陆哪会不知这姑娘此刻诡异的安静是为了什么，他低咳了一声，答道："阿姨，我俩现在在纽约。"

　　手机那端陡然间陷入凝固般的安静，向南星却仿佛听见了向妈血压陡然升高的声音。

　　向南星这下彻底蒙了，她原本以为商陆有什么良策，不承想他竟然只有一招——坦白从宽。可这坦白真能从宽？

　　"你小子厉害啊，把我闺女拐这么远……"

　　向妈的声音，将向南星心中最后的一点侥幸撕得粉碎。

商陆的声音俨然又低沉了几分:"阿姨……"这浅浅一顿,透着一股郑重和小心翼翼,"我必须承认,最初让向南星和我一起来纽约,我的确存了一些私心,我希望她能发现在国外生活并没有想象的那么难,如果她能融入纽约的生活,不用再和我分开,那再好不过。但后来我发现,我错了。"

向南星暗自心惊,她看不透商陆是说真的,还是为了过向母这关临时撒的谎——她从来不知道,他说服她来纽约,还存着这样的私心。

"她不应该是我的一个附属品。所以我想通了,既然她不能跟着我,那我索性……"

商陆的声音一顿,瞬间扯紧了向南星的神经,好在商陆并没有让她等太久,再开口时,商陆的声音里似乎有了笑意,是那种钻完了牛角尖又豁然开朗的笑意:"那我索性跟着她好了,她想留在这儿,就留在这儿,她不想留在这儿,我就跟着她回国。她去哪儿,我就去哪儿。"

商陆看向她,仿佛要透过她,直看到她心里去。

"我总想着要给她一个家,但其实我错了,她就是我的家。"

"别以为这样就能蒙混过关……"向妈虽这么说,但分明语气有所缓解,大概觉得再这么说下去,自己怕是要被这臭小子说服,又立即色厉内荏地道,"让南星接电话。"

商陆细细看了眼向南星,眼神似有重量,让她一会儿小心点说话,别让他前面的那番话功亏一篑。

向南星呼了一口气,才从他手里接过手机,不知是心理作用,还是手机真的烫手,她总觉得掌心热热的,好在向妈的声音立即给她泼了一盆凉水过来:"你现在!立刻!给我回国!"

向南星怯生生地讨价还价:"再过半个月,半个月后我一定回国。"

向妈的声音阴恻恻的:"你是不是为了那小子连工作都辞了?"

向南星哪敢回答,安静了三秒,向妈"啪"的一声把电话挂了。

向南星被这挂电话的动静闹得愣了三秒,才被后知后觉泛起的无奈攫住,瘪着嘴瞅一眼商陆——她已经尽力了。

"你怎么不告诉她你明天就回?"

"那怎么行?我当然得拉着你一起回。"

商陆浅淡一笑。

这时候他还笑得出来?

"也行,到时候直接上门提亲。"

向南星投给他一个"美得你"的眼神,她这么做还真不是为了他:"咱俩什么关系,你动不动就要上门提亲?我一个人回的话,我妈肯定打断我的腿。拉着你一起回,你起码能替我分担五成的风险。"

他半天没接话,许久之后才说道:"我都要为你被打断腿了,不补偿我一下怎么行?"

至于怎么补偿,那当然是……

向南星向她妈多讨了半个月时间,是想等他参加完精准医疗峰会,和她一起回国。

商陆启程前往瑞典的前一周,正赶上叶氏成立十五周年的晚宴,向南星也受邀出席。

商陆正忙着和医学中心做第一期的临床实验,向南星原本以为他不会参加酒会,就和谢梓桐一起去了。

谢梓桐这人挺有意思的,正经的时候很正经,不正经的时候又很不正经,比如当下,晚宴前她不知看到了哪个小哥哥,当即叹了句:"哇哦!"

"嗯?"

谢梓桐一副发现猎物的样了,说:"你1点钟方向。"

向南星按着她的示意一瞧,那不是商陆和蒋方卓吗?再回头一瞧谢梓桐那猎人发现猎物的神情,向南星脸色一沉。商陆啊商陆,你这么招蜂引蝶干吗?

"那个……那男的不是什么好鸟。"向南星想拉着谢梓桐去看些别的,比如在场的洋帅哥。

谢梓桐却压根没听见似的,见叶志伟的助理上前和她的目标打招呼,正好有了一个套近乎的理由，谢梓桐随手从路过的服务生的托盘上拿起一杯香槟，袅袅地走了过去。

向南星拦都拦不住，正懊恼着，却突然眼前一亮——谢梓桐不是冲着商陆去的，而是冲着和商陆站在一块的蒋方卓去的。

谢梓桐迎向蒋方卓的当下，商陆也正面迎向了向南星，商陆与谢梓桐擦肩而过时，彼此都没看对方一眼。

向南星如今只希望谢梓桐没听见她刚才说对方不是好鸟那句话。

商陆走到她跟前，跟她说了没几句，就被叶志伟的助理请走了。谢梓桐似乎在蒋方卓那儿吃了闭门羹，悻悻地回来找向南星。

"那人什么来头，你知道吗？"谢梓桐问她。

向南星这回可没会错意，答道："蒋方卓，叶氏高管。"

谢梓桐品一口香槟："He is so cute（他太可爱了）……"

"他是我学长。"向南星笑了笑，还是有生以来第一次听人夸蒋方卓可爱。

"你学长？"谢梓桐感兴趣起来，打听道，"他有女朋友吗？"

"应该没有吧……"向南星记得距离上一次学长分手已经过去蛮久了，"你感兴趣？我把他叫过来。"

"你不是说他不是什么好鸟吗？"

向南星："我、我刚说的是站在他旁边那男的不是什么好鸟，学长人还是很好的。"

谢梓桐倒是不怕男人渣，渣男自有渣女治，只是有点忌惮蒋方卓刚才那番客套的疏离。她制止了向南星的动作："等会儿再说。我刚听叶志伟的助理说，邢璐带着囡囡来了，在楼上，我们先去楼上看看她们。"

至于那位蒋先生，先晾一会儿吧，免得显得她太猴急。

不承想，二人到了楼上的休息厅，商陆也在。

商陆刚才被叶志伟的助理叫上来，是因为叶志伟有公事要谈。

医学中心临床实验的一期结果刚出炉，叶志伟更加胸有成竹，下周要在瑞典举行的精准医疗峰会上，让S-lab的第74号项目首轮亮相。

第三章 那三个字

之前S-lab的AI项目一直以使用的编号"74"作为代称,于下周的首轮亮相,一些对外的稿件和对内的资料,都要准备好给"74"起个新名字了。

这不算什么商业机密,向南星和谢梓桐自然不需要回避。

叶氏对S-lab是注资占股,并非收购,商陆的自主权还是很大的,至于"74"的新名字,他其实已经想好了:"Oncall,智医机器人。"

向南星心下一惊,那不是她前段时间瞎起的名字吗?

"74"这个名字太随意了,当时向南星为了让他听自己的建议,还硬拗了一套理论:"74——气死,病人也得图个好彩头不是?"

商陆当时并不想改名,这个项目从立项起,大大小小的算法构架、关键节点,一共推翻重做了七十三次,第七十四次才成功,这是个有纪念意义的数字。

向南星记得自己当时说:"别急着说不嘛,你还没听我起的名字呢。Oncall机器人,既有oncology(肿瘤学)的意思,又符合随时待命的医者精神。是不是很有国际范儿?"

商陆却顾左右而言他:"还知道oncology是肿瘤学的意思,看来在纽约的这段时间,英语有进步。"

向南星一度以为那是他的变相拒绝,如今他却十分不害臊地把她起的名字,无比坦然地告诉了叶志伟。向南星当下不好说什么,暗自决定一会儿找他收版权费——看在她心情大好的分上,版权费就按今晚让他陪算吧。

向南星和谢梓桐陪囡囡玩了一会儿,囡囡起初只认向大夫,不认谢大夫,如今却和这两位大夫姐姐一样亲近,邢璐相当欣慰。

可囡囡终归还是怕生,邢璐陪着囡囡,打算等一会儿楼下开餐了再下楼,开餐前的那些觥筹交错的应酬,她就不参加了。

叶志伟先行下楼,除邢璐和囡囡,其他人也跟了下去。

下楼的时候,商陆和向南星一前一后走着,周遭的人都以为她是他来纽约度假的朋友兼老同学,向南星自然眼观鼻、鼻观心,和他保持一个台阶的距离。

正算着脚底下的台阶,微微摆动的手却在挨向他的那一刻,被他坏心眼地一把握住。向南星心里一紧,抬头,还没来得及看向他正视前方、半点不心虚的侧脸,就被谢梓桐打断:"商先生,你是做AI的,我设计了一个中医的配药小程序,一直想请专业人士给点意见,不知有没有这个荣幸?"

商陆唇角微微一抿,不知是因为向南星缩回了手,还是因为想到了向南星前几天给他看过的那个小程序。

那个小程序,确实做得很烂。

商陆笑笑,没说话。笑里藏着的对中医的傲慢与偏见,只有向南星能读懂。

谢梓桐却误解了他的笑意,还以为真能得到专业人士的指点,而且刚才在宴会厅,他分明是和蒋方卓一起来的,两人似乎很熟,谢梓桐更得套近乎了:"中医和AI如果能结合,还挺酷的。"

商陆还是微笑,但话已挑明:"我不这么觉得。"

谢梓桐缩缩脖子,不再提这茬,只看了向南星一眼,意思是终于懂你为什么说他不是好鸟了。

向南星却没注意到谢梓桐的暗示:"中医怎么就不能和AI结合了?"

她突然发难,商陆眉梢一挑。

"很多人不信任中医,是因为大部分中药都标明不了具体分子学药理机制以及毒副作用。AI技术如果应用于中药的研究,通过深度学习,构建神经网络,吸收已知有机化学反应,接触药物分子,最后分析出药理机制,让现代医学得以承认中医,怎么就不酷了?"

商陆的表情隐去。

最前方的叶志伟也被说得一愣。

谢梓桐总觉得向南星下一秒就要被这两个医学门第观念极重的人给吞了,连忙冲其他人抱歉一笑:"不好意思,我们去抽根烟。"说完把向南星拉走了。

谢梓桐都快把人拉到吸烟区了,才想起来向南星不抽烟:"你去宴会厅等我吧,绕着那个商陆走。太讨厌这种自视甚高的人了,中医跟他有仇还是有怨?"

那是既有仇又有怨,向南星撇撇嘴:"那我先下楼等你。"

二人各自离去。谢梓桐推开吸烟区的玻璃门,愣了下——蒋方卓正坐在那儿抽烟,侧脸在烟雾缭绕下,更好看了。

谢梓桐笑起来，又敛去笑，装作没看见他，走到不远不近处坐下，准备点烟。

蒋方卓发现了她："谢小姐？"

谢梓桐这才一愣，扭头看去，笑了："好巧！"

谢梓桐当即挪了过去，挨着他坐。见她摸了半天口袋没找到打火机，蒋方卓递过自己的打火机。谢梓桐自然要扶着他的手背，凑过去点自己嘴上的那根烟。

他的手僵了下，提前收回，悄无声息地往旁边坐了点。

就因为碰了下他的手背？有意思。谢梓桐吐了个烟圈，笑了："蒋先生是讨厌我吗？"

她看看彼此之间被他隔出的那段距离。

蒋方卓很客气："男女授受不亲。"客气中还是藏着疏离。

谢梓桐会说中文，但不会写汉字，授受不亲是什么意思？她拿出手机，打拼音翻译了一下，懂了。那就不挨着他坐了。

吸烟区安静得只有两股烟雾彼此交织、缠绕，谢梓桐正想着要怎么继续解闷，玻璃门外却传来匆忙交叠的脚步声。

谢梓桐循声看去，只见商陆拉着向南星一路穿行而过，朝角落的安全出口走去。谢梓桐顿时起身，以为两人是要打架，急得直往门边走，却在下一秒彻底傻了眼。

是她眼花了吗？安全出口的门左右晃悠时，她似乎看见商陆吻住了向南星……还真不是什么好鸟，一言不合就性骚扰！

谢梓桐推门就要冲出去，却被人一把攥住了手腕，回头一看，蒋方卓眼里全是禁止的意思。

"别去看热闹了。"

他怎么知道她是要去看热闹？他分明没瞧过安全出口哪怕半眼。

"可……"

"他俩是一对。"

谢梓桐又傻眼了。——一对？是她理解的那个意思吗？

他直接拽着她的手腕，把她拉回了原位。

谢梓桐在这短短的三步里，仔细回想了一遍向南星和商陆的那些画面，似乎有些懂了。这回谢梓桐终于可以关心关心自己了，低头瞧瞧握在她手腕上的手，顿时仰起笑脸。

蒋方卓被她笑得一怵，反应过来的时候已经晚了，这女人笑得特别坏："男女授受不亲哦。"

向南星被商陆逮进安全出口的下一刻，就被他抵在了墙上。

"生气了？"他问她。

"没有。"

女人说"没有"，那就是"有"，商陆倒是很诚实："我撑她，很大一部分原因是她做的小程序实在太烂。就这水平还想振兴中医？这不吹牛吗？"

向南星瞟他一眼，不信。

商陆一蹙眉，怎么证明自己的诚意呢？他想了想，道："等我从瑞典回来，亲手帮她改进小程序，行了吧？"

"不劳您大驾。"

说话带刺，还不领情。商陆偏还不信了，直接照着那带刺的嘴亲了下去。

还真是带刺，她竟反咬了他一口。商陆吃痛，反而亲得更用力，那唇总算软了，唇齿纠缠到一定程度，哪还有脾气？

被他吻得气息都不稳了，却还记得他上一句，她的手指在他胸口点着："你说的哦，要帮忙改进小程序，不能反悔。"

原来她刚才回吻他，不是因为他吻技好到让她顾不上生气了。

商陆倒不介意，瞥她一眼，明明是面无表情的一张脸，却顿时变得色眯眯的："我有什么好处？"他逮住她在他胸口点着的指尖，搁在嘴边轻轻咬了下。

向南星吃痛，缩回手，眯眼瞧他："你想要什么好处？"

向南星犹记得，之前她想着多让他陪，就当抵她想出"Oncall智医"这个名字的版权费，可真当她把这笔"版权费"收得淋漓尽致时，先吃不消的却是她。终于结束时，他的指尖一点一点绕着她额角的湿发，问道："究竟什么时候才能听你叫句老公?"

刚才她喊他的名字,他非得一遍遍确定:"叫我什么?"

一遍遍欺负她,原来是想听这两个字。

向南星只剩动动嘴皮子的力气,说道:"休想。"

"休想是吗?"

他作势要换个姿势,向南星吓得顿时中气都足了:"等等!歇一会儿……"

"叫我什么?"

男人啊,这种时候听句"老公",还能延年益寿不成?

向南星浑身瘫软,却还是坚持道:"我实在叫不出口。"

不过也确实,在这么亲密的时刻喊他全名,是有些煞风景。向南星想了想:"干脆改叫男朋友好了。"

他怎么突然间傻了?

说出去的话泼出去的水,商陆摸过床头柜上的手机,非得让她再说一遍,他录下来,以免她一早起来就反悔。

向南星可不想他得意得太早:"我妈现在可特别讨厌你,你想想怎么过她那关吧。"

"讨厌我?"他一记反问,仿佛早已忘了自己干过的一系列事。

向南星不得不提醒他一下:"在我妈眼里,你就是个忘恩负义、薄情寡义、始乱终弃的大渣男。"

"我……"

向南星的评价还没完:"以及目中无人,锱铢必较,不够敬老。"

商陆顾不上录证据了,把手机搁在一边,正襟危坐起来:"未来岳母对我的观感这么差?"

向南星耸耸肩:"可不是?你把我放在一边晾了两年多,这两年我妈对你的不满好不容易被时间冲淡了一些,你却回来了。我妈好不容易决定放下心里的芥蒂,见到你主动跟你打招呼,你竟然不理她……"向南星投给他一个让他自行领会的表情。

商陆自诩记性好,却怎么也想不起来还有这一出:"我回国后都没见过她……"

向南星龇了龇牙,现在才想着补救,晚了:"就是你带着中介和买家去你旧房子的那天。"

总归是记性好,商陆深深蹙着眉,很快便记起来:"那天啊……那天我发烧四十摄氏度,差点把卖房合同都签错了。"

向南星狐疑地眯眼,仔细打量他一番,看着不像是撒谎。

"如果岳母是那时候碰见我的,她可能喊了我,我没听见。"商陆颇为无奈。

向南星一琢磨,再仔细一核对向妈指责商陆对她视而不见的那天,没准真是他发烧的那几天。

"你早不发烧,晚不发烧,偏偏那时候发烧。"向南星记性也不差,一想到自己去他家送退烧药,却在他家发现了夜店的手环,就忍不住踹他,秋后算账,"你也别说得你完全无辜,发烧还跑到夜店去玩,病情能不严重吗?"

严重到连未来的丈母娘他都敢不理。

"夜店?"这又是哪一出?商陆扣住她乱踹的脚踝,顺便扑过去压住她:"我什么时候发烧跑去夜店了?"

向南星狠狠一撇头,不说。

商陆偏要听,把她按在身下挠痒,挠得她又气又笑地躲,躲不过,只能求饶:"别不承认!你发烧那会儿,我去你家给你送药,发现了VICS的手环。"

他的表情一顿,摆明被她说中了。向南星这回终于可以不客气地戳他脑门了:"坦白从宽,你去VICS找哪个小妖精去了?"

"哪个小妖精?"他竟还歪头回忆了起来。

莫非还真有个小妖精,让他时隔半年的今时今日,还在回忆里妥帖安放着?

"当然是……"他的目光不知不觉落到她脸上,似乎在观察她的反应。

向南星不戳他脑门,抿着唇,认真了。

他却突然照着她的唇狠狠啄了一下:"当然是你这个小妖精。"

向南星自下而上,一把捏住他的下巴,威胁道:"别转移话题!"

她还以为他说这话只是插科打诨，顾左右而言他。商陆只得捞起她来，正一正脸色，好好地解释道："你那天和迟佳喝得烂醉，蒋方卓一个人管不住你们两个疯子，我去帮个忙，顺便……"

"顺便什么？"

顺便看看她传说中的未婚夫长什么样。既然没有未婚夫这回事，他的后话便隐去了："顺便看看你有没有在夜店里乱勾搭人。"

向南星刚要义正词严地否认，却又一顿，瞬间得意地将下巴一抬。

"我需要主动乱勾搭人吗？"向南星拗了下腰，"我这身段，往舞池里一站，那都是别人主动勾搭我。"

此刻她身上只裹着一条桑蚕丝的毯子，薄而不透的布料确实将她的身段勾勒得很是婀娜，该瘦的地方瘦，该肉的地方肉。可她真当他不记得，那晚她穿个大羽绒服配雪地靴，在夜店门口表演走直线的一幕了？

商陆挺配合地看着她吹牛，末了十分感慨地说："这么招蜂引蝶？"

"可不？"

商陆兀自点了点头，他点下去的下巴刚重新抬起，向南星就被他扑倒了。

"那我更得抓紧时间把你套牢才行！"

向南星被他胡乱啃着，又痒又酥："你到底想好怎么对付我妈没？"

"不急。"他让她别急，自己倒是很急，声音也随之彻底沉了下去，"先把你对付服帖了，再说。"

向南星其实挺理解他平时这么高冷，最近却一逮着机会就饮她解渴——他实在太忙，三五天才见一面，用商陆自己的话说，再不抓紧时间，怕是过几年他就和纪行书一样秃顶了。

这话向南星记下了，却只是为了等S-lab参加完精准医疗峰会从斯德哥尔摩回来，她去纪师兄那儿告他一状——竟敢变相取笑师兄单身还秃顶！

他飞去斯德哥尔摩的一周，向南星见不着他，就成天和谢梓桐待在一块，过阵子向南星就得回国了，她开始试着把囡囡交接给谢梓桐。

谢梓桐的心思却不在医馆，也不知是不是被商陆刺激了，原本只是玩票性质的小程序开发，谢梓桐竟上了心，开始在她爸的医馆推广她的小程序。谢和苏的医馆在华人圈里十分有名，谢和苏不让女儿胡来，怕砸自己的招牌。

谢梓桐自然觉得老头子顽固不化。向南星在医馆里听到父女俩吵架，心惊胆战地想去劝架，却被拦住并被解释，这两父女的相处模式就是这样，感情越好，吵得越凶。

"你再这样阻止我的事业起步，我就和南星一起回北京，不给你养老送终。"

谢和苏虽是第二代移民，说中文却依旧夹杂着福建口音："那我就把我的财产全捐了，让你一毛钱都得不到。"

"你就我一个女儿，舍得我变成穷鬼？"

"你就我一个爸爸，舍得我被你气死？"

向南星远远听着他们吵架，突然有点想家。

2015年的精准医疗峰会俨然有了别于往年的新风向，不少涉及AI医疗的初创公司成了最受关注的新兴力量。

向南星本想一起去的，无奈被签证限制，只能在网上看新闻。

这虽然是行业内的盛会，但偏向尖端科技，所以新闻并不多。国内的相关报道就更少了，还不及娱乐圈某对情侣公布恋情的十分之一关注度。

峰会第三天是叶氏的主场，向南星只能等着商陆亲自送上好消息了。

向南星以为大会结束，他会第一时间联系她。她还悄悄拜托纪行书帮忙录下商陆上台发言的视频，万一他在台上出糗卡壳，她还能用视频"要挟"他一阵子。

然而向南星既没等到商陆的电话，也没等到纪行书的视频，只等来了主任的电话。

"什么时候回来上班？"

主任的语气虽然依旧严肃，但严肃中似乎藏了一丝安心。

向南星听到这消息，没有想象中的如蒙大赦，只是有些纳闷，虽然林院长内退的消息传了有一阵子，可传言终归只是传言。

"院长大赦了？"

第三章 那三个字

"是邹太太,她不知怎么突然想通了,不打算为难你了。"

"这么好?"

主任听出来了她的意思:"你是玩野了,不打算回来上班了是吧?"

"不敢不敢,我只是太开心,说错话了。"

向南星确实是开心的,只是这开心中多少有些憋屈,毕竟她是不明不白被人停职的,又不明不白复职,心里总归有三分忌惮,怕里头还有什么蹊跷。

但既然是好消息,向南星当然要分享一下。

迟佳在上班,没有第一时间看到她发去的这个从天而降的好消息。

向南星原本怕商陆在峰会上有什么收尾的事情要忙,不打算这时候打给他,磨磨蹭蹭到了晚上,从热闹的谢和苏医馆回到只有她一个人的公寓,她终究还是没忍住,给商陆打了个电话。

响了几声,那端接通。向南星没想到这么快就接通了,诧异了几秒。

既然这么快接通,证明他不是在忙,向南星最近被他宠得脾气说爆就爆:"每次都非得我主动联系你,你就不能主动联系下我是不?"

他短促地笑了一下,只是笑过之后,就没了声。

向南星还倔着脾气:"干吗不说话?"

她听见那端沉沉了口气,半晌,他唤她:"南星。"

平平无奇的两个字,向南星却听出了异样,他的声音怎么仿佛带着重压下的疲倦?向南星的嗓子也紧了:"怎么了?"该不会是她乌鸦嘴,他真在介绍Oncall智医时,卡壳出糗了?

又是半响的沉默,这沉默折磨得向南星从沙发上站了起来,来回踱步。

他终于开口:"如果我一无所有了,你还等我吗?"

"什么?"

他没有重复。

几天之后,精准医疗峰会的新闻陆陆续续在网络以及专业期刊上发表,向南星终于后知后觉读懂了两天前他的挫败感。

在精准医疗峰会上,富通医疗抢在叶氏之前发布了一款与Oncall智医的概念相似度高达七成的产品。

富通医疗抢先发布了arti医疗机器人,虽然只是概念蓝本,暂未有临床实验反馈数据,但也掀起了整个精准医疗峰会的第一个高潮。

在此之前,大部分AI医疗影像公司或实验室重心基本都放在辅助诊断上,arti则提供了另一种全新的可能性,这是一个集合了疾病预测、辅助诊疗、精准手术和健康管理等所有前端位置的新产品。富通医疗的CEO在会上发言,提出要将AI医疗应用于健康链条更前端的新概念。

会后,多家全球知名医疗机构与医学中心代表纷纷找到富通,表示有意进一步合作。

当天上午富通的主场结束后,下午便是叶氏的主场。受邀的机构代表入场之后才被告知会议流程临时变动,叶氏砍掉了十五分钟的内容,没人知道被砍掉的十五分钟的内容是什么,除了叶氏内部。

令众人失望的是,叶氏这次报会的新成果格外乏善可陈,唯一的亮点只有AI应用于靶点药物这一点新发现。

这可与叶氏在会前表现出的大阵势很不相符,毕竟今年叶志伟都亲自来了。

叶志伟这次参会就是为了能亲自上台介绍Oncall机器人,最终却只能忍痛把这十五分钟的精华砍掉。

其实富通在会上透露的arti机器人的进度,稍稍落后于叶氏的Oncall机器人——Oncall机器人可是已经有了第一期的临床实验反馈的,如今却只能承担被截和的后果,叶志伟大为震怒。

S-lab的成员又何尝不是?大家雄心勃勃地来到斯德哥尔摩,却遭当头棒击。

灰头土脸地回到纽约,商陆还来不及在S-lab内部自查,叶氏的人已经带走了S-lab的全部设备进行彻查。

富通的产品和他们的太过相似,所有人都和叶志伟一样,怀疑资料是从内部泄露出去的。

然而,叶氏和S-lab都彻查之后,这事成了罗生门。

叶氏注资S-lab之后,开始企业化、规范化运作实验室,所有人员只能在实验室配发的电脑上工作，不能将任何数据或资料放到个人电脑内，实验室也有权进行各项监控。这段时间，S-lab的数据库并没有异常访问记录。

叶氏一筹莫展，决定要揪出点什么的同时，商陆想到了一个人——邹然。

叶氏注资S-lab之后，所有成员的个人电脑数据逐步转移，原始数据也进行了销毁，而邹然那时候回国出了事，彻底失联，她的个人电脑上还留有部分数据。

商陆回来的第三天，在纽大的Rusk复健中心的复健室，见到了邹然。

商陆原本想着从斯德哥尔摩回来之后，带向南星一起过来探望她，如今却只有他一人前来。

邹然见到他，颇感意外："你怎么来了？"

此刻的邹然刚结束康复训练，正大汗淋漓，她接过护士递来的毛巾，擦了擦汗。

商陆看着她，半响才说道："能走路了？"

他刚才在复健室门外，看她依靠牵引带走路，有些吃力，但三个月能恢复到这个水平……他见到邹然之前，听复健师提到她是spinal fracture，而非spinal nerve injure。脊椎骨折，而不是脊椎神经严重受损。

在此之前，所有人，包括商陆，都以为她是更加严重的脊椎神经受损。

他们对邹然病情的猜测，其实并非主观臆断。因为如果只是脊椎骨折，邹母怎么会指责他和向南星害她女儿下半辈子都毁了？

邹然对自己的康复进程不愿多谈，只说了一句："尽人事，听天命吧。"

她还是那样克制地忧伤着，仿佛不忍心责怪任何人。商陆却破天荒第一次，从她表现出的不忍心里，读出了另一种滋味。

有一种人，越是表现得不争，越是要让人内疚。

原本有些不知如何启齿的话，此刻商陆终于说出了口："我来这儿还有件事。"

邹然不解地扬了下眉。

"S-lab出事了，你听说了吗？"

邹然愣了一下，摇了摇头。

"S-lab的所有设备都交给叶氏了，你的个人电脑也得交出去。"

邹然眼中有一丝惊疑闪过,那丝惊疑一顿后,她突然大为不解地苦笑道:"你怀疑我?"

商陆的眸光原本是平静无澜的,反倒在她突然苦笑的那一刻,彻底冷了。

商陆看着她,良久,站了起来。

这回,换他苦笑了,是真正的苦笑:"我都没说S-lab出了什么事,我怀疑你什么呢?"

邹然的眸光瞬间大为震动,意识到自己说错话了。

"商陆!"她下意识伸手要拽他,却因为坐着轮椅,矮他太多,她的指尖只堪堪碰到他的袖子。

他的袖子在她指尖一拂,人已离去,一切假象终于碎在她最终的歇斯底里中:"商陆!"

商陆离开复健中心的同时,警方搜查了邹然在纽约的居所。

邹然家中的电脑是半个月前刚买的,至于旧电脑,邹然声称早前被窃,这让一切彻底成了罗生门。

叶志伟得对董事会有交代,这些年叶氏在AI领域砸的钱,本就令董事会颇有微词。叶氏无论是收购的初创公司,还是合作成立的工作室,每天都在烧钱,只有与S-lab合作的项目最稳,也是最快出阶段性成果的。差一点,叶志伟差一点就能因自己独到的前瞻性眼光,在董事会面前翻盘,获取后续的支持。

可叶志伟依旧不愿意就这么放弃,因为他的坚持,叶氏给了S-lab两条路:要么被收购,Oncall机器人彻底成为叶氏的产品,未来的成败,由叶氏全权负责;要么,叶氏撤资,及时止损。

而这段时间里,向南星只知道商陆每天都在忙,却不知道他在忙些什么,他什么都不说,向南星也没问,她也有事要忙——商陆打算和她一起回国,向南星要操持的,不仅仅是简单的打包行李、寄国际物流,她还得负责把他在纽约的房子租出去。

刚有了个家样的公寓,转眼又变得格外杂乱。商陆忙完一天回到公寓,见她坐在地板上,在本子上记着今天来这儿看房的人的情况。

她更倾向于找一个长租的租客，得爱干净，最好是华人，可惜今天来看房的，没一个符合她的要求。

商陆开门进屋，向南星抬头看了他一眼，继续低下头去忙自己的小本子。

"忙什么呢？"商陆走过去看。

向南星用笔的另一端戳了戳头皮，颇为烦恼地道："怎么就没个想要长租的租客？"

商陆脚步一顿，很快又来到她身旁，同样席地坐下，伸手把她面前的本子盖上。

"不租了。"

向南星一皱眉："一年租金不少钱呢，难道空着？"

"我打算把房子卖了。"

商陆伸手，把她皱着的眉心抚平。

向南星这才知道，商陆选择了让叶氏撤资，叶氏成了商陆的债权方。

然而令商陆自己都没想到的是，S-lab里除了一位二代移民，其余人全都决定跟着他回国干。

商陆把今天听到的最触动他的一句话，转述给向南星："说出来不怕你笑，我是有报效祖国的梦想的。"

向南星满脑子只剩这句话了，哪还顾得上自己面前的那份租客名单？

"我好佩服你们的勇气。"她由衷地说。

叶氏的高薪和可以预见的美好未来，他们说放弃就放弃了。换作向南星，她可能都办不到——或者说，即使办到了，也做不到他们这般洒脱。

勇气？这从来不是商陆想要探讨的，他只是很平静地说："Oncall如果不能成功，我们今天做的一切说的一切，怕是未来都会成为笑话。"

这话向南星懂了，她跪坐起来，用自己纤细的胳膊环搂住他。她知道，不论是当下，还是未来，他都想了很多，可他依旧决定这么做。既然他不屑于毫无用处的勇气，那她就给他一个无声的拥抱好了。

商陆一言不发，紧紧地将她回搂。不知为何，这一瞬间，商陆顿时安心。

那是他从瑞典回来后，不曾有过的。

大概是因为对方的怀抱紧到胸膛相互熨帖，紧到能够确认，彼此的心跳在同一个节奏，即便未来不可期。

向南星回国后第一件事，不是回医院上班，而是趁着向妈上班，特意回了趟家，把自己住了二十几年的房间翻了个遍，将能找到的银行卡全都找了出来。

她平时虽不爱理财，银行卡倒是不少，有余额只有几毛几分的，也有余额上千的。那些开通了网银的卡，向南星全在手机上转账，把钱都转到一张卡里；没开通网银的，就去各个银行的ATM机轮着跑一趟取钱。

迟佳怕她一个人取那么多钱有危险，特地趁着轮休，跑来给向南星打下手。

入夏的天气，下午三点的光景，热得人心情很浮躁，偏偏还得不到人民币的抚慰——跑了一下午，到手还没过万。

向南星大学时交学费的卡里只有几千。她大学之前存的小金库，基本上是她小时候领的红包，早被她忘得一干二净，如今也被翻了出来，里头竟然也有几千。换作平常，这或许能算是意外之喜，可如今，向南星取出这几千块，只想叹气。

二人很快又换到了建行的ATM机，向南星换了一张建行卡，插进去。

两个姑娘有一搭没一搭地对话。

"你瞒着你妈出国，现在又瞒着你妈回国，这样真的好吗？"

"我想多陪陪他。"

这个"他"是谁，迟佳怎会不清楚？只能"啧啧"两声："那倒也是，你妈知道你回国，肯定逮着你回去关禁闭。"

向南星一边听着，一边输密码，却提示密码错误，这时才想起来，这张卡是商陆曾经给她的老婆本。

老婆本的密码，向南星依稀记得是她生日。

输入自己生日的数字后，密码正确。

向南星看着成功跳入操作页面的ATM机，稍稍停了一下。

迟佳不知道她心里的小波澜，催她道："看看里头有多少钱。"

第三章 那三个字

向南星这才集中精神，先查余额。

足足跑了三家银行，总共才取了一万块。入夏的北京，迟佳站在中央空调正下方，透过玻璃门看外头的滚滚热浪，想到一会儿又要跑别的银行，赶紧仰头可劲吹凉风。

向南星突然没了声，迟佳察觉到异样，舍弃了中央空调，低下头瞄一眼不知为何僵在机器前的向南星，又瞄一眼ATM机，说："可别又是几千……"

话音未落，迟佳也傻掉了——余额页面的那串零，前所未有地多。

还是向南星先反应过来："七……七十万？"她机械地扭头，看向还在愣怔中的迟佳。

本指望迟佳打醒她的，现在看来恐怕是不行了——足足十几秒后，迟佳才后知后觉地回过神来。

迟佳看看ATM机，又看看向南星，终于忍不住，手指一下一下地戳着余额页面："什么七十万，你少数了个零……"

两个姑娘都不相信对方的说辞，凑到ATM机前，开始一个零一个零地数。

迟佳对数字，尤其是钱，特别敏感，结果也证明迟佳是对的。

"你哪儿来的这笔横财？"迟佳都要对向南星刮目相看了。

向南星张张嘴，答不上来。

二人正僵持着，谁也没发现ATM机的页面显示操作时间已到，银行卡默默地退了出来。

迟佳发现的时候已经晚了，刚要伸手把卡抽出来，那张银行卡却在被她指尖碰到的那一瞬，被卡槽无情地吞了进去。

迟佳顿时瞪大了眼，倒吸一口寒气，嘴角颤抖着，七百万……就这么被吞了？

两个姑娘安静而惶恐地面面相觑。不知过了多久，迟佳突然醒悟过来，当即一拍向南星的肩："拿身份证去柜台，让柜员赶紧把你的卡弄出来啊！"

迟佳站在中央空调的正下方都觉得躁了，向南星刚被催促着朝通往营业厅的门走了两步，又顿住。

迟佳嫌她太慢，直接换向南星在ATM机前看着，迟佳接过她的包，快步走

139

向营业厅:"你的身份证在包里吧?"

"得商陆的身份证才行……"向南星终于开口。

前方的迟佳差点崴了脚,连忙回头:"什么?"

"这是商陆的卡。"

这时的向南星刚消化掉这个事实带给她的震惊,又换迟佳震惊了。半晌,迟佳终于打破沉默:"在国外搞科研这么挣钱?"

那还带向南星去吃三十五块钱的麻辣烫?

向南星琢磨半天,说:"应该是卖老房子得来的钱。"

她原本以为他卖了老房子,是为了换纽约那套公寓,万万没想到,这钱会在她这儿。

"商陆这些年可以呀,纽约一套房,手里还有这么多现金……"迟佳感叹。

向南星却被迟佳的这声感叹拉回了现实。

纽约那套房虽然挂出去了,但还没有买家接手,被吞的那张卡里的几百万对于她们来说是笔巨款,但扣掉叶氏的债务,又能剩下多少?甚至可能根本就不够抵扣。

商陆最近这段时间,工商、税务、质监、药监,每个部门跑遍了,昂科(Oncall)医疗终于成功落地北京,这才是第一步。谁都知道,经营公司和经营实验室是完全不同的两个概念,在这条路上要怎么走,能走多远,都是未知数。唯一已知的,是前期投入已经是个不菲的数字。

之前的S-lab只需要负责机器学习服务与软件产品研发,昂科医疗成立后,还需要打通前端的医疗数据服务供应环节,和后端的审核与生产环节。公司其他人或许还能继续埋头搞科研,商陆却每个环节都得兼顾。

S-lab的成员义无反顾地跟着商陆回来了,可商陆开不了叶氏那样的高薪,唯一能给他们的,只有昂科医疗的原始股份。

商陆也给了他们选择权:工资档位越低,原始股份越多。大部分人都选择了工资与股份折中,只有纪行书,选了最低档位的工资:"赌输了,我大不了回去教书,回不了清华,我就去高中教数理化。"

第三章 那三个字

纪行书就这么成了公司里工资第二低的"纪工",工资最低的自然是商陆——他象征性地给自己开了一块钱。

蒋方卓见过太多搞科研的去做生意,最后血本无归的前例,他建议商陆融资,毕竟Oncall机器人目前的成果已经是很多公司到了A轮甚至Pre-B轮时才能企及的高度,蒋方卓也为商陆牵线了国内的几家投资公司和信托机构,商陆却拒绝了。

"资本过早介入,不是一件好事。"

这是富通和叶氏共同给他的教训之一。

既然他不愿意资本介入,那老婆本介入总行吧。向南星给商陆发了个微信,问他:"在忙吗?"

商陆没回,看来是在忙。

他既然不能本人带着身份证来一趟银行,ATM机吞掉的卡被柜员取出来之后,就只能暂时放在银行,等卡主本人带着身份证来领。

向南星拉着迟佳离开银行时,迟佳恋恋不舍地一步三回头,生怕银行会吞了那七百万似的。

既然她俩今天都闲着,向南星索性让迟佳喊上赵伯言,晚上一起做饭。

趁还没到晚高峰,现在坐地铁回家,还能顺便去买个菜。

向南星这么一问,迟佳才暂时把那笔横财抛诸脑后。一向对赵伯言呼之即来的迟佳,这回却说什么也不愿联系赵伯言:"要喊你喊,我不喊。"

"你又跟他闹矛盾了?"

这两人,从大学到现在,都没一点长进。

迟佳义正词严地说:"是他跟我闹矛盾。"

"怎么可能?"赵伯言有这胆?迟佳可是他捧了多少年的女神。

迟佳这回倒是犹豫了。

距离银行没多远就是地铁口,迟佳犹豫了一路,直到站上地铁口下行的扶梯,才对低她一个台阶的向南星说:"我跟你说件事,你千万别告诉任何人,尤其商陆。"

向南星回头,做了个发誓的手势,迟佳才说:"我亲了他,亲了赵伯言。"

不知不觉已降至扶梯最下方,向南星忘了伸脚迈下扶梯,差点被地面绊了一跤，迟佳赶紧伸手扶住她。

向南星人是被扶住了，神色却乱了，难以置信地看着迟佳："你……你再说一遍？"

两个姑娘握着扶手站在楼梯中央，地铁在隧道中轰隆穿行的声音差点盖过了迟佳的音量，向南星不得不歪着脑袋，尽量凑过去听，这才把迟佳的一席话尽数听完。

向南星在纽约的这段时间，迟佳和赵伯言竟发生了不少事。

这得从陈默和迟佳成为同事后，他令人十分恼火的态度说起。

陈默为她动手打人的事传出去没多久，全院又开始传陈默在追她，陈默这人，皮相好，学历高，多少女医生、小护士觊觎着，迟佳四处避着陈默都没用，陈默对传闻既不承认也不否认，导致传闻愈演愈烈，陈妈不知从哪儿听来了消息，找到医院，数落了迟佳一番。

陈妈好不容易盼着自家儿子和迟佳分手，自然不会允许迟佳这个"品行不端"的姑娘再祸害陈默。

陈妈对迟佳的坏印象，追根溯源，其实和陈默脱不了干系。当年迟佳跟随陈默的脚步出国，为了能让陈默多看她几眼，她总给陈默送爱心午餐，陈妈第一次出国探望陈默，看到那些一看就是精心准备却被儿子丢到一旁的爱心午餐，觉得这个小姑娘很是贴心。是陈默亲口告诉陈妈，他和这姑娘没可能。

为什么没可能？因为她出国读书的学费，是一个男的给她的。

赵伯言当年确实卖了车换了钱，打算供迟佳出国，陈默不知从哪儿听来了消息，却不知道后来迟佳根本就没拿这笔钱。

陈妈听陈默这么一说，对迟佳哪还能有好印象？几十万可不是个小数目，在老一辈的人眼里，这可就成了"包养"。

虽然在那之后没多久，陈默对迟佳的这番误会解除了，知道了迟佳的学费其实是她家人凑的，可陈妈对迟佳的这副有色眼镜，再没摘下来过。以至于后来，陈默突然和他曾经鄙视的姑娘在一起了，陈妈是第一个跳出来反对的。

如今，陈默和迟佳终于黄了，陈妈可不能让陈默重蹈覆辙。

谈到这里，迟佳无奈地笑了下："你知道吗？我原来特别不理解陈默妈妈的想法，觉得她对我的偏见毫无理由，可上次她找到我，让我放过她儿子的时候，我突然能理解了。我之前怪天怪地，其实到头来只能怪自己。我还记得你那时候劝我，世上没有不透风的墙，让我别拿赵伯言的钱，我虽然听了你的话，但扪心自问，那时候我确实是动过歪心思的，所以报应来啦。"

"谁年轻那会儿还没犯蠢的时候……"向南星叹道，声音却被广播提示的到站声掩去。

地铁门开，站台上的人挤上地铁，向南星和迟佳差点被冲散，很默契地双双躲到角落。

向南星以为迟佳没听见她的话，迟佳却接着她那句话说了下去："可我上回对赵伯言又干了件蠢事……"

陈妈找过迟佳之后没多久，陈默不知哪根筋搭错了，竟对迟佳展开了追求，迟佳那天和赵伯言约了吃晚饭，被逼急了，和陈默当街吵了一架——就是那次，被去国际部办事的向妈撞见了。

那天，向妈打电话给向南星兴师问罪的同时，迟佳带着陈默去会了赵伯言。

她告诉陈默，她和赵伯言好上了——早就好上了。

带着陈默去见赵伯言的路上，迟佳提前给赵伯言发信息，让他待会儿当着陈默的面亲她——意思意思，亲个脸颊就行。

等迟佳真的把人领到赵伯言跟前，赵伯言却没按她说的做。迟佳等不及了，主动亲了赵伯言——当然也只是意思意思，亲了下脸颊。

陈默摔门走了。迟佳满意了，决定这顿饭她请。

赵伯言吃饭的时候表现得很正常，送她回家的路上，突然就不正常了。

赵伯言的车限行，搭地铁送她回家。那晚的地铁可比平时空了许多，迟佳和赵伯言都有座位。

迟佳指责他办事不力："为什么不按我告诉你的办？"

"你让我办什么了？"

"让你亲我啊！"难不成他没看到她发的微信？

那一刻，赵伯言脸色变了。

迟佳刚想让他把手机拿出来，看看他是不是真的漏看了她的消息，赵伯言却突然凑过来，吻了她。

这回吻的是嘴。

那时那刻，坐在地铁座位上的迟佳，傻了。

此时此刻，站在地铁站角落里的向南星，也傻了。

"然后呢？"向南星不确定地问。

"然后……"迟佳颓着一张脸，"我骂了句'你有病啊'，正好地铁门开了，我就跑了。"

"赵伯言没再说什么？"

"没，他之后就没联系过我。"

向南星低声嗟叹，多日不见，是当刮目相看，赵伯言真的是胆肥了。赵伯言不止胆肥得敢亲迟佳，更是敢不接向南星的电话。

向南星没能约到赵伯言，和迟佳两人在家里吃了顿便饭。

向南星还想问问迟佳对赵伯言到底有没有别的意思，迟佳却不想提这人，找了别的话题："商陆知道你打算把全部家当给他吗？"

向南星放下筷子，愁得叹了口气。

迟佳知道她在愁什么："咱都知道商陆这人，一根筋又贼傲，他不会收你的钱的，自尊不允许。"

"那钱又不是我的，是他自己挣的。"

"他把卡给你，那就是你的钱。"

向南星不吱声了。看来迟佳和她一样，都知道商陆是个什么臭脾气。

"你得想个法子，在他最不忍心拒绝你的时候，告诉他你想帮他。"

向南星想了想，摇头，那倔驴哪还会有不忍心拒绝人的时候？

向南星头摇到一半，脑子忽然灵光一闪，摇头的动作便顿住——还是有的。

比如说，床上的时候。

商陆回到家已是深夜十一点。

第三章 那三个字

跑了两家医学中心，没有一家愿意承接Oncall机器人的二期临床测试。

昂科是完全没有国内背景的公司，一期临床测试是在国外的医学中心做的，国内外用的又不是同一套标准，国外是FDA标准，国内是CFDA（国家市场监督管理总局）标准，除非在国内重做一次一期实验，不然恐怕不会有医学中心愿意承接。

商陆有些发愁，一来时间宝贵，若他们和富通医疗的对标产品晚于富通医疗，后续怕是更加拼不过富通医疗了；二来，每一天都在烧钱，他也不知道哪一天资金链会断。

因为满脑子都在想别的，商陆换鞋进屋了才注意到客厅没开灯，只有两盏地灯在墙面折射出暧昧的光晕。

她平常都会等他回来再睡的，现在这是先睡了？

商陆唤了声："南星？"

没人应。

他朝卧室走去，正要推开虚掩的房门，手却僵在门把上，门缝里透出丝丝的香水味。

按照医生的习惯，她平常根本不喷香水。

商陆皱眉，豁然推开房门，门砰地撞在墙上，斜倚在床上的向南星吓了一跳，吓没了她正要开始搔首弄姿的动作。

商陆也吓了一跳，她身上那件半透睡裙哪儿来的？

商陆喉结蠕动间，她已下了床，款款朝他走来，床头柜上的两杯红酒也被她拿了过来，她来到他面前，递给他一杯。

商陆没接。

生日？节日？纪念日？商陆脑中迅速转一遍，发现今天不是任何需要庆祝的日子。那她为什么要穿成这样？

商陆眉一扬，向南星已经娇嗔起来："你接不接呀？人家手都酸了。"

人……家？商陆忍着肉麻，伸手过来，却不是接她递来的酒杯，而是手背贴上她的额头，试了试她的体温——没发烧。

向南星精心准备的前戏算是泡汤了,她饮一口红酒,把酒杯往一旁的五斗柜上一放,酒含在嘴里,踮脚吻他。

商陆喉结稍稍一滚动,她嘴里的红酒被他吞咽下去,彼此的唇紧密相贴。

向南星却还在分神想着——

之前跟他说?不行,他欲求不满,铁定一点就炸,更难说服。

中途跟他说?他倒是能听进去,就怕她到时候一句话全碎在嘴里,说话都说不清。

那……完了再说?

"想什么呢?"

她刚理出一丝头绪,就被他重重的手劲揉碎了。

"我在想……"他低头忙着,似乎没在听,"算了……"一会儿再说吧。

因为她这两个字,商陆的动作一顿,原本已经慢慢俯下去的脑袋,不下反上。

"到底怎么了?"他问。

向南星咬了咬牙,看他一眼,突然坐了起来。还是现在说吧。

果然,他的答案如她和迟佳预想的那样——

"不行。"

"那本来就是你的钱,我拿给你周转,有什么不行?"

"那是我给你的,给出去的东西,我不会收回。"

向南星烦躁地挠挠头。早知道待会再说了,她就不信,那种时候他还能提了裤子就走不成?

他现在倒是往床沿一坐,背对着她。向南星真想踹他下去。人还这么年轻,怎么就成老顽固了?

向南星拼命忍住伸脚的冲动,整个人贴过去,柔着声音说软话:"那就当我这笔钱是投资你们昂科医疗的。"

希望迟佳这招管用吧。

她自背后抱着他,这么可怜巴巴的,商陆原本僵硬的背脊,似乎松动了一些,出口却还是两个字:"不行。"

向南星差点被他气得一口气哽在喉咙："为什么不行？"

他说不出一个所以然来，就知道一口一句"不行"，怎么说服得了她？

他沉默半天，给出了个理由："你就不怕我把老婆本都亏完了？"

"那万一挣了呢？我就当投资。"

"我不需要你的投资。"

这回向南星终于忍不住了，撒开抱住他的手，伸脚就要踹他下去。可惜他坐得很稳，她没能把他踹下床，他反倒回头皱眉看她。

她瞪他，他皱眉回视，僵持着，谁也不让步，向南星脑子突然一热，一咬牙说："我们结婚吧！"

他僵了足足半分钟，再开口，语气也彻底僵了："别拿这种事开玩笑。"

她可不是开玩笑，很严肃地威胁他："你不想要你的老婆本，可以。那你也不想娶老婆了是不是？"

"我……"他终于接不下去了。

向南星其实是想继续瞪他的，想了想，抿起嘴做委屈状，眨着眼睛，威胁意味骤减，倒是瞬间多了几分楚楚可怜。如果能挤出一滴泪来，那更是极好的。

他看着她，直勾勾地看，不给答案。

向南星挺直背，捋了捋头发，既不发脾气，也不装可怜了："你是不是觉得我现在嫁给你，亏了？"

他的答案，显然是肯定的。

"万一你倾家荡产，我就跟你离婚，反正我一穷二白，不怕你分我身家。但是万一你飞黄腾达了，我就能反过来分你一半家产。我一点都不亏，好吗？"

歪理他是不认的。

求个婚怎么跟上谈判桌似的？她从耍狠到扮乖再到讲道理，他始终以不变应万变。看来面对这个老顽固，只有老无赖能治了——

"我这辈子只求这一次婚。"向南星索性无赖到底，"过了这村，可没这店。"

潜台词已经很明显——拒绝她？等着后悔一辈子吧。

"嗯？"她尾音扬起，等他的最终答案。

商陆沉默半天，憋出两个字："可是……"

向南星腾地坐起，打断了他的后话。

她就这么一路闹出特别大的动静，生怕人不关注似的，一路去了与卧室相连的小衣帽间，商陆无须歪头，就瞧见她"啪"地撂出一个行李箱，开始把自己的衣服扔进箱子里。怕他瞧不见似的，那衣服没一件是准确扔进行李箱的，在商陆眼前飞得到处都是。

知道她在演戏，商陆还是站起来跟了过去："你干吗？"

"我现在就回家告诉我妈，说我向你求婚，但是你拒绝了，我要搬回家住。"

她抱出一叠衣服，商陆当即抓住她的手腕："别添乱，你妈对我印象已经很差了。"她再这么一搅和，向妈怕是一辈子都不认他这个女婿了。

向南星看看他抓在她腕上的手，作势挣了两下，脸上的愤怒倒是很像那么回事："你不是不想娶我吗？还怕我妈对你印象差干吗？"

果然，他上钩了，眉一皱，说："谁说我不想娶你了？"

向南星反唇相讥："那你还'可是'些什么？"

商陆五官稍稍一紧，一言不发地撒开了她的手。向南星心里一紧——不会吧？

他的下一句话，却让一切峰回路转："可是，哪有女的向男的求婚的？"

向南星愣了愣，顾不上松口气，瞬间心弦被揪得更紧。他怎么成了算盘珠子，她不拨他就不动了？

"你的意思是……"

他有些挣扎地开了口："要求婚，也该我向你求。"

大概信任一个人就会像她这样，即便他态度这么扭怩，她也不会觉得他不想娶她——他只是怕现在娶她，会委屈了她。

向南星却一点也不觉得委屈，反倒体会到了逗闷子的乐趣，作势掐指一算："今天正好是良辰吉日，求吧。"

求吧？现在？商陆还以为姑娘家的，总归需要点仪式感，在这乱如战场的衣帽间门口求婚，哪有什么仪式感可言？可他又担心她真的怄气，带着行李回了家，真这样的话，向妈非手撕了他不可。他脑子里纷乱，皱了皱眉，绕过她，进了衣帽间，拉开其中一个柜子。

向南星："你找什么？"

"戒指。"之前被她拒收的钻戒，他记得是放在这儿了。

"那个……"向南星小心翼翼地趴在门框边，横不起来了，"戒指被我……拿去寄卖了。"

刚拉开一层抽屉的商陆，整个人僵在衣帽间里。

向南星看着他的背影，怵得耳根一麻："反正那戒指是买来送我的，我寄卖自己的东西，合理合法。"

只见他原本僵硬的背影，以肉眼可见的速度泄了气。一个天之骄子，怕是人生第一次感受到了自己的无能。

向南星不确定地上前，扯了扯他的衣角："我等你以后有钱了，给我买鸽子蛋。"

也不知她这话，能不能令他好受些。

商陆瞅了瞅她攥着他衣角的手，那么小心翼翼，好似错的是她，错的明明是他能力不够。

商陆闭上眼，拽过她来，紧紧抱在怀中。无声，却胜过之前所有的肌肤之亲。

半晌，她在他的怀抱中快要窒息了，弱弱地提醒道："别想糊弄过去哦。"

还真是破坏气氛的高手，破坏的却是将彼此狠狠攥住的低气压。

商陆终于笑了，他放开双臂，好好地瞧她。她脸上精致的妆容，本是今晚为他准备的，如今却派上了别的用场——商陆一辈子都会记得，他的妻子在接受他求婚的那一刻，有多美。

她给予他一切，却不图他任何东西，她不要法餐，不要钻戒，不要仪式，只要他一句话——

"嫁给我。"

简短的三个字，怎能如此动听？其实并不是因为话有多动听，而是因为这句话，出自这个她用整个青春喜欢过的男孩。

"好。"她笑吟吟的,眼眶却霎时红了。

商陆捧起她的脸,没能给她一个盛大的仪式,她却依旧红了眼眶。那一刻,商陆无比确定,自己知道她要什么了,她要的,从头到尾,只是一个他,一个赤诚的他。

"现在,我可以吻我的妻子了吗?"

向南星深呼吸一口气,慢慢闭上眼。

"不可以!"向妈震惊得直接从沙发上站了起来,"我不同意!"

一大早,向南星两手空空地回到家,第一件事就是告诉爸妈,她要结婚了。结婚对象都带来了,正是商陆这个臭小子。

向爸落后向妈一步从沙发上站起来,却是一副截然相反的表情,向妈一脸不愿接受,向爸却激动得手都抖了。向爸正要走向商陆,拉女婿的手,任重道远地嘱咐一番,可是脚都没迈出去,就被一旁的向妈一把按着肩膀,按回了沙发上乖乖坐着。

向南星见向妈反应这么大,悄悄朝她爸使眼色,向爸接收到讯号,刚要二度起身,又被向妈按了回去。

"商陆,走了三年,一回来就要我把女儿交给你,你觉得你说得过去吗?"

"两年零六个月……"向南星在一旁弱弱地纠正。

向妈朝胳膊肘外拐的闺女投去一个"别打岔"的警告眼神,继续教育商陆:"你也知道你这事办得有多说不过去了是吧?"

商陆点头。

向妈忙着教育商陆,顾不上按着向爸了,向爸悄悄溜过来,赔着笑脸打圆场:"都是一家人,就别再计较过去……"

向妈厉眉一瞪,吓得向爸当即改口:"确实说不过去。商陆你这孩子,太任性!"

商陆低头认错,照单全收。

向爸瞅见这孩子确实聪明,知道这时候说什么都是火上浇油,就大着胆子帮腔了一句:"确实该罚,该怎么罚呢?"

向南星见状不对,向爸怎么瞬间站到向妈的阵营里去了,上前就要埋怨她爸,却被商陆暗地里抓住了后衣角。

向爸装模作样地思考了半晌,突然灵光一闪,对向妈建议道:"要不让他也等咱闺女三年?"

向妈一听,顿时调转火力直攻向爸:"跟这儿出什么馊主意呢?三年?到时候你闺女都三十了!"

向南星这下一听,懂了,向爸和商陆这翁婿俩,正唱双簧呢。

向妈被唬得一愣一愣的,向爸再投去一个"那可如何是好"的迷茫眼神,家里的气氛便悄然逆转——

"先考察半年,半年以后再说。"

向妈虽然表情依旧冷硬,语气磐石似的,但话里话外,三年降至半年,分明是格外开恩。

向南星掐指一算,半年后都明年二月了,便心痒痒地要讨价还价:"要不……"还是三个月吧?

商陆一直藏在她后衣角的手,这时又一紧,阻止了向南星的后话。

向南星悄悄瞄他一眼,她爸和她男人,此时都在用眼神提醒她,这时候切忌得寸进尺。

见向南星不甘不愿地把后半句话吞了回去,向妈网开一面地问:"你还想说什么?"

向南星哪儿还敢说,笑嘻嘻地摇头,哄着自家这位老佛爷。

向爸再顺嘴彰显一下老佛爷在家中不可撼动的地位:"你可要珍惜你岳母给你的机会啊。"

他拍拍商陆的肩。商陆刚要点头,却被打断——

"谁是他岳母了?"

见面连招呼都不打,就这个让人寒心的臭小子,还想轻轻松松攀亲戚?

向妈不瞧他,只顾盼盼向南星:"你也别住宿舍了,回家住。"

"啊？哦！"

向妈虽不知她早就从宿舍里搬了出去，但为了防止她之后借着住宿舍的名义悄悄和臭小子同居，索性先把规矩立下。

向南星正暗叹着向妈的高招，向妈又说："你行李呢？"

"放宿舍了。"当然只是一小部分还在宿舍，大部分都在商陆家。

商陆这时终于有资格开口了："我带她去取。"

见向妈没反对，向爸赶紧把两个年轻人送出门。

向妈站在客厅里一直没动，直到关门声响起，向妈瞬间换了副神情，一路小跑着过来，透过猫眼看外头："走了？"

"那不然呢，还留在这儿挨训？"

"你懂什么？我这是在帮你闺女振妻纲。"向妈嫌弃地一瞥向爸，走了。

向爸在门后愣了半晌，终于懂了，连忙跟过来问："敢情你刚才都是装的？"

"只有娘家够硬气，你闺女以后嫁给他，才不会受委屈，这道理你都不懂？"

道理自然是懂的，可向爸心有余悸："你就不怕吓跑了商陆，那闺女以后可咋办？"

"商陆那小子聪明着呢，三言两语能吓得跑他？"

向妈已经开始盘算起来，男方家要准备婚房，女方家要准备嫁妆，半年说不定都不够用。

向爸听得一愣一愣的："你连这都想到了？"

向妈看他一眼："闺女像我该多好……"偏偏像了她爸，生得那么笨。

向南星本以为她就算回家住了，还是能偶尔找个借口去商陆那儿过夜，岂料想得太美，她这一回家住，可就彻底过上了封闭的日子。

商陆本就忙得不可开交，好不容易能温存温存，她却压根出不了家门。

阜立医院的老院长正式内退的隔周，向南星回阜立医院上班了，这一来二去，更见不着商陆了，只能晚上躲在被窝里发微信。

星仔："想你，也想它。"

商陆："它？"

向南星发了个微笑的表情。

商陆:"女流氓。"

向南星又发了个表情过去。等他回信的工夫,向南星抽空研究起了商陆的备注来,她想给他改个备注,但是改什么好呢?

老公?不行,得矜持。陆陆?幼稚。正琢磨着,手机又一振。

商陆:"哪来的表情包?"

这平平无奇的文字怎么透着一股醋味?向南星顿时起了坏心。

星仔:"当然是聊天聊来的。"

商陆那端提示"对方正在输入",却半天没发来新消息。看来他是编辑了一段文字后,又删掉了,最终只发来一个字——哦。

向南星别提多得意了,却故作正经地问:"你怎么不问问我跟谁聊的?"

商陆:"肯定是个丑男。"

星仔:"正好相反。"

商陆那边彻底没了音。可别真逗生气了,向南星快速打了个名字过去。

星仔:"谢梓桐,大美女好吗?"

商陆:"没你美。"

依旧是平平无奇的文字,向南星却仿佛完全掌握了文字背后那人内心的任何一点起伏。这种心有灵犀的感觉,令人安心。

星仔:"你不问问我她怎么开始用微信了?"

商陆没有回复。

星仔:"她来北京了。"

商陆:"没你美的,我都不关心。"

向南星在被子里发出啧啧两声。这求生欲,她很满意。

谢和苏医馆在北京开设了分馆,谢梓桐美其名曰是来镇馆的,却一个病人都没诊过,她忙着到处推广她的配药小程序。

得知向南星父亲也是开医馆的,谢梓桐把主意打到了向南星头上,可惜向爸试用了小程序之后,连连摇头。

商陆太忙，不然或许能帮帮谢梓桐。谢梓桐的配药小程序不就是AI的初级阶段嘛。可是向南星连商陆的人都见不着，更别提让他帮谢梓桐了。

商陆刚搞定了和医学中心的合同，但难题才刚开始，Oncall智医的病灶识别与标注的精准度只有95%，并没有达到他所要的最低97%的精准度，这意味着半个月的心血又得推翻重来，商陆还得抽空面试新员工——技术岗的员工他擅长评估，但管理岗的，他还真不知道该怎么选。

好在有蒋方卓帮忙，蒋方卓有朋友是做猎头的，手上有一沓管理人才的名单，向南星其实想过，若能说服学长跳槽到昂科，那再好不过，可惜不用商陆让她醒醒，她也知道这是天方夜谭。

向南星打着蒋方卓的主意，不料，谢梓桐打起了她的主意。

向南星把向爸的试用反馈告诉给谢梓桐——

"中医诊疗的流程：第一，望闻问切、采集信息；第二，四诊参合、辨证分型；第三才是构思方剂，对症下药。这个小程序只是复制了最后一个环节，鸡肋。"

谢梓桐沉吟半响，也不知在琢磨些什么，向南星见她这么钻研，想着自己能不能帮上什么忙，不料谢梓桐突然定睛瞧她。向南星一缩脖子，该不会向爸的那番评价伤了谢梓桐？

谢梓桐倒是没有半点受挫的模样，只是看了向南星半天，突然开口道："要不要跟我一起干？"

"啊？"

谢梓桐朝她笑笑，意思很明显——她没听错。

向南星晚上照旧躲在被子里，跟商陆说这个事。

星仔："这姐们怎么有一出是一出，完全不按常理出牌？"

商陆："跟你一样。"

星仔："我哪里不按常理出牌了？"

商陆："如果不是你突然向我求婚，你现在也不用住在家里，面都见不着。"

星仔："我都快过回高中生的生活了。"

商陆："那也不至于。"

向南星正要描述一下自己最近被管得有多严，被他打断了。

商陆："是想他了，还是想它了？"

向南星忍着坏笑，明知故问："谁？"

商陆："下楼看看。"

向南星就跟大学时似的，悄悄溜出了门。

盛夏时节，她到了楼下，人已出了一身汗。和大学时一样，商陆就在老地方等她。此情此景，熟悉得向南星嘴角抑制不住地上扬。

"过来。""低音炮"配着展开双臂的动作。

向南星心痒痒，偏要敛起笑，故作扭捏："求我。"

商陆的眸光隐在夜色下："我想你了。"

向南星有点绷不住了。

"它，也想你了。"

向南星的矜持碎了一地，脸也红到了耳根，终于忍不住扑过去："呸！流氓！"

他稳稳接住她，大学时她哪有这么不矜持，他却十分享受，偏还故意绷着脸："那你还抱这么紧？"

"因为……"向南星笑着不撒手，因为她是女流氓呀！

北京已经半个月没下雨了，半个月没见的两人，渴得不行，夜里又闷，吻着吻着难免擦枪走火，商陆稍稍推开她，怕再晚一步，就彻底不想放她走了。一想到向妈明早起来发现闺女被拐走，怕是又得往半年期限上再加半年，商陆下一秒就恢复了理智，示意她："上去吧。"

向南星不乐意："你不想跟我多待会儿？"

"被你妈发现可不好。我刚结束工作，就顺路过来看你一眼。"

翻脸翻得真快，刚才还说他想她呢……向南星用鞋尖搓搓地面："那我走了？"

商陆点头。

向南星掉头上了两级台阶，又顿住："那我真的走了？"

商陆看着她，看着她，忽然狠狠一挫眉，伸手又把她拽了回来。

一向干脆利落的人，为了她变得像当下这般犹豫不定，向南星还挺有成就感，决定告诉他一个好消息："陈默妈妈邀我妈出去旅游，下个星期。"

商陆顿时眼中一亮。

"但是我妈还没答应。"向南星又补了这么一句，商陆刚亮起的瞳仁又忽然一闪，灭了，偏还得违心地夸一句："岳母为了看住我俩，真是煞费苦心。"

向南星耸耸肩，可不是吗！

为了尽早过向妈这关，两人必须得守规矩，商陆还可以借着忙得不着调的工作冲淡一下别的念头，向南星却每每被谢梓桐叨扰到压根撇不开"商陆"这个名字。

谢梓桐一个月前问她："商陆有没有时间试试我的程序？"

向南星："他在忙医学中心的临床测试。"

谢梓桐半个月前问她："他忙完临床测试了没？"

忙是忙完了，可是……向南星硬着头皮告诉谢梓桐："他在忙向CFDA报批的事。"

谢梓桐今天又问她："他报批完了没？"

向南星遗憾地告诉她："CFDA那边还在走流程……"

"要不要这么忙啊？他是故意的吧，你都说他讨厌中医了……"

向南星听出来了，谢梓桐这话其实是在拐弯抹角地表示，不想帮忙就直说，不必拐弯抹角，于是只能笑笑："等他忙完，我一定催他帮你。"

向南星夹在中间，多少有些里外不是人的无力感，其实她也不知道，商陆是真忙到没工夫管别的，还是确实有一丝罅隙，不想掺和谢梓桐的中医AI。向南星也不好向他施压，他的压力已经够大了。

在纽约时，商陆一心钻在实验室里就行，回了国，即便有蒋方卓牵线搭桥，他为了搞定医学中心的领导，酒局也没少参加。一个骨子里那么傲气的人，要削尖了脑袋应酬交际，他管不了谢梓桐的事，向南星完全可以理解。

为了引开谢梓桐的火力，向南星为谢梓桐指了另一条路："蒋方卓前段时间入股了昂科，要不你找他帮忙试试？"

"他离开叶氏了？"

"没有，昂科这边他纯粹是资金入股，不是技术入股。"

蒋方卓卖掉了他持有的叶氏0.03%的股份，转投了昂科，占15%的股。弃了大航母，转投小虾米，向南星也不明白学长是怎么想的，虽然这令她开心了好一阵。

关于蒋方卓为何这么做，迟佳倒是给出了一个理由："蒋方卓该不会是喜欢商陆吧？"

向南星被迟佳的猜测惊着了："怎么可能？学长一直喜欢女人的。"

"没准商陆魅力大呢？"

向南星又没办法向蒋方卓考证，迟佳的分析也只当玩笑一听，没准学长只是看中了昂科的潜力呢？

结果证明，学长没押错——一个月后，昂科成功获得CFDA的批准。

这是国内第一个获得CFDA批准的AI医疗产品，这意味着Oncall机器人被允许应用于临床。

业内一石激起千层浪。

媒体对这家名不见经传的初创公司开始感兴趣，昂科也渐渐不再变得神秘，原来昂科的前身正是曾在*Cell*、*PNAS*、*NeuroImage*等顶级期刊发表过不少文章的S-lab。包括国内第二大医疗代理公司华瑞健康在内的两家代理公司，都向昂科抛来了橄榄枝。

一路处于被选择地位的昂科，终于迎来了第一次主动选择权。

另一边，富通医疗的机器人却没能通过美国的FDA批准，华瑞健康为了给昂科造势，在不久后的医疗器械大会上公开提问富通医疗："被一个来自中国的初创公司弯道超车，做何感想？"

富通医疗的发言人很是不屑："Oncall这类跟风的山寨产品能先我们一步获批，只能证明美国的FDA标准远远高于中国的CFDA标准。"

大众本不太感兴趣的医疗领域内的碰撞，因为富通医疗的这句话，引发了更多行业外的关注。

向南星气得在网上为昂科正名，只可惜她的微博就一百多个粉丝，她为昂科正名的那条微博发出去一个多星期，也就十个点赞。但这不妨碍向南星把那些夸了昂科的微博，截图下来发给商陆。

她得意得不行，商陆倒冷静得有些反常，只回了她一句："网上的消息，看看就好。"

向南星隔着手机都能感觉到他的平静，着实纳闷："你怎么一点也不开心？"

她看网上的那些新闻，可是看得很热血的。

商陆："网友支持，这些都是虚的，行业内的态度才是标杆。"

向南星："你怎么知道行业内就看衰你们？"

商陆："猜的。"

还以为他又遇到什么难题了，原来只是猜的，向南星发去一个打屁股的表情："自信点行吗？"

商陆看她在那儿剃头担子一头热，失笑地回了句："好。"

他这么说，只是不想让她瞎操心，行业内的普遍态度，商陆其实已经摸清楚了——暂时没有任何一家三甲医院愿意购入Oncall机器人。

放眼国内，昂科的优势很明显，国内的很多AI医疗公司，都是靠公开的数据源起步，训练的数据量非常有限，还有些公司跟一两家医院合作，把服务器放到医院去训练，这么做虽然也能做出AI模型，但这样的模型，如果换了另外一个不同的数据集来测试，很有可能不匹配。这也是这些公司的产品没办法获得CFDA批准的根本问题。

一些公司遇到技术迭代的瓶颈，干脆不继续推进，保持低投入、不推广，等着被收购。这个现状是把双刃剑，虽然令昂科回归本土不到一年，就取得了准入先机，但也令国内的整个医疗行业更加崇洋——富通医疗的arti机器人即便暂时没能通过FDA批准，却依旧很被看好，若它能顺利进入中国市场，业内还是更倾向于使用进口产品。

高精尖领域对国产的不自信，数十年如一日。这一点绝对是板上钉钉的。

向南星倒也是数十年如一日地能逗他开心："你记得上个月，陈默妈妈邀我妈出去旅游吗？"

商陆记得,自然也记得最后向南星告知他,岳母回绝了。

这时,微信又一振。

星仔:"陈家最近又闹家变了,这回是我妈主动拉陈妈出去散心。"

陈妈为了堵死迟佳的进门路,帮陈默安排了不少相亲,陈默起初只是非暴力不合作,后来索性连家都不回了,宝贝儿子人生头一遭如此逆反,陈妈气得不轻,向妈终于顾不上看管女儿,要陪老姐妹出去散心了。

向南星暗暗地发来一个色眯眯的表情。

商陆这回是真的笑了。而他此时此刻的笑意,也"传染"了会议室里的其他人。

商陆这才正了正脸色,收起手机。

他开会时开小差,和女朋友聊微信,但其实会议中代理反馈给营销,营销再反馈给他的每一个字,商陆都没落下。

原来的商陆,站在一个科研人的角度看,Oncall拿到CFDA的许可,便是胜利,但现在他站在一个企业掌舵人的角度再看,这不过是下一个阶段的开始。要论最后成败,路还很长。

昂科进不了三甲医院,只能另辟蹊径,商陆想了想,问纪行书:"富通医疗举办的AI影像大赛,什么时候开赛?"

"下月初。"

"我们也报名参赛。"

此言一出,会议室里瞬间悄无声息。

富通医疗的AI影像大赛,说白了就是为了他们的arti机器人造势。大赛的标准,便是富通自家的产品——arti机器人。

众人面面相觑,再看商陆的表情,很是笃定,似乎不是临时起意。

纪行书不解道:"明明是富通山寨我们在先,反污我们是山寨的就算了,arti机器人还一跃成了比赛标准,这种情况下参赛,不觉得硌硬吗?"

富通医疗若是暗箱操作,让昂科输了比赛的话,那就更没有医疗机构敢用昂科的产品了。

其实商陆很清楚，自己下的是一着险棋。单以一个决策者的角度，只权衡利弊，赢了能开拓市场，输了似乎也只是颜面扫地，何乐而不为？

"如果富通输给了昂科，输给了他们口中的山寨产品，你们不觉得很有趣吗？"商陆说得十分轻松，甚至笑了一下。

结局是打富通的脸还是打自己的脸，只能拭目以待。

此时此刻的向南星，其实已经在商陆家了。方才商陆没顾得上问她向妈什么时候跟老姐妹出门散心，但其实二老今早就出发去黄山了。

离家前，向妈千叮咛万嘱咐，让向爸别破坏她帮闺女振妻纲的好心，向爸连连点头。但向爸的保证怎么能信？在闺女面前，老父亲是没有原则的。

向南星借口晚上出去和迟佳吃夜宵，向爸明知有诈，照旧准她走了。

向南星知道他还在公司，正好提前上门准备准备。他大概都不记得了，今天是他们重新在一起的第一百天。

她订的蛋糕上竖着两个翻糖小人，网上订的，收货以后才发现很是货不对板，两个小人丑得惨绝人寰，向南星把蛋糕从盒中拿出来观摩了一阵，忍住嫌弃，没把那两个小人摘了。

可惜她的性感睡衣之前被商陆撕破扔了，她在父母的眼皮子底下，也没顾上补货，只能在他的衣柜里找了件衬衫，洗了个澡，浑身飘香，穿上衬衫，只系一半的扣子，看着也还行。

浴缸里蓄上泡泡浴，撒上玫瑰花，床上也撒了。天鹅颈般的醒酒器里红酒也醒好了，再来一张黑胶唱片，赵伯言这公寓里小资的玩意不少，向南星今天全用上，就等他了。

谁承想，一等就是两个小时，他竟还没回家。向南星昏昏欲睡地躺在沙发上，看一眼墙上的挂钟，哈欠打着打着，彻底合上眼的前一刻，摸出手机，寻找希望。

星仔："还在忙啊？"

商陆："对，今晚估计要在公司通宵。"

星仔："啊？"

商陆："怎么了？"

星仔："只是以为你开完会就没事了。"

商陆回了条语音过来："三甲医院不好攻关，我决定尝试先从地方医院攻破。地方医院的硬件资源不如三甲医院，不添置新硬件的前提下，要么选择影像降维，要么数据虚拟化，确保在医院原有的服务器上运行……"

向南星压根没听到最后，人已睡着了。

既然他今晚回不来，最后一点强撑着的清醒意识，向南星也任由它瞬间散尽。在沙发上睡着睡着，向南星不老实地翻了个身，感觉压到了什么东西，有点硌脖子，眼都不睁，就要把这硌人的玩意扯了扔到沙发底下去，却扯不动，再扯，就听耳边不知是谁倒抽了一口气。

向南星心里一咯噔，醒了。睁开眼，视线从最初的模糊一片，到慢慢聚焦，这才看清商陆就蹲在沙发旁，看着她，不知看了多久。而她枕着的，是他的胳膊。

商陆本想抱她回卧室睡，胳膊刚穿至她脖颈下，她就一个翻身，压住了。

此刻她睁开眼，迷蒙地看他，半晌，声音还带着困意："你不是通宵吗？"

"难怪在微信里支支吾吾，原来是在独守空闺。"语气好温柔，都不像他了。

向南星搓了搓眼睛，坐起来。

他低头扫一眼她身上的衬衫，很撩人，刚要抬头，就听她问他："几点了？"

"十一点五十七。"

向南星一惊。原本以为要错过纪念日了，现在一看，反而正好。她赶紧起来，拉他到了餐桌边。可惜她手忙脚乱，点蜡烛时差点烧着手，商陆见状，把蜡烛接过去帮她点。

刚一点着，留声机里的黑胶唱片便开始运转。浅吟的前奏一响，向南星定住。她设定了十二点整放音乐的。都怪他，把蜡烛拿过去，浪费了最后一分钟。

向南星彻底没了困意，站在蛋糕前，不动了。商陆不解，伴着音乐，把蜡烛插上蛋糕，他似乎还觉得气氛挺好。向南星却突然挥手，很不客气地打掉了他手里的蜡烛。蜡烛掉在桌上，灭了。

商陆倒没注意这些，眼前还是刚才燃着的烛芯差点烫着她的那一幕："折腾什么呢？"

他语气不怎么好,把她的手扯过来,看是不是真的烫红了,动作也不甚温柔。

向南星顿时就被语气不好、动作也不温柔的他激怒,端起蛋糕,直接走到垃圾桶那儿准备扔了。反正他也不记得今天是什么日子。

商陆倒是眼疾手快,接住即将落入垃圾桶中的蛋糕,看她怒气冲冲,又看她撩人的白衬衫,再看这蛋糕,这才突然懂了,有些懊恼地皱起眉:"一百天?"

现在才想起来,晚了。女人这生物复杂就复杂在这儿,他明明记起了日子,她反而更生气了,把手里的蛋糕一把推在他身上。转眼间,商陆前襟上全是奶油。

"回去加你的班吧!"向南星头也不回地走了。

"南星。"

她脚步不停。

"向南星。"

喊她全名,看来是生气了?向南星依旧不停,进了卧室就要反锁门,却被他抵住门。隔着门缝,她听他沉了口气。看来是真生气了。

向南星低头瞧他一身的奶油,正生着的气似乎散了那么一丝。她这么稍一泄气,他便寻着机会,用力推开门,拽住她,一动不动地看着她。

他很开心,只是没写在脸上。

她很不开心,却是完完全全地写在了脸上。

向南星语气梆硬:"看够了没?"

"没看够。"

"……"

"向南星。"

又喊她全名干吗?向南星挣了一下,没挣开。

"我是不是还没对你说过……"

向南星又听见他沉了口气。不知为何,这回向南星轻易就辨别出,那不是在生气,而是在紧张。一如他抓住她手腕的掌心,紧了又紧。

"我爱你。"他说。

第四章

更好的我们

女人吧，说难哄，倒也好哄，虽然她一言不发地回了屋，却是去帮他拿干净衣服去了。

等向南星拿了干净衣服回来，那已经塌了一半、就剩个底座的蛋糕，被他勉强切出一块，瞅着卖相还可以，才送到她面前，说："下个一百天一千天，可别再拿蛋糕砸我了。"

这么委屈？向南星"扑哧"一声，笑了。

现在想想，幸好那三年他们分开了，照现在这架势，要是那三年他们还在一起，肯定早就吵散了。当年的商陆可不会像现在这样，放下一切面子来哄她。

见她没动，商陆用叉子切了一小块蛋糕送到她嘴里，她肯吃，证明是消气了。

这蛋糕卖相和口感成正比，向南星暗忖着下次再也不订这家的了，他送到她嘴边的第二口，她避开没接，只把手中的T恤递向他："赶紧把衣服换了吧。"

"还需要换吗？"他音调很低。

"难不成你想一直穿着这件带奶油的？"

"还需要穿吗？"音调愈低。

向南星瞬间领悟过来，不说话了。

"还困吗？"

商陆放下蛋糕，上前一步，将她抵在餐桌旁。他的嗓音和视线诱哄着她，音调也随之低了，变得沉吟一般。

"不困了……"

他的胳膊绕过她，拿起餐桌上的酒杯，含下一口，微俯下身吻住她，一点点酒精正好。

十一月，商陆带队参加富通举办的AI影像大赛，却没料到，赛前会碰上老熟人。只是这老熟人，如今已成陌生人。

"听说你们拿到了CFDA的批准，恭喜。"半年没见，邹然已经能借助拐杖走路，挺春风得意。

商陆的表情让人猜不透此刻的他，面对眼前的这一切做何感想，他只说："我却没听说，你入职了富通。"

邹然笑笑，笑得一旁的纪行书冷下脸来。

"我之前太傻了，现在才明白过来，人应该往高处走。不然……"邹然看一眼面前这男人衣冠楚楚的模样，日渐成熟的外表与谈吐一如既往地吸引人，只是她已心如止水，"不然，就只能像商先生一样，都已经成了公司老板，还需要亲自带队来参赛。"

商陆面无表情，不予理睬，一旁的纪行书脸色却又变了变。从诧异，到隐怒不发，只在邹然这短短的两三句间。

邹然语气平淡的歧视，伤人自尊，大家原本是那么友善的关系，怎么如今却只剩针锋相对？不过邹然如今作为AI影像大赛的技术顾问，代表富通，而他们，只是区区一个参赛小公司而已。

大赛历时一个月，四个赛程，从肺结节筛查开始，最终会与影像科医生及人类肿瘤专家进行人机PK(竞争)。

此次大赛是IBM、通用、富通医疗一同发起和支持的，规模和数据量在世界范围内绝无仅有，共有十六家全球知名肿瘤医学中心为本次比赛提供脱敏和标注的、近三千例高危患者的低剂量肺部CT影像数据。

肺部结节作为癌症早期症状，尺寸非常小、对比度低、抑制化高，还容易和毛细血管、结核、假瘤等产生混淆，是重疾预测的难点。

昂科的Oncall机器人，从肺部结节筛查环节就一路领先，却在人机PK环节，出现了6%的误诊率。而富通的arti机器人，误诊率只有3%。

昂科要求对结果做复核，被驳回。并且，在赛后的媒体通报会上，富通详尽地披露了这个比赛结果。

纪行书在台下冷笑："富通arti机器人所使用的脱敏数据和我们参赛用的数据不同，导致我们的错诊率比arti高。"

商陆代表获得第一名的昂科上台发言。邹然在底下冷眼瞧着，嘴角勾着，不知在想些什么。只是谁都没想到，商陆竟当场借用富通这个难得的面向全球媒体的平台，推出了Oncall智医2.0。

他演示了自己在比赛时用到的系统。在输入患者的年龄、性别、体重等基本情况和癌症分期、局部复发、化疗方案、病理分期、肺癌转移等具体内容后，短短十多秒，Oncall就给出了治疗方案。

媒体的焦点瞬间被转移。其他人还在AI医疗影像上死磕时，昂科已经先人一步，直接推出了医学影像和辅助诊断结合的新一代产品。

富通的代表大为震怒，却只能笑着给昂科颁奖。邹然也在一旁。

商陆会说英文，却偏偏对富通的代表说了句中文，请邹然代为翻译："不好意思，借你们的平台，抢先发布了我们的新产品。中国有句话，天下武功，唯快不破，送给你。"

邹然铁青着脸，没吭声。

赛后，商陆还公开了Oncall1.0的图像配准系统，短短一个月间，共获得近四万次下载，并被不少高校与科技公司引用。

昂科瞬间火了。

或许，富通也了解到什么叫唯快不破，于是富通医疗的arti机器人，没多久就获得了CFDA的准入资格。

一场无硝烟的仗，打响了。

一二线城市的三甲医院，大部分选择与富通合作。昂科的客户，多为二线以下城市的地方医院。

邹然最了解昂科，她原本以为富通要彻底甩下昂科，一路领先了，却未料到昂科获得了又一个契机。

富通主要是与大城市的大型医院合作，但优质医疗从业者密集的大型医院，对AI诊断的需求远没有资源紧张的中小型医院迫切。原本地方上的中小型医院，在治疗把握不大的情况下，会请相关上级医院或者其他医院相关专业的专家协助诊治，但如今，有了Oncall，地方医院与三甲医院的资源壁垒被渐渐打破。

Arti机器人价格昂贵，Oncall智医价格上的优势很明显，虽然一直没摆脱山寨的名号，但地方医院不看重这些虚名，昂科正是掌握到了这一点，在销量上迅速领先。

2016年中旬，昂科正式开始盈利，获得A轮融资之后，商陆终于告别了他的一元工资时代。年薪并不高，五十万，还"借"了一半给向南星。

向南星拿着这笔钱，任性了一把，辞职和谢梓桐一起成立了桐星，折腾她们的中医事业去了。

商陆虽然掏了钱，但其余一概没管，谢梓桐早已不寄希望于商陆，而是扒拉上蒋方卓，死皮赖脸地让蒋方卓帮些免费忙。

学长的好脾气都快被谢梓桐磨光了，桐星却始终没什么起色，开发的中医配药程序大部分资金都耗在了数据标注上。

向南星只得厚着脸皮又向商陆"借"了一笔钱。自从她忙着和谢梓桐创业，商陆竟比她清闲了，她难得送上门来，他怎么能轻易放过？

向南星着实不好意思，在沙发上坐不住了，起身准备去书房："我去拿纸和笔，我给你打借条。"

商陆看着她的背影，突然起身过去，拦下她，一把抱起。

向南星吓一跳。

上回她说找他"借"钱，他就不是很开心，非说是给她的。这次，看来他也不会让她打借条的，但用这种方式拦下她，太过激了吧？

"我知道这钱你打算无偿给我，但……"

"谁说我要无偿给你了？"

哎？怎么突然……

向南星刚一愣，他却把偿还方式都想好了："肉偿。"

桐星再这样亏损个三五年，向南星怕是这一辈子都"偿"不完了。

如今几十万对于商陆来说，已经不是问题。

2017年医疗器械博览春季大会上，昂科的风头，已经彻底压过了竞争对手富通医疗。

两年时间，昂科从在三甲医院内无人问津，只能作为参赛者，参加富通举办的比赛，再到今日，与富通医疗的展位平起平坐。

博览会上，Oncall2.0大放光彩，与多家代理达成了协议，包括与各大三甲医院有长期合作的国内第一大医疗器械代理商——太华。

要知道早在两年前，太华还是arti的国内代理商。两年时间，却风水轮流转。从最初的S-lab发展到今日的昂科，已经过去五年了。

对于arti在中国市场上的无人问津，富通医疗还是归咎于山寨的打击——山寨产品的价格只有arti机器人的二分之一，这才导致富通失掉了中国市场。

富通口中的山寨是谁，整个行业都心知肚明。

昂科成立两年多，虽在自己的领域大放异彩，但公关这块还没有专门的部门负责，被倒打一耙的初创成员们，无一不被气得七窍生烟。最终市场部出面，联合外包的公关公司，打点好了媒体和KOL（关键意见领袖）们，决定反击，却被商陆阻止了。

商陆反击的方式简单多了——Oncall智医获得了美国FDA批准，正式在北美用于临床。市场决定一切。

昂科在北美的定价与arti持平，而昂科也成为唯一一家国内定价低于国外的医疗企业。

富通医疗大概觉得arti的落于人后，只是因为最早被昂科抢占了先机，于是抢在Oncall3.0发布前夕，举行了arti3.0的发布会。

这个十月，注定不平静。

发布会前夕，商陆却带着向南星赴美玩了一趟。

向南星自然是求之不得，她和谢梓桐的公司连续两年亏损，压力已经够大了，向妈还给她施压——两年前还不准她草率嫁掉的向妈，如今是彻底坐不住了，完全没料到商陆那臭小子竟比她还沉得住气。

遥想2016年那会儿，向妈给商陆设定的半年考验期刚过，她还只是偶尔问问向南星："商陆最近挺忙的哦？"

向南星一听，就知道向妈在旁敲侧击些什么，自然义正词严地表示："妈，我听你的，绝不轻易嫁给他。没有大洋房、鸽子蛋什么的，绝不让他做您女婿。"

转眼到了2017年，向妈的口风早已变了："闺女，要求稍稍放低一些，别吓着人家男孩子。转眼你可就快三十了！"

向南星本来是不急的，却架不住向妈成天给她灌输这观念，仔细想想这两年，商陆还真没再跟她求过婚。

上回来纽约没去成的景点，这回商陆带她走了个遍。

在Jean Georges餐厅吃法餐时，虽说商陆是提前半年才订到的位置，但一看价格，向南星顿时有点想走："这么贵？"

服务生在一旁，商陆头也不抬地用英语点菜，用中文揶揄她："桐星赔的钱，够在这儿吃半年了。"

"你这是在变相骂我败家？"

"不敢。"

他哪不敢了，都敢伸手过来捏她脸了。向南星想想也是，反正桐星这两年已然亏了这么多，她还有什么好克扣自己的？

可她终究是个尿包，放开胆子吃好喝好了，他结账时，向南星偷瞄一眼，差点气绝。服务生还在一旁冲她微笑。

向南星绷紧了唇,当着服务生的面,故作优雅地问商陆:"黑店啊这是?"

商陆笑了一下,把卡递给服务生,把人支走,省得她嘴角噙着微笑噙得太辛苦:"我女朋友眼光很好,一选就选了瓶一千美元的酒。"

向南星顿时想把刚走开的服务生叫回来,开餐前就是这厮拿了两瓶酒,笑着请她选,他当时可没说这酒多少钱。

向南星忍着心痛问:"那我没选的那瓶酒多少钱?"

"两千多。"

"呼!"幸好她只选了瓶一千的。

但之后想想,她这酒开得还是很值的。

商陆又带着她去拉斯维加斯玩了几天,这时出了个大新闻——美国当地的权威医疗媒体STAT,连发两篇调查报道,分析富通医疗的arti机器人的"超级功能"中存在技术缺陷。

隔周,商陆带着向南星回国,昂科的Oncall3.0发布会,在北京举行。

首发的Oncall3.0,不仅能为肺癌,还能为乳腺癌、胃癌和宫颈癌这三种癌症提供个性化诊疗方案,预计2018年,将会扩展到六个癌种。除了Oncall3.0之外,商陆还在会上发布了另外两个新项目。

第一项是,昂科将和叶氏合作,成立药物发现实验室,利用AI研发新药。

业内都在传昂科的成功少不了叶氏在背后助力,虽然昂科的前身S-lab曾因叶氏董事会的不看好而遭解约,但叶志伟本人一直很看好昂科的未来。二者合作,是迟早的事。

至于第二项,就是昂科决定收购一家在场所有人都没听说过的公司——桐星,正式涉足中医AI。

已经敲定B轮融资的昂科,有了资金,有了日渐壮大的科研团队,有了市场的认可,推出新项目无可厚非,可这中医AI项目,在发布的第一时间就令所有人跌破了眼镜。

坐在第三排,原本只是来凑个热闹的向南星,更是彻底傻了。她好歹也是第二大股东,谢梓桐怎么一点没向她透露?关键是坐在向南星一旁的谢梓桐,被邀请上台讲话，起身路过向南星时，还冲向南星挑了挑眉。

向南星可顾不上听谢梓桐的讲话了，见商陆下了台，似乎是往后台方向走去，赶紧起身，一路跟了过去，很快在后台的休息室里，堵住了商陆。

蒋方卓也在，见她突然杀进来，蒋方卓刚要开口说什么，就被向南星打断："学长，我想单独跟他说两句。"

蒋方卓看了看商陆，又看了看向南星，笑着拍了拍向南星的肩膀，出去了，把休息室让给他们。

门合上的声音，与向南星的声音同时响起："你投我公司，怎么都不告诉我一声？"

"没来得及告诉你。"商陆说得十分理所当然，"昂科马上B轮融资了，咱俩的资产，要尽快整合一下。"

"啊？"

商陆叹口气。其实他每次都想要好好地给她个仪式的，可她总是提前来破坏掉。

他因为要上台发言，所有东西都在助理手里，于是打个电话让助理送钱包过来。钱包里有张卡，他一直放着，如今拿出来给她——还是那张老婆本。

两年前，里面的钱全被他取空了。

"卡里的钱，我凑了个整。这个你先收着。"他说。

"你要的鸽子蛋，我在纽约订了，但是得等两个月。房子，等我们有时间了，一起去看。"

向南星被他一句话又一句话地砸，早已忘了她追进休息室的初衷是为了什么。

他把银行卡放进她手心，她才回过神来，眼睛热热地瞧他："谁要你这些了？"

"我知道你要的不是这些。但这些也少不了的，不是吗？"

他握住她的手，她握着老婆本，甚好。

"B轮融资之前，咱们把婚结了？招股书上，得有你的名字。"

"你……你说什么？"

第四章 更好的我们

商陆笑了,大雪初霁一般,双手捧起她的脸,一字一顿地重复道:"招股书上,得有你——我妻子——的名字。"

"我问的不是这句!"她眼睛一眨,竟急得哭了。

商陆一愣,拍了拍脑门,才意识到她想再听一遍的是前面那句。

他沉了口气,调整呼吸和心跳,不想在这么重要的时刻,自己像个愣头青似的瞎紧张。可事与愿违,他连捧在她脸侧的手,都是僵的。

"咱们,把婚结了。"

发布会台前,谢梓桐讲话完毕,在掌声中下了台,得意地纵览一眼台下。

她太能说了,舌灿莲花,台下的人们就算只是将信将疑地鼓掌,掌声也甚是雷动。

她回到自己的座位,却不见向南星。该不会生气了吧?因为瞒着她桐星和昂科的合作意向。

可毕竟正式合同还没签,商陆也让她在尘埃落定之前先别说,向南星要怪,肯定会先去怪商陆。

谢梓桐瞅一眼第一排,商陆怎么也不见踪影了?倒是蒋方卓一个人坐在那儿。

谢梓桐心思一动,走了过去。

她是最后一个上台发言的,发布会此刻刚结束,主持人在引导受邀嘉宾和媒体分别去另外两个后续场所,谢梓桐逆着人流,好不容易来到蒋方卓身边,不知是被台阶还是被与她擦身而过的嘉宾绊了一跤,整个人径直朝蒋方卓栽去。

正走神的蒋方卓这才回过神来,霍然起身托了她一把。

谢梓桐嘴上说着"谢谢",心里却很不乐意,动作倒是挺快,要是能栽在他身上多好。

"你看见向南星了吗?"

他的瞳光微微一暗,答道:"休息室。"

谢梓桐点点头,朝通往休息室的侧门走去,走了两步又不禁回头。

刚才蒋方卓眼里一闪即逝的光,此刻在她脑海中反复回放,她扬声喊了句:"蒋方卓。"

蒋方卓应声看过来,目光已一如往常。

谢梓桐便放下心中的那丝狐疑,说道:"一起去休息室吗?待会儿我们正好和向南星一起去答谢宴。"

二人一前一后地走着,很快到了休息室门外,谢梓桐刚要推门进去,蒋方卓却挡开她的手,准备敲门。

蒋方卓这么恪守规矩,很是没趣,没趣之中,又有一丝疏离感。谢梓桐有时觉得他好没意思,有时又觉得他挺性感。

半秒之后,谢梓桐庆幸自己没有直接推门进去了——

蒋方卓本想敲门的手,忽然悬停,只因门内突然传来商陆的声音:"别哭。"

谢梓桐看了蒋方卓一眼。商陆把谁惹哭了?答案很明显,过程估计也挺劲爆。可惜谢梓桐这边挤眉弄眼,蒋方卓却始终一点表情都不给。

门里,商陆又说:"一会儿还有媒体答谢,你哭成这样怎么去?"

这是吵架了?谢梓桐又看一眼蒋方卓,后者依旧没理她。

向南星的声音随后响起:"我不去!"

门外的谢梓桐不等蒋方卓反应,这就要闷头进去劝架。蒋方卓突然一把拽住她,特别用劲。谢梓桐手腕一痛,就听商陆说:"怎么能不去?你可是昂科的女主人。"

休息室里的商陆温柔地替眼前人抹眼泪的同时,休息室外的蒋方卓一言不发地把差点坏人好事的谢梓桐带走了。

2015年底,Oncall1.0刚推出时,只有不到一百家机构愿意尝试,到了2017年底,全国超过一千家机构已在使用Oncall3.0。

美国也有一百余家机构引进了Oncall3.0,昂科在与美国的这一百家医疗机构的合作中受益匪浅,美国先进的健康管理体系让商陆看到了更大的蓝图。

昂科决定拓展更多的AI医健应用,包括辅助个性化和精准治疗、患者参与、影像鉴别诊断和新药研发等。也许十年后，AI家庭医生会和今日每个人家中的电脑一样普及，让用户在家中就能享受顶尖医疗水准的智能家庭医生，这才是昂科未来十年的发展方向。

和叶氏合作新药研发实验室，就是昂科在新领域的尝试。他们联合实验室使用了全新的深度学习技术，生成式对抗网络来构建药物分子。而这些方面都是业内看好的。

自然也有业内不看好的，比如和桐星合作的"桐星四诊仪"。

连昂科的初创团队都很是不解，中医AI这样一个商陆原来想都不会去想的领域，如今却成了昂科的重点项目之一。

纪行书和商陆最熟，在聚餐时不小心透露道："你不知道吗？咱们未来老板娘就是中医出身。"

"这么说，他这是在帮老婆圆梦？这么随便的？"

反正商陆回家陪未来老婆了，没参加聚餐，大家畅所欲言。

可惜商陆的人生里，从来没有"随便"二字。

昂科接手了桐星的数据源标注之后，三个月的时间，已经标注了数以十万计的临床医案、方剂处方优化方案以及古今名医辨证规律，经过三个月的算法模型训练，已经能够辅助医生应用203种中成药。

向南星作为桐星的AI四诊仪名义上的专家顾问，对这番成果多少有些心虚，见商陆晚上忙完了，还要去书房工作，也睡不着了。

商陆正在书房里看着实验室给出的桐星四诊仪的AI模型训练反馈，突然被她自身后搂住。

她看向电脑屏幕，桐星的logo就在报告左上角。

"我这样坐享其成，是不是不太好？"

"你哪儿坐享其成了？"他的声音有些漫不经心。

向南星用下巴点点屏幕。

"你可以这么想，"商陆把她搂到腿上，抱着，"你是我的精神依靠，没有你，我会在工作中猝死。"

这话说得向南星半点不信,他真要猝死,也肯定不是因为工作……

商陆将她的脑袋压低了一些,吻吻她,不能吻得深,不然收不住。

"去睡吧,我看完报告也睡了。"

商陆之所以催她回去睡,除了因为她被他拉着熬夜熬出了黑眼圈,还有一个原因——

等向南星打着哈欠出了书房,商陆才把报告下方藏着的另一篇报道重新点开。这是纪行书发给他的一篇外文报道——《富通医疗华人AI工程师跳槽前夕被捕:被指窃取商业机密》。

富通医疗的arti机器人遭遇滑铁卢,很多人都找好下家跳槽,包括邹然。但只有邹然,在离开美国境内前,突然被捕。

AI领域的人才是全球争抢的目标,为了保证人才不外流,很多AI工程师都会被一些莫须有的指控牵制住,限制出境,但邹然这次被捕,富通似乎掌握了实质性的证据。

而这次的风波,还和昂科有些关系。

邹然的律师表示,邹然带走的这些数据来源于S-lab,而非富通医疗,也并非核心数据。

此消息一出,邹然的被捕案越发引人关注。这不禁让人联想到富通和昂科横跨数年的恩怨。

最早的S-lab因富通强势挖人而解散,之后S-lab又经历了和叶氏的短暂联手,却再次以失败告终。最终,其初创核心回到中国成立昂科,仿佛一夜之间摆脱了水土不服的魔咒,以惊人的速度崛起,却至今都没能摆脱山寨的帽子。

昂科山寨富通的产品,有迹可循。只是如今一桩官司,令这一切反转。

为什么富通医疗会使用S-lab的标注数据?富通医疗就这么被推到了风口浪尖。富通方面否认抄袭,并要求对邹然严惩。

就在富通医疗和它的前员工争得不可开交时,商陆做了一件事——昂科联合叶氏,共同建立了AI影像数据云,并免费向全部用户开放肺癌影像的多种公用数据集。

第四章 更好的我们

有人觉得商陆这么做是疯了，这无疑会为昂科培养更多的竞争对手。如今，多少雨后春笋般冒起的AI医疗公司开始使用昂科的数据云，这无异于站在昂科的肩膀上开始创业，未来很有可能会威胁到昂科行业领头人的地位。

蒋方卓则是少数派，他猜得透商陆这么做的另一层原因——全国各大三甲医院都在使用昂科的共享数据云，这等于帮昂科打通了与三甲医院的合作渠道。毕竟通过算法寻找影像中的病灶并不难，问题的关键是如何获得高质量被标注好的数据，这往往需要AI公司和顶级医学专家们一同标注数据，而国内的顶级医学专家，基本集中在三甲医院。

昂科的Oncall3.0已经不再局限于肺癌领域，商陆牺牲了一小部分的利益，换取了更大的机遇。这也令商陆成功入选第三批国家"万人计划"，真正成了行业表率。

当然，商陆这么做还有一部分原因是蒋方卓不知道的——昂科此次公开的数据集中，有一部分就是曾经邹然带去富通的标注数据。

邹然和富通医疗之间的官司还在胶着。若富通胜诉，邹然将面临三年牢狱之灾，以及二十五万美金的罚款；若邹然胜诉，富通医疗将背上山寨S-lab之名，企业形象毁于一旦，隐形损失不可估量。

邹母来求商陆，如果商陆在这时候控告富通医疗，法院判决富通医疗窃取S-lab的数据在先，邹然或许会更有把握赢官司。

曾经一句话就能让人丢了工作的邹母找到昂科，在昂科的会客室里独自等了整整一个下午，才终于等到从数据中心忙完回来的商陆。

邹母或许也知道自己上门来求他打一场跨国官司，立场很是站不住脚。可即使再站不住脚，也得硬着头皮说："阿姨知道，阿姨没脸求你，但能不能看在你和邹然是多年朋友的份上，帮帮她？二十五万美金事小，可三年牢狱之灾，我就她这么一个女儿，不能眼睁睁看着她坐牢……"

邹母如今唯一的筹码，只剩下这两个年轻人之间曾经的友情了。

商陆没吭声。

"邹然把数据带去富通，是她一时糊涂，做得不对，但她并没有碰你们的核心商业机密，能不能念在邹然……"

邹母突然矮身似要跪下，商陆扶住她的手。邹母仿佛看到了希望，顷刻落泪。

商陆沉默几秒，却说："不好意思阿姨，我帮不了你。昂科最大的股东，很快就不是我了。"

商陆遗憾地告诉她。

邹母的目光顿时变狠了，眼里蓄着的泪渐渐被这恨意蒸腾得所剩无几。大概以为他这一切都是推托之词。

商陆却始终平静，太过平静，客气也成了疏离："我还有事，阿姨，就不送你出去了。"

他其实并没有骗邹母。

在A轮融资时，等额稀释股份变现的所有现金，加上昂科这两年的分红，他给凑了个整，除此之外还够买套大平层——唯一能和昂科蹿升速度相比肩的，只有北京这两年的房价——别墅就别想了。

可大平层向南星都嫌大，执意买了套三居。

好在老婆本她收下了，说是要拿老婆本做点投资，他自然同意，却不料她投资了昂科。

向南星的理由很充分："高人说了，防止老公婚后出轨的最好方法，就是管住他的经济来源。"

什么高人？肯定是迟佳说的。

商陆倒挺爱看她瞎担心的。既然她都已经着手预防丈夫出轨了，商陆自然得赶紧先把自己变成她的合法丈夫才行。

可等商陆一切准备就绪，终于可以求婚了，一个重磅炸弹却将他的一切准备炸没了影——他的未婚妻不打一声招呼就未婚先孕了。

商陆一大早被向南星叫来向家，她语气严肃地说是向妈找他，他心里就知道不妙。

好在他来之前，向南星悄悄给他发了微信，把事情经过简单说了说，不然商陆空手来，怕是要被直接扔下楼。

可是即便他带着钻戒,带着房本上门,似乎待遇也没好到哪儿去。

"商陆,好小子,看南星怀了孕,不得不求婚了是吧?"

向妈的火气大得一旁的向爸都不敢靠前一步。

商陆一压嗓子:"妈您误会了……"

他分明一早就打算求婚了,孩子是后来的!

向妈却不管这先来后到,只一脸愠色道:"别叫我妈!"

商陆刚要解释,向南星曲肘撞了他一下。向妈正在气头上,说多错多。

即便再生气,向妈还是第一时间拿出户口本,往茶几上一拍,意思很明确,不能再拖了。

民政局外,领完结婚证,向南星左手被他牵着,右手翻着结婚证。刚要感叹时代真好,连结婚照都能修图,却抬头见他走神想着什么,于是走到台阶口的脚步,不由得停下。

一路牵着她往外走的商陆想下一级台阶,感受到她反向的力道,便停了下来,回头瞅她。

"想什么呢?"向南星上下打量他,"还介意我妈误会你是因为孩子才肯娶我?"

商陆摇头:"我在想未来八个月,我该怎么办?"

向南星起初还没明白过来,一见他盯着她肚子看,明白了,红着耳根把手从他掌心抽了出来:"你就不能想点正经的?"

正经的……求婚算不算正经?

他本想办个求婚仪式,没承想红着耳根独自下台阶的这个姑娘没藏好怀孕的情况,没来得及把这消息告诉他,就被向妈先行发现了,向妈当下就让向南星把商陆叫到了家里。

这下,他连准备惊喜的时间都没了,前天上午刚被叫到向家,下午就上网预约结婚登记,今天就把证领了,完全没工夫想别的。向妈已经看他这个女婿这么不顺眼了,可现在怀孕才肯娶的罪名,估计比昂科山寨的罪名更难洗清,谁让他对付得了千军万马,却对付不了丈母娘。

一切发生得太快,直到现在,看着台阶下的她那依旧纤瘦的背影,一切该有的不该有的情绪,在这瞬间纷至沓来。商陆心头一热,他们就要有自己的孩子了。

当年,姥爷带着他刚搬到向家楼下,带他去串门,在那个盛夏时节,抱着半个西瓜的小姑娘跑到门边看热闹,那一幕仿佛就在昨天。

当年,他周末下了奥数课,替姥爷去向爸的医馆拿药,向爸让他等等,说是可以开车送他回去,那个曾经抱着西瓜偷瞧他的姑娘正在做作业,初三的生物题,她咬着笔尾,解不出来。见他在一旁冷眼旁观,她突然问他:"你会做吗?"

"我不会。"

"哦,亏我爸还夸你成绩好……"

经不住激的少年,走过去接过她的笔,用纸巾擦了擦沾了她口水的笔尾,三分钟解完了题。

她眼睛放光地说:"你好厉害啊!"

这一幕,也仿佛就在昨天。

也是在那时,她小心翼翼地问他:"对了,你知道商陆是味中药吗?还是专门用来治痔疮的中药……哈哈哈!"

那笑声,当年听起来有多刺耳,如今想起来就有多甜。

时过境迁,商陆看着那个还在低头欣赏结婚证照片的身影,唤了句:"老婆。"

她没停。大概太过专注于看着结婚证偷笑,又大概还不习惯这个新的称呼。

"南星。"

商陆改口,向南星这才停下。商陆走过去,叫住她却不说话,只是上前牵起她的手,走下台阶。

向南星起先一愣,不过很快就反握住他,跟上他的脚步,一路下行。

她终于绷不住了,想再听一遍:"你刚叫我什么来着?"

他脚下一顿,眉心一紧:"你听见了?"

向南星得意地笑:"再叫一遍。"

"不。"

"商陆!"

"嗯?"他双眼不满地一眯。

唉,服了他了。

"老公老公老公老公!"

脆生生的,甚是动听。

向南星看着面前这张脸,眼角舒开了。好矛盾的一张脸,明明没有做出表情,却瞬间柔和了。大概因为那眼底快要满溢的温柔,让人突然觉得幸福。

向南星艰难地正了正脸色:"换你了。"

商陆一动不动地看她,轻轻地张了张嘴。

向南星突然莫名紧张,即便她刚才已听他喊过她一次。

他却没有说第二遍,只是毫无征兆地一把将她抱起,死活撬不开的嘴很是坚持:"我呢,一天只叫一次。"

一年,十年,一辈子,怕她太快就听腻了,所以小气了点。

商陆就这么在众目睽睽之下一路抱着她下了台阶。

向南星起初还有点悬,感受到他脚步的稳健和小心,这才安心搂住他的颈项,把自己交给他。

未来的路,无论上行还是下落,都要一起。

第五章

余生请多指教

　　所有事情都凑一块的结果就是,订好了婚纱、婚庆和酒店之后,向南星的肚子已经显了。

　　幸好她孕期反应不大,商陆推测道:"她这么乖,肯定是个女儿。"

　　他们来不及做婚检就先有了孩子,商陆带着她去了趟香港。

　　去香港之前,他俩讨论过这个问题,商陆想要女儿的心思外露得厉害:"儿子的话,我大概会忍不住对他严厉;女儿的话,我肯定舍不得。"

　　如此重女轻男,也算奇葩了。

　　二人本想检查完就走,恰巧蒋方卓也在香港,蒋方卓来港,是因为他同期校友创立的一家名叫分母科技的公司即将在港股挂牌上市,蒋方卓受邀出席敲钟仪式。

　　帮助分母科技运作上市的VC机构,又正好要参与昂科的B轮融资,向南星索性陪着商陆多留几天。

　　向南星一方面陪着商陆应酬,另一方面,她也很好奇蒋方卓的这位同期校友,听说是位特别厉害的女性,和蒋方卓同是阜立大学03级的,比向南星和商陆大不了几岁,如今却已经是上市企业的老板。

蒋方卓形容她,只用了四个字——多智近妖,也不知算褒算贬。

商陆和向南星见到这位姜十苑学姐,是在VC机构做东的饭局上,第一次见面,这位学姐就给每人送了一部刚上市的分母手机。向南星一看这手机的logo,才想起她2015年在纽约的时代广场看到过这款手机的大屏广告。当时她只知道这是纯中国血统的民族企业,却不知这是她学姐的企业。

饭局结束,向南星回到酒店,一边试用新到手的手机,一边感叹道:"等哪天昂科上市了,我也要穿成她那样,陪你去敲钟。"

一身挺括的吸烟装,硬朗不失柔和,露着锁骨与脚踝,干练而高级。

商陆把她的新手机从手里抽走,示意她到点睡觉。

自从怀孕后,她的作息他都要管,向南星不甘心地撇撇嘴:"你听没听见我刚才说的话?"

"昂科上市?"商陆点头,"听见了,我会努力。"

向南星可不想放过他:"那后半句呢?"

"后半句?"

果然,他没听见她的后半句话。向南星只能重复一遍:"我要穿成她那样,陪你去敲钟!"

"她?谁?"

"姜十苑啊。"

"哦。"

怎么他一个大男人,还没有她一个女的对学姐的关注度高。

向南星想起饭局时,他除了必要的应酬,其他时间光顾着一门心思监督她有没有瞎吃海鲜之类的东西,觉得这人太不解风情了:"咱们学姐长得那么好看,饭局上谁都多看两眼,怎么就你视而不见?"

商陆倒不觉得自己把关注点全放在妻子身上有什么不对。因为她自从怀孕后,一吃海鲜就过敏。上回她偷偷溜去簋街吃麻辣小龙虾,那张脸过敏得没法看。

"我记得我说过,没你好看的我都懒得看。"

商陆把她该喝的睡前酸奶插好吸管,送到她嘴边,向南星稍稍凑过来,叼着吸管吸了两口:"商陆,你什么时候成马屁精了?"她怀孕后脸圆了一圈,哪儿好看了?

学姐的分母科技成立八周年暨挂牌上市酒会,向南星也参加了。她这才知道姜十苑只是执行总裁,她上头还有个总裁,叫程池,也是阜立大学毕业的。

分母科技是一家做手机起家的公司,目前业务涉及智能硬件与电子产品研发。分母科技的两位创始人都出自阜立大学,不难让人推测二人在校时关系好,因此才联手创业。

然而在酒会上,向南星第一眼见到这位程总,便推翻了之前和谐友爱的猜测——这两人似乎并不对付。

一件由谁最后发言的小事,这两位老总彼此隔了不到十步,却偏要派各自的助理从中传话,助理两边轮番跑了三趟,两人也没协商出个结果。

向南星正和自己仰慕的学姐套近乎,学姐的助理第四次跑过来,说程总那边还是不肯让步。学姐终于被气得灌了一整杯香槟,和向南星暂别,亲自出马。一边是雷厉风行,一边是按兵不动,一边属火,一边属冰,性格大相径庭的两人能一起把公司做到上市,真够稀奇的。

向南星远远瞧瞧着姜十苑一秒间粉饰怒气,笑盈盈地走向程池,白色长裙对黑色西装,表面上似乎是妖孽与君子,至于私底下……向南星好奇死了。

酒会上,商陆被各方社交缠得脱不开身,向南星倒也没觉得无聊,毕竟还有蒋方卓这个熟人在。于是她自然要八卦一下,问他:"那位程总,什么来头?"

问了才知道蒋方卓和程池并不熟。蒋方卓和姜十苑都是阜立大学本科03级的,程池则是计算机系03级的研究生。

向南星意味深长地"哦"了一声,却突然一顿,只因她蓦地想到邹然也是计算机系的。

把这个人从脑海中赶走,向南星全神贯注地在全场搜罗起姜十苑和程池,想看这两位老总是否已经在某处吵得不可开交。

见她如此八卦,蒋方卓抵着唇轻笑了一下。当年一起去四川赈灾时,这个姑娘就很爱给赈灾队伍里的人配对,当年十九岁的少女,如今已成了二十八岁的准妈妈。蒋方卓的音调不知不觉就低了:"这阵子好吗?"

向南星这才回过神来。蒋方卓看着她的双眸,她却低头瞅了眼自己的肚子。那一刻,她嘴角的笑意令蒋方卓脑海中那个十九岁少女的模样一点一点散去,成了遥不可及的灰烬。

"好啊。宝宝特乖,从不让我难受。"她说。

蒋方卓笑笑,低下头呷了一口香槟。他其实只是在问,她过得好不好而已。

夜里,一阵暴雨过后,清凉的风吹进车窗,向南星坐在后座,有点走神。

商陆看着她,不知该郁闷还是该苦笑:"还在想你的姜十苑学姐?"

向南星这才回了神。她看着他的目光里似有踟蹰。他一向反应快,探身过来把她这边的车窗升回去。夜里风凉,感冒了可不好。

只怪今晚听到太多次"学姐"这两个字,向南星想到了另一个学姐,索性咬咬牙,道:"我一直都没告诉你……"

商陆的表情顷刻间认真起来。

向南星吞吐半天,还是硬着头皮交代了:"邹然妈妈找了我,就在我们来香港的前几天。"

邹然的官司拖了很久,一直悬而未决,由于牵扯到邹然从富通辞职后准备入职的另一家知名医疗器械公司,因此案子变得更加复杂。

向南星这几天努力不去回想邹母跪在地上求她的样子,今晚却还是破了戒。

"如果S-lab出面作证,邹然虽然能免去牢狱之灾,但免不了被全行业禁聘。你说呢?"

她说得有些委婉,商陆又怎么会不懂她的意思?S-lab如果不出面作证的话,邹然将获得最低三年刑罚,她是被邹母求得心软了才在这儿跟他分析,不如帮邹然免去刑罚,只落得个行业禁聘的下场。

"这你就别管了。"他的表情让人窥不透分毫。

向南星为难道:"万一邹然妈妈还来苦肉计,我怕我抵不住。"

"放心,她不会再去找你。"商陆不知想到了什么办法,很笃定地说。

果然,邹母没再找过她。

到了九个月时,向南星的肚子已经像个球了却还不安生,她打算挺着肚子去Oncall4.0的发布会。

商陆断然不肯:"发布会人多,你这都九个月了,不安全。"

向南星却没当回事,拿着工作人员的牌子去了现场的结果就是发布会开始后的第一个环节,昂科创始人的发言就这么开了天窗。

主持人说了两遍"有请商陆先生上台",却不得回应,一阵骚动过后,主持人听到耳麦里的调动,才改口道:"商陆先生临时缺席,发布会将由蒋方卓先生代为发言。"

台下众人面面相觑,发布会开始之前明明有人看见商陆在现场了。

向南星醒来的时候,手还被他握着。病房里就她和他两人,她嗓子干哑地发出一个不知所谓的词,他却猛地惊醒,紧张地凑到她唇边才听清她问:"怎么就你……?"

"岳父岳母去看孩子了。"

她点点头,又问:"长什么样?"声音已经有了些力气。

他却说:"我还没去看。"

看不着孩子,向南星比他还急,让他拍点孩子的照片来看看,催了几次他才走。

没多久迟佳就来了,刚从观察房那边过来。向南星这才从迟佳口中知道她昏睡的这段时间,商陆半步都没离开过。

手术过后,医生告诉大家产妇一切指征正常,大家便都去看孩子了,唯独商陆,怎么喊他,他都不起身,大家索性就让他待在这儿。

听到迟佳的描述,向南星很不争气地鼻子一酸。

迟佳见状,寻思着说点有趣的:"你儿子也太丑了吧,脸皱成一团,跟个小老头似的,一点都没继承到你老公的颜值。我还想着我未来要是生个女儿,能跟你们结个亲家什么的,现在……"

向南星笑了,气氛顿时转好。都是学医的,谁不知道婴儿生下来都是那样。

"以你现在单身这架势,猴年马月才能有闺女?"迟佳刚要开口,赵伯言从病房外推门进来。

迟佳不吭声了。

赵伯言刚下班赶过来,见病房里就向南星和迟佳两人,愣了一下,又翻了下向南星床尾挂着的身体指征表格看了看,松了口气,顿时换回了一贯的没心没肺:"向南星,你现在可真丑。"

向南星不敢有大动作,怕扯到刀口,不然早拿枕头砸他了:"你俩还真有默契,一个嫌我儿子丑,一个嫌我丑。"

"谁嫌你丑?"一个声音突然飘来,尾音微扬像是带着钩子,赵伯言顿时吓得缩了肩,一回头,瞧见商陆走进病房。

谁也没料到商陆刚走没多久,这么快就能回来。

说他儿子丑,他充耳不闻;说他老婆丑,就绝对不行。

赵伯言断然不敢再提"丑"这个字,只问:"我大侄子呢?"

商陆只能请迟佳带赵伯言去观察房看看。

"啊?我已经去过一遍了。"也不知迟佳是不想再去看一遍,还是不想和赵伯言一起去。

赵伯言表情微微一沉,这才展颜掩饰过去:"不跟你们在这儿扯了,我去看看我大侄子。"说罢便走。

一直坐在病床边的迟佳见商陆走过来,刚要起身让出位置,商陆已站定在一旁,一手撑着病床,稍稍俯下身,吻了吻他的妻子。

迟佳毫无防备间被塞了一嘴狗粮,后悔没跟着赵伯言一起出病房,当即就站起后退,免得再被眼前这番全景式秀恩爱灼伤。

向南星记得自己是在发布会前羊水突然破了,痛得她顾不上管周遭任何骚乱,现在才注意到是商陆把她一路抱出会场,抱上了车。

"你该不会错过了发布会吧?"

Oncall不亚于他的亲生子,若不是她执意要去凑热闹,他也不会缺席这场年度发布会。

她的表情,大概和得知他缺席发布会时台下的那些嘉宾一样——还有什么能比Oncall4.0的发布会更重要?

至于答案,就在他眼前。他抚了抚她的头发,俯身贴在她耳侧:"东主有喜,歇业一日。"

他用粤语说的,清冽又缠绵。

迟佳终于受不了,搓搓胳膊走了。

等迟佳悄悄溜出病房,向南星才忽然一瘪嘴,问他:"我现在是不是很丑?"

虽然知道赵伯言刚才那番话是开玩笑,可她现在孕激素水平下降,情绪总有些不受控制,一想到这茬就低落。

他却说:"你是我见过最漂亮的女人。"这么不假思索,张口就来,谁信?

"骗人……"

他惯出来的脾气,自然只能他去哄了。商陆轻轻捧着她的脸,正儿八经地看她一阵,浅浅一笑,说道:"哪家的小姑娘长得如此水灵,可有婚配?"

向南星被他逗笑了,却配合他的演出,对他视而不见,冷漠拒绝:"娃都生了。"

"是吗?"商陆那副惋惜的模样,挺像那么回事,"未曾想到,姑娘这么年轻就已嫁人生子。"

"我都快三十啦!"

"莫要诓骗小生。看这模样,分明是在校大学生。"他直勾勾地看着她,十分诚恳而严肃。

向南星原本还抿着唇听他在这儿胡说八道,这下再也憋不住,笑起来,却又瞬间痛得"嘶"地倒抽一口凉气。

商陆霎时脸色一紧:"扯到刀口了?"

向南星皱了下鼻子,缓过去了,见他原本撑在床沿的手忽然紧绷到青筋浮起,这回她再想笑,可不敢肆意了,只是抿着唇小声说:"没事,麻药退了而已。"

商陆揉了揉她的脑袋,坐进病床边的折椅中,这才摸出手机,点开在观察房外拍下的视频——光顾着老婆,差点忘了孩子。

见她一看孩子在保育箱里睡着,眉便一蹙,他的声音,平静之下藏着安抚:"儿子出生时呛到羊水,只是在保育箱里观察一两天,别担心。"

她还是这样数十年如一日地被他带跑偏,现在早已忘了纠结自己丑不丑的问题,转而欣赏起宝贝儿子的视频来。

宝宝在保育箱里睡着,如同静止画面一般的视频她却让商陆反反复复回放了三遍,终于看够了,才想起另一件事:"给宝宝取什么名字好?"

此时此刻病房门外,刚结束了媒体答谢匆忙赶到医院的蒋方卓,透过门上的玻璃视窗看了许久,终是没有推门而入,而是默默地退后一步,掉头准备离开时才发现谢梓桐在不远处站着。

谢梓桐结束了她在发布会上负责的桐星四诊仪2.0的环节后,赶来了医院,这会儿正和向爸向妈一道从观察室那边过来。

蒋方卓见到二位长辈,客气地点了点头。

向妈刚看过小外孙,心情还未平复,见到谁都是一脸兜不住的笑:"南星的朋友?"

"伯父伯母好。"

"你怎么在门外待着不进去?"

蒋方卓迟疑了一下:"我……"

一直站在一旁没吭声的谢梓桐在此时突然接话道:"你是想先去看小宝宝吧?我认识路,我带你去。"说着便上前挎住蒋方卓的臂弯。

当着二老的面,蒋方卓只来得及颔首告别,便被谢梓桐带走。

没一会儿,蒋方卓站定在观察室的一整片玻璃墙外,看着观察室内四五个保育箱里不同睡姿的婴儿,谢梓桐指给他看:"左二那个,向南星的宝宝。"

蒋方卓的目光慢了半拍,看向谢梓桐所指的方向。他的视线刚锁定,宝宝的小腿便在睡梦中蹬了一下,甚是可爱,蒋方卓笑了笑。

然而此刻,他即便是笑,也很平静,一旁的谢梓桐看着他如今这般模样,脑海中突然闪现刚才在产妇病房外见到的那个蒋方卓——那时的他,一从电梯里出来就在走廊上狂奔,直到在产妇病房门外时,突然静止。

谢梓桐好像有点读懂他了。

"嘿!"她貌似漫不经心地唤了他一声。

蒋方卓敛眸,回视她。

"你是喜欢她吧?"

她还是那样漫不经心地问,蒋方卓的脸色却一沉,下一秒便一蹙眉,问:"什么意思?"

他明明知道她说的是谁,却这么问。

谢梓桐嘴角扬起一个大大的笑容,眼里却是悲伤的:"我的意思是,你什么时候也能喜欢喜欢我?"

商陆发现自从孩子出生以后,向南星的重心完全转移了。他加班,她再也不会眼巴巴地问他几点回来。这也就算了,等他加完班回到家,她竟然不让他上床睡了。

"鹤鹤没我陪着特别容易醒,要不你去客房睡?"

婚前他想买大平层,她非中意这套三居室,他还觉得等以后孩子出生,她肯定会后悔没买套大房子,可如今商陆觉得连三居都嫌多。

商陆第一次被逼着睡客房的当晚,躺在床上甚是懊悔。人生第一次出现情敌,竟是这个叫商南鹤的小子。而这小子的名字,还是他起的。

迟佳最初以为宝宝的名字,是向南星起的:"南星性温,商陆性寒,生了个性平的南鹤,可以可以,很符合咱老中医的辩证法。"

后来一听这名字竟然出自商陆,迟佳纳闷了,难得有空陪着向南星带娃去游泳,忍不住感叹道:"你老公什么时候变得这么懂中药了?"

"他现在妇科的方剂背得比我还溜。"

向南星站在水池边,一边跟逗小狗似的嘴上"嘚嘚嘚"地吸引着池里的鹤鹤往她这边游,一边笑言。

鹤鹤小朋友很配合，白白胖胖的小胳膊横在游泳圈上，咧着刚萌出一颗牙的嘴，在水里扑腾着小脚，游了过来。

"我月子里洗头的中药，吃的中药，都是他帮我开的。"

借助桐星四诊仪，商陆的水平丝毫不亚于老中医。

"他不是最讨厌中医了吗？"迟佳很惊讶，却还没顾得上听答案，就被泳池里的鹤鹤逗得前仰后合地笑，赶紧摸出手机，把未来女婿游泳的英姿录下来。

正举着手机拍摄的当然不止迟佳一个人，几个带着女宝宝来游泳的家长早看上了粉雕玉琢的商南鹤小朋友。

对于儿子打小就自带女人缘，向南星都习惯了，只是关于迟佳刚才的那个问题，向南星也很好奇，但她从没问过商陆，他到底是怎么放下对中医的偏见的，商陆也从没提过。这个男人，习惯了只做不说。

桐星四诊仪2.0已经可以诊断内科、儿科、妇科等科室的142种疾病及517个证型，并提供智能匹配的基本中成药及汤剂，已经在国内一百余家中医机构，及海外十余家国医馆应用落地。在中医AI领域，昂科绝对算是全球第一人。

鹤鹤小朋友满一周岁时，商陆以他的名义在阿坝捐赠了一所南鹤希望小学。之后他每年生日，商陆都会捐一所希望小学，以致鹤鹤长到四岁，一次生日礼物都没收过，南鹤希望小学倒是建了四所。

鹤鹤小朋友也不知从哪儿听来爸爸重女轻男，知道他是男孩子后，连他刚出生待在保育箱里时，爸爸都没第一时间去看他。鹤鹤为此难过了好一阵。

不过这些都是后话，鹤鹤小朋友刚满一岁那年还是很没心没肺的，在爸妈的婚礼上被外婆抱着，收获了一票阿姨粉丝。

向南星原本不想这么早办婚礼，无奈向妈三令五申地催，婚后一年才办婚礼，在长辈眼里已经是胡来。

自从争宠争不过儿子之后，彻底失去家庭地位的商陆这回倒是站在了岳母那边："女人不都渴望一个仪式吗？你好像比我还不上心。"

商陆刚加完班回家，把熟睡的老婆从儿童房抱出来时，不小心把她弄醒了。

刚被他抱回主卧床上的向南星当即坐了起来："哪有？我只是想等鹤鹤三四

岁，可以做我的花童了再办，儿子做花童，绝对很有意思。"

坐在床边的商陆却已拉下脸来："嫁给我就没意思了是吧？"

话说出口，才反应过来，跟儿子吃什么醋？

向南星倒没觉察出什么醋意，伸手乱揉他板着的脸："我不是这意思！"

商陆一口认定："你就是这意思，得罚。"

他一脸严肃，只为趁机讨点好处，免得她晚上又陪儿子睡，不陪他。

她还真上钩了："怎么罚？"

"罚你……"商陆作势思考了下，其实心内早有答案，他突然一侧身，覆了过来，"今晚跟我切磋下，生二胎的问题。"

向南星一半精力还丢在睡意里，没注意听前半句，一听二胎，愣了："你不是说不生了吗？"

他虽然很想要女儿，但一怕她怀孕辛苦，二怕女儿出生之后，已经是家中老三地位的自己，再一下跌到老四。

商陆点住她的鼻子，不让她瞎动："我不要生的结果，只要制造的过程。"

鹤鹤刚被哄睡着没多久，向南星还忌惮着，眼睛瞄向卧室门："你不怕儿子被吵醒啦？"

他的目光追随她而去，见门敞开着，起身过去关上房门，再回来时，坐在床沿，只伸出一只手，慢条斯理地拉下她卫衣的拉链。

近来，她除了去桐星时会穿正装，其余时候都和儿子穿亲子装，没有他这个当爹的份。

她的理由倒是充分："你一天到晚穿西装，亲子装买了也浪费。"

商陆对此很是不满，她不帮他买，他便差助理去买，她和儿子有的，他也得有。助理依样画葫芦，帮他买了一堆男款，但诚如向南星所言，他一次都没穿过，全堆在衣帽间里落灰。

但不得不说，她穿卫衣、头发松松地扎个马尾的模样，还挺有大学时自以为很酷的那种可爱。

突然间又觉得还是得要个女儿，她却突然打岔道："对了，我打算办完婚礼就回桐星上班。"

商陆的脸色稍稍一滞，刚生出要女儿的念头就这么被打散。

"谢梓桐说她已经忙不过来了，我再不回去她怕是要过劳死。反正鹤鹤也一岁了，可以放心交给保姆了，你说呢？"她挑眉问他的意见。

"这个时候聊这事，不合适吧？"商陆现在还给不出答案，只能打岔。

向南星倒没注意："你忙得每天都不在家，我这时候不说，就更没机会说了。"

商陆的手在她卫衣的拉链上停了停，利用这几秒思考了一下，他其实是想让她专注家庭的。

"你想做全职太太，我就努力赚钱养你。你想回去工作，我就做你最坚强的后盾，但是……"

还有但是？刚要扑过来感激老公的向南星，又按兵不动了。

他的双手伸过来，捧住她的脸。她这段时间在家里养尊处优，瓜子脸都变成了小圆脸。

"别像谢梓桐那么拼，我可不希望我老婆过劳死。"

向南星细细看他的表情。刚开始她还挺担心他不同意的，没想到这么顺利，他都没怎么犹豫，就答应了。

向南星的表情不再紧绷，甚至慢慢笑起来，用脚尖钩他："不想我过劳死，很简单，昂科多给桐星拨点经费。"

他忍着心里的不乐意说这番话，她还讨价还价，谁把她惯成这样的？

向南星大概是这个世界上最了解他的人了，面无表情说话的他，一本正经使坏的他，自然也有做一件事时，表情不甚在意，眼底却十分认真的他。

比如此时此刻，一群人在他俩的单身派对上斗地主，他教她出牌时的眼神，只有她能瞬间读懂。

他俩的单身派对原本是打算分开办的，迟佳一定要给向南星来个婚礼前的最后放纵，赵伯言也不示弱，扬言也要为商陆办一个。偏偏向南星和商陆两人的朋友圈高度重合，折腾到最后，迟佳扬言要找的夜场小哥哥，一个都没找，赵伯言开的那间"女人不得入内"的大套间,向南星带着一伙姑娘过来蹭局,商陆自然也照单全收。

对此,赵伯言很是不满,原本说好了今晚是兄弟之夜的,商陆之前也答应了,怎么到头来商陆又携家带口了?

商陆应着门铃声去门边领外卖,赵伯言跟过去:"你和你老婆有意思吗?单身派对都要一起过。"

单身派对就这么成了同学聚会,唯一和同学聚会不同的一点,大概就只剩下谢梓桐的存在了。谢梓桐是典型的洋妞性格,很吃得开,除了蒋方卓这种"矫枉过正"的正人君子,在场其他男士的注意力或多或少偏向了谢梓桐——终于有人能抢迟佳的风头了,赵伯言还是很乐见其成的。但乐见其成归乐见其成,还是没能抵消掉赵伯言的不满。

商陆对此不置可否,只挑眉示意赵伯言回头看看。

赵伯言一回头,顿时没工夫和他计较了——迟佳今晚穿得太招摇,已经有昔日的男同学上前搭讪,打算好好地忆一忆往昔。

赵伯言赶紧溜过去,一屁股坐在二人中间,商陆眼里刚有笑意,就放眼去找向南星了。他点的夜宵,可都是她指定要吃的。等找着向南星在哪儿的同时,商陆的笑意便瞬间消散了。

向南星正和一群人斗地主,有男有女,好不热闹。

今晚这帮女士穿得都挺招摇,毕竟迟佳刚开始可是说要带她们去见识见识夜场小哥哥的。如今一个个都是花枝招展的,商陆虽说不担心在场的男士忘了那是他们的嫂子,可还是凭着本能走了过去。

向南星正愁着该怎么出牌,身侧一热,扭头便见商陆贴着她坐下了。

向南星一见救星来了,赶紧使眼色,只不过眼色使得太用力,其他人全看出来了。若换作别人要教向南星出牌,大家也就准了,偏偏商陆不行。这小子曾经在一起去乌镇的火车上,以一敌七,把所有人钱都赢走了,那往事可是历历在目。

"商陆,可不能帮你老婆作弊啊!"

商陆嘴上说着不帮,却轻轻在向南星手背上敲了三下。

贼公贼婆,一拍即合,向南星立马就把自己手中牌面的第三组连对给出了。

原本一手烂牌的向南星,到最后竟然最快出完了手里的所有牌。牌桌上,其他人面面相觑,瞬间将矛头对准了商陆。可商陆分明全程都在忙着帮他老婆剥小龙虾,哪有工夫作弊?

商陆无辜地环视一眼众人,把正好剥完的一碗小龙虾一个个送到向南星嘴边。

向南星好不容易赢一把,毕竟她面对的不是麻省理工学院毕业的昂科总工,就是清华毕业的纪行书,赢了他们可比送到嘴边的小龙虾有嚼劲多了:"来来来!再来一局!"

学霸们不信邪,迅速拢牌开始第二轮。

直到向南星连赢三把,学霸们才纷纷表示,怕了向南星身边的这位"剥虾工人",把位置让给了来凑热闹的毫不知情的赵伯言。

可向南星刚赢了学霸们,对于赵伯言这个大学成绩还不如她的,自然是挑不起胜负欲,找个借口溜去和鹤鹤视频了。

鹤鹤小朋友在姥爷家暂住一天,此刻已经睡了,小模样越发俊俏,睡着了还不忘咂巴嘴。

赵伯言也凑在一边看视频,瞬间心都化了,加上喝了酒,赵伯言箍住商陆的脖子开始感慨:"老铁,你可得感谢我,要不是我给你整了部宝典,你恐怕到现在都还没追上你老婆。"

商陆当即捂住他的嘴,可惜晚了。

向南星举着手机的手一僵,扭过头来:"什么宝典?"

赵伯言来劲了,扒开商陆捂在他嘴上的手:"就是……唔!"又被商陆捂住了。

向南星顿时双眼一眯,无声地威胁他放开赵伯言。商陆迟疑了一下,纵然心有不甘,还是放了手。

赵伯言这回可得意了,看向商陆,笑得极其放肆,他哥们儿这副妻管严的模样,赵伯言都不敢认了,他清了清嗓,说道:"他刚回国找你复合那阵子,不是一点好处没讨着还总惹你更生气吗?"

为此，商陆求助老同学，到底要怎么追。赵伯言自己也半斤八两，于是两个半斤八两的男人一合计，向南星不是最爱看言情小说吗？赵伯言什么资源都不多，就是护士姐姐认识得多，赵伯言让小护士们列了一堆书单和剧目，就差在医院里做问卷调查了。那段时间，商陆和赵伯言两人有事没事就看言情小说。还真别说，书里还真是一套一套的。两个大男人忍着生理不适，硬着头皮看完一本又一本——主要还是赵伯言看得多，商陆比他忙，也可能是借口比他忙，比他少看了起码二十本小说。

赵伯言洋洋洒洒地说着。商陆听着，一脸让人参不透的平静。

站在他俩对面的向南星，发散着乱七八糟的思维——原来某人不是任何事情都无师自通的，套路竟也得靠后天学习。

她忍不住搓了搓鼻尖，难怪他水平越来越高了。

"这可不得感谢我？"赵伯言得意地一瞅商陆。

"我谢谢你啊。"商陆皮笑肉不笑，"谢谢"二字从牙缝中挤出来，倒像是威胁他赶紧打住。

向南星的思绪可打不住了，她的目光瞬间多了一层深意，在对面两人之间来回打量——商陆脸上那岌岌可危的平静眼看要彻底绷不住了。

他俩应该不止研究了小说这么简单吧？

这夫妻俩如今都是彼此一抬眉，就能知道对方在想些什么，商陆见状不对，赶紧声明："别瞎想。"

迟了。向南星此刻的脑海中，全是他坐在电脑前认真做笔记的样子。

隔天一早，其他人还宿醉未醒，商陆就带着向南星先走了。他们得赶早去祭拜姥爷。

按照姥爷家乡的习俗，他们在姥爷的墓前支个火盆，烧些东西。

其他要烧掉的东西，向南星见怪不怪，这几年他们来祭拜姥爷，都会烧些元宝纸钱。只是今天不同，商陆还带来了一封信。

向南星认得那是姥爷的遗书，有些纳闷："这也要烧？"

商陆很笃定地点点头。

见她咬着牙,便知道她想说些什么,商陆并没有把信纸直接放进火盆,而是给了她:"看看?"

向南星犹豫了一下。她之前觉得既然往事已翻篇,这封信就当是他不愿分享的秘密吧,可如今真要烧掉……她咬了咬牙,接过来看。

轻薄的信纸,到了她手里仿佛有了沉甸甸的分量,向南星小心翼翼地展开——姥爷的遗书,竟只有寥寥几行。

向南星记得当年姥爷这封信写了很长时间,大概是因为老人家在油尽灯枯前,每一个字都要斟酌。

向南星屏了口气,目光落到第一行。姥爷的字迹,力透纸背——

"商陆:

你看到这封信的时候,姥爷估计已经不在了。别怪姥爷,好吗?

姥爷只想走得少一点痛苦。姥爷只有一个心愿,希望你活得幸福。"

向南星忍不住抬头看了看商陆。商陆也在看她。他的目光被火盆里的光晃得摇曳起来,但丝毫不妨碍他给予她的坚定。

这令她有了力量,目光落回信纸——

"南星那丫头,姥爷知道你很喜欢她,幸好还有她陪着你,姥爷可以放心地走了。"

向南星曾以为,是因为姥爷在信里把自己的想法都告诉了商陆,商陆才能抛下执念,谅解所有人,包括她。原来,姥爷只是想让他活得幸福,仅此而已。

多么简单,却又是多么难的愿望。

沉默良久,向南星把信折好,还给他。见他要把信纸往火盆里放,向南星终究没忍住,按住了他的手腕:"干吗非得烧了?"

这可是姥爷留给他最后的念想。

商陆笑一笑,将她拦住他的那只手攥在了手心里:"因为我现在无比确定,我很幸福。"

是的,无比确定。

向南星被他嘴角浅淡却镌刻的笑意感染，手上的力道慢慢减轻了。信纸在二人面前被火焰吞没，彻底烧成灰烬的那一刻，商陆抬眸望一眼墓碑上姥爷的照片。

姥爷，不用再替我担心，我现在真的很幸福，很幸福。

婚礼前一天要布置现场和彩排，向南星和商陆得提前走位，像唱戏似的，向南星紧张得不行："万一明天的誓词，我没背下来怎么办？"

商陆倒是看得很开："我到时候会提醒你。"

有他这个过目不忘的能人在，向南星总算放心，但伴郎伴娘那边却出了岔子。

向南星和商陆的婚礼，理所应当由迟佳做伴娘，赵伯言做伴郎，这对伴郎伴娘在单身派对上还好好的，怎么到了婚礼前一天，两人反而别扭起来了。

一个递戒指的环节，赵伯言的手在放戒指的丝绒垫上不小心碰了迟佳一下，迟佳就拉下了脸。

她和商陆就请了这两个伴郎伴娘，按照老北京的习俗，明天婚礼还得赶十一点半的吉时，见彩排这么不顺，向南星趁着花艺师布置鲜花的空当，溜去找赵伯言。

"你又惹她了？"

赵伯言自然知道向南星口中说的是谁，一听挺烦躁："没有。"

"那是怎么回事？连递个戒指你俩都像要打起来似的。"

"我哪敢打她？"

越是阴阳怪气，越是有猫腻。

向南星怕自己明天的婚礼被自己的忘词搞砸，更怕明天的宾客一大早就看到伴娘给伴郎甩脸色。她回休息室找迟佳，不料迟佳不在，休息室里空空荡荡的。

向南星直接坐在化妆镜前，摸出手机正要给迟佳打电话，却忽然一停。

有人推门而入。

向南星扭头看去，刚喊了一个"佳"字，声音就彻底掐了。

进来的人不是迟佳，而是邹然。

向南星僵在镜前。

邹然见到她，倒不怎么意外，只是冲她笑了笑，笑容有点尴尬。

还是带着红包来的。

邹然把红包往向南星身前的桌面轻轻一放："恭喜。"

向南星低头瞧瞧厚实的红包，再抬起头来，目光和邹然的在镜子里汇聚："那个，商陆还在外头彩排……"

"我不是来找商陆的。"

这回邹然的笑没那么尴尬了。大概此情此景，并没有她之前想象的那么难。

"我是来找你的。"

邹然坐在了向南星对面的沙发上，虽然没有剑拔弩张，但彼此之间距离感还是很足。

向南星没说话，她在犹豫该怎么开口。

半晌的静默，突然又有人推门而入。休息室里的两人都吓了一跳，扭头看去，是婚庆公司的策划。

"商太太，花艺那边已经弄完，可以继续彩排了。"

"好的好的。"有邹然在场，向南星对策划的语气都有些硬，"我这边有点事，一会儿再过去。"

商太太……一旁的邹然听到这三个字，脸上已经没了任何情绪起伏。

策划这一打岔，仿佛打破了室内的某种僵持，邹然开了口："我回国之后就一直想联系你，但是我问了一圈，都没人肯告诉我你的联系方式。大概他们都怕我找你，是不安好心吧。"

邹然说到这里，笑了笑。

向南星挠了挠头，头皮有些发麻。她其实刚见到她推门而入时，也是这么想的。

"我去了阜立医院，他们说你已经离职了，我在你们主任的桌上看到了你的请柬，我猜你们婚礼前一天应该会彩排，就按照婚宴地址过来了。"

还好她没有在婚礼当天过来。向南星心里默默吁了口气。

邹然之所以选择前一天过来，大概也是这么考虑的。即便是抱着祝福的心，可若是赶在婚礼当天来，自己的身份立场肯定会让所有人尴尬。

此刻，虽然见面时是满室的尴尬，但现在好歹缓和得差不多了。

"我妈跟我说了，她去求商陆，商陆压根不管。她去求你，你反而肯帮忙。"

邹然顿了顿，说："谢谢你……"

向南星硬着头皮笑了下。邹然的话在耳畔盘旋，不难让她猜到商陆是故意的。

在邹母上门求他时，他故意不管，逼着邹母去求她，一来，可以让她把曾在邹母手里受过的委屈讨回来；二来，等到那时候他再出手，那邹然欠下的人情就全成欠向南星的了。

向南星犹豫了下，把邀请邹然参加婚礼的话咽了回去。化干戈为玉帛已经是极限了，她和邹然没必要成为朋友。

"我会把你的话转告给商陆的。"向南星只是客气而已。

"不用了。"邹然的笑里，再没了执念的踪影，"在他眼里我是什么样的人，我已经不在乎了。"

从她背叛S-lab的那天起，她就彻底不在乎了。只是如今，就连恨意也彻底被她的所作所为消磨得一干二净。她连恨他的资格都没了。

"我只是希望……"

邹然刚说到一半，再度被推门而入的声音打断。

这回进来的是赵伯言。

赵伯言一脸愤懑，在见到邹然的那一刻僵住，继而跟见鬼似的，脸煞地一白。

邹然脸上的表情随之隐去，她的到来毕竟不坦荡。

在赵伯言的瞪视下，邹然颇为尴尬地起身，只对向南星点了点头："我先走了。"

向南星来不及起身去送，邹然已快步走到门边。

赵伯言跟避鬼似的，往后退了一步。这一幕落在眼里，有多刺眼多扎心，邹然也顾不上了。

"祝你们幸福。"她看着向南星说。

幸福，这是向南星最近第二次听到这个词。

过去的邹然，或许有太多的口是心非，但此刻向南星听得出来，她这句祝福是真心的。

直到邹然离开足足一分钟后，赵伯言才回过神来啐了一口："她怎么来这儿了？"

向南星点一点桌上的红包。

赵伯言心有余悸地看一眼门边，确定邹然已经走了，才大大咧咧地走过来，拿起桌上的红包掂了掂："还挺阔。听说她现在很惨，没有一家公司肯用她。富通也不是省油的灯，听说她没能取保候审，在牢里待了三个月，就算最后官司赢了，牢饭也已吃够了。"

"哦。"

"哦？这么平淡？你不觉得大快人心吗？"

向南星还真不觉得。大概是因为自己现在什么都有了，太过舒心，对邹然既不想怜悯，也无须落井下石。

向南星起身拉着赵伯言就走，刚才策划来催了一遍，这回又让赵伯言来催一遍，看来她真的让所有人都等急了。

赵伯言见她要走，却突然急了："等等等等！"

向南星一愣："你不是催我回去彩排的吗？"

赵伯言心里一虚："谁催你回去彩排？我有别的事找你，我的好嫂子……"

"打住！"这称呼从赵伯言嘴里说出来，怪恶心的。

赵伯言这才正了正脸色："向南星，求你件事。"

这个称呼就自然多了，向南星："说。"

赵伯言却突然犹豫起来，急得向南星直催他："再不说我走啦。"

赵伯言这才咬了牙，忽然一鼓作气道："你明天抛捧花的时候，别抛给迟佳。"

向南星蓦地一锁眉，狐疑地打量起赵伯言来，半晌才道："你这就有点不地道了吧？你是有多不希望她结婚……"

赵伯言翻个白眼："我至于这么小人吗？"

向南星笃定地点头。

赵伯言撇嘴，懒得理她，继续正题："你抛捧花的时候，我会偷偷走到台边，你到时候别往身后抛，直接往旁边抛给我。"

考虑得还挺周全，向南星当然更加怀疑他的不怀好意了，语气都冷了："你要捧花干吗？"

"求婚。"

向南星眼珠子都快瞪出来了。赵伯言却耸肩看她，告诉她，她没听错。

"你……你……你要向迟佳求婚？"

向南星惊讶得眼珠都不会转了，声音却转着圈地抖。

赵伯言既然已经说出了口，也就无需顾忌，反问道："不然呢？"还能有谁？

"实不相瞒，单身派对那晚，她把我睡了，但她不肯认账。"

向南星几乎是一屁股跌坐下去。赵伯言抄起椅子垫在她身下，她才摔坐进椅子里，没摔到地上。

赵伯言叹了口气。连她都吓成这样，明天的迟佳怕是……但是赵伯言又暗自咬牙，豁出去了，不成功，便成仁！

一个婚礼竟能扯出来这么多事，向南星事先可万万没料到。然而她更没料到，商陆竟然在婚礼仪式上，忘词了。

当向爸把她的手交到商陆手中时，商陆本要对岳父说些话，台本昨晚都过了一遍，可真等到了婚礼当场，商陆却一个字都没说出来。要知道，他记性好到不少算法公式都能过目不忘，却在自己的婚礼上紧张到一时脑子一片空白。

向南星急得藏在曳地婚纱下的高跟鞋都在抖。

鹤鹤在台下被向妈抱着，嘤嘤地笑着，仿佛在嘲笑自己的老爸。

台下的宾客们一道道目光投来，向南星原本慌乱的心，突然在这一刻稳住了。

这个曾打败无数敌人，却因为她而紧张得说不出话的男人，也是她爱着的男人。

她从他手中接过话筒，深呼吸，看着他的眼睛说："我只想告诉你，嫁给你，我很幸福。"

那一刻，原本一点哭意都没有的她，却眼眶渐湿。

商陆回视这样的她，抬起手，替她擦了下泪。

台本里原本没有这句话，彩排时原本没设计过这个动作。本是再自然不过的动作，台下的宾客却看没了声，只剩向南星的声音在璀璨的穹顶下回响："你呢？"

她看着为她擦去眼泪的这个男人，却任由他自己的眼眶一点一点湿润。可他的声音，那么坚定——

"我愿意用我的余生，守护你的幸福。"

没有用话筒，只说给她一个人听。

向南星把手递给他。从自己父亲身边，来到他身边。两人只是相视一笑，没有别的，可他和她，都懂。

她在说："我愿意。"

他在说："我相信。"

番外一

十年

喜欢一个姑娘喜欢了十年,是种怎样的感受?

大概就是,喜欢变成了和吃饭睡觉一样,每日稀松平常,引不起波澜却是不可缺少的一件小事。

赵伯言至今还记得第一次见到她时的样子。

在医学院的礼堂里,他比旁边的商陆逊色许多,而她,比她旁边的向南星亮眼一点。

漂亮姑娘谁不喜欢?他自然也是喜欢的。只是当时没想到,一喜欢就喜欢了这么多年。

哥们儿都说:"你别被她玩了。"

就连他问商陆"你说她是不是在吊着我",商陆也只是反问他一句:"那你乐意吗?"

自然是乐意的。

赵伯言便这么安慰自己,这姑娘精,这姑娘坏,等他哪天不乐意伺候了,走便是了。

可惜毕业那年,她告诉他,她要出国了。

是她,要离开他了。

他一下就猜到了:"是因为陈默吧?"

她没否认。

那是第一次,他在迟佳面前甩脸走人。四年的付出换来喂了狗的感觉,着实糟糕。

可是看她托福成绩出来之后,哭得那么惨,赵伯言终究是心软了。分数不够,就考到够为止;申请不到奖学金,他可以帮她出。赵伯言甚至咨询了高中时就去美国的哥们儿,看看能有什么厉害的留学机构,她申请不到密歇根大学,差一点的学校也是可以的。

哥们儿却说:"长点心吧!她就是故意哭给你看的。"

赵伯言哪能不知道?他原来圈子里精明的小姑娘太多,蹭吃蹭喝蹭礼物,把人当冤大头。可她还是不一样的。

大家都说她坑他,吊着他,可大学四年,她只收过他一部手机而已——当然,这在哥们儿眼里,只能说明这姑娘段位高,放长线钓大鱼。

后来,哥们儿听说他不惜把车卖了也要供这女的出国,劝不住,只能尽量让赵伯言不至于太亏。

"这类姑娘的路数,我清楚得很,我这儿送个卡地亚的手镯,都能好上一晚,你那儿一辆车,怎么着,也得好一个暑假吧?"

"我可从没这么想过。"

"那你卖车干吗?"

赵伯言没说,怕说了矫情。

她可以为了陈默,努力让自己变得更优秀——这就是他和陈默之间的差距,赵伯言只是想通了而已。可迟佳最终没有收他的钱。

归根到底,还是因为陈默。

"万一以后陈默知道是你供我出国读书的,在他眼里我成什么人了?"

"我不告诉他不就行了?"赵伯言这点还是可以保证的。

赵伯言至今都记得,迟佳对他说:"那也不行,我不想我和陈默之间有任何一丁点的瑕疵。"

说这话时,她的眼里特别干净。只是结果证明,她把一切都想得太美好了。

留学生圈子就这么大,到了美国的迟佳,依旧保留了国内的习惯,爱混圈子。或许在她看来,混比自己厉害的圈子,变成更厉害的人,各凭本事无可厚非,但她不会想到,任何好处都是要付出代价的。

陈默刚到密歇根没多久,就被姑娘盯上了,陈默被当时的新室友邀请去参加这个姑娘的生日聚会,不承想碰到了熟人。

他在人群中发现迟佳的时候,迟佳正和一个外国人交头耳语,很是亲密。

在这里见到她,陈默其实并不意外,在国内时她就很能混圈子,只是这时的迟佳和在国内时穿得很不一样,低胸上衣配直筒牛仔裤。她向他走来时,陈默的眼神就从没低过她锁骨。

他问她:"你怎么在这儿?"

以为她会说她是谁谁谁朋友的朋友,被邀请来玩——陈默就是这么来的。

她却笑吟吟地说:"因为你呀!"

他们之前偶遇过挺多次,学校里,图书馆里,只是那几次他都很忙,不是在去上课的路上,就是在查资料,与她只是打个照面而已,没多说过几句话。不像今天,在朋友的朋友的生日聚会上,还能喝上两杯。

那晚的寿星姑娘本想和陈默说上几句,却被迟佳很不客气地抢了先机,于是只能约大家立秋那天一起包饺子。她请了所有人,唯独没请迟佳。

包饺子那天,陈默没见到迟佳,倒是见到了在生日聚会上曾和迟佳聊得火热的那个外国人。

陈默与他聊熟了之后,才知道对方不是外国人,只是比他们早几年来美国读书,家里有点钱,商业头脑也有,如今办了个留学教育的中介,很多不熟的人都误以为他是外国人,而熟的人,都喊他老李。

老李一直心心念念要把迟佳叫过来。

在座的女生们起哄："老李，你是不是喜欢她？"

老李否认："没有的事。只是我国内的一个好哥们儿托我关照下她而已。"

这个圈子里的人基本都是有点家底的，迟佳这种削尖了脑袋硬要往里挤的，有人乐意，自然也有人不乐意，一个姑娘就问："老李，我上回听你说，一个女生陪了你一个朋友两个月，撺掇你朋友把车卖了帮她填学费，结果一出国就看上了别人，把你朋友踹了，你那朋友还对她心心念念……该不会就是迟佳吧？"

另一个男生一听，也勾起了回忆："老李，你上回问我有没有朋友要收二手玛莎……"

老李把话题岔到别处去了，传闻的事最终作罢。

陈默低头包饺子，起初还挺意外，可再想想，也就不觉得意外了。

在国内迟佳就爱混圈，朋友多，尤其男性朋友。他不是没纳闷过，向南星怎么会和这样的姑娘成了闺密？实在不符合物以类聚、人以群分的准则。

那时，他对向南星还是有好感的，哪个男的对漂亮、干净又没什么心机的姑娘没好感呢？

他刚进大学时也动过要追求她的心思，没承想商陆先他一步，他当下是觉得有些可惜的，但也算不上失恋这么严重，便给自己找了个台阶下，说他喜欢的是迟佳——当时在陈默看来，迟佳这姑娘，拿来做挡箭牌再合适不过。

迟佳在男生圈里特别吃得开，他说他喜欢迟佳，没人会怀疑。迟佳也不会注意到他，毕竟她的备胎太多了。即便从北京来到密歇根，她的异性缘也一样，只增不减。只是陈默没想到，那个被迟佳看上的"别人"，会是他。

直到迟佳第三次找他，他才终于意识到了这个问题。

她第一次找他，是向他讨教他是怎么拿到密歇根大学医院的实习资格的。对于一个研一的学生而言，能这么早进大学医院实习确实很难得。

这事，陈默没能帮到她。

她第二次找他，是她合租的另一个女生的前男友上门闹事，闹事的前男友是个健壮的白人，她说她很怕。

她大概是从向南星那里听说他有亲戚在美国做房产中介，这个忙，他自然是要帮的。他帮她物色了几个治安比较好的社区,她唯独看上了他住的社区。

她搬到了他的同一栋公寓,只不过她因为暂时没找到室友分摊房租,只能住在半地下室。

她第三次找他,是浑身湿透,找上门来的。

当时正值2012年的密歇根特大暴雨,她住的半地下室淹了。他刚从学校回来,看见门后挂着女士外套,还以为是室友的女朋友来了,室友却说有朋友找他。

"能不能让我在你家沙发上睡一晚?"

暴雨还在继续,她的请求似乎合情合理。

她的行李都被泡在地下室里,陈默拿了套自己的衣服给她穿。只是那套衣服,她没有再还给他。

陈默一向看书到半夜,思绪因困意而变得缓慢时,他准备去洗手间洗漱,却发现门被自内反锁。

他还没反应过来,他和室友两个大男人住在一块,洗手间基本不会反锁。他下意识地又扳了两下扶手,确定了门确实是自内反锁的,陈默才忽然想起来,如今家里不止他和室友。

正要掉头离开时,浴室门开了。最先袭来的是一阵带着热意的香味。

人对嗅觉的记忆力大部分时候要好于对视觉和听觉,往后许多年,他都还记得这个属于她的味道。只不过在那时那刻,这阵香味对于他来说还是极其陌生的。

迟佳穿着他的衣服出来。

他一米八七的个头,他的衣服穿在她身上,裤脚向上挽了三下还是掩过脚背。她个子挺高的,这么一衬,倒变得娇小了。

"你要用洗手间?"

她擦着头发,侧了侧身,为他让路。

陈默平复了一下心情,与她擦肩而过进了洗手间,反手关上门的前一刻,她两颊被热气晕成绯色,勾唇一笑:"谢谢你收留我。"

"举手之劳。"

浴室门随即关上。

陈默洗漱时,看见挂在一旁电话绳式样的发圈,愣了一下,突然想到刚才洗手间门外她的笑容。不得不承认,懂得示弱的女孩子,会勾起男人的保护欲。

等他洗漱完之后,出了浴室准备回房,却碰见室友大半夜去厨房拿可乐,开放式的厨房,冰箱里的灯令他在洗手间这边,能看清室友在冰箱前的一举一动。

室友原本只拿了一罐可乐,却在关上冰箱门的前一刻,意味不明地回头瞧了一眼客厅。

迟佳正坐在沙发上玩手机,低着头垂着肩膀,男士T恤的领口有些宽,她的一侧肩膀露了出来,皮肤很白。

陈默的室友从冰箱里又拿了一罐可乐出来,顺便抄起餐桌上的两袋薯片,走向客厅。

陈默脚下没动,前一秒觉得自己不要坏人好事,后一秒却开了口:"迟佳!"

声音不卑不亢,在夜里格外明晰,迟佳吓了一跳,抬头看他。

"你睡我房间吧,我睡客厅。"他说。

直到后来,陈默才知道自己把房间让给她睡的那晚,她都干了些什么。她穿着他的睡衣拍了一张照片,"不小心"把他写字台上的书都拍了进去。

照片发了朋友圈,只对肖雯可见——就是曾经托陈默的室友叫陈默去生日聚会的那个寿星,肖雯。

肖雯原本对陈默有几分意思,见到迟佳发的那张照片后,再也没主动找过陈默。

那时的陈默,对肖雯其实也有几分意思。他向来容易被性格干脆爽利的姑娘吸引,曾经的向南星是这样,如今的肖雯也是这样。反倒是对迟佳这种精明过头的姑娘,他骨子里是排斥的。

他母亲就特别精明,事事算计,他从来不齿母亲的这种性格,对迟佳也就没有了深入了解的欲望。

因为肖雯的疏远,渐渐地,他对对方的好感也就淡了。他实习很忙,其实也没有太想谈恋爱的心思。可他渐渐发现,迟佳这姑娘偶尔也有可爱的一面。

陈默有个"中国胃",一旦忙起来就索性挨饿,他有段时间经常胃痛,就是从那段时间开始,迟佳经常做多了晚餐,总是送一点到他的公寓,给他和他室友。

后来不知怎的,演变成了她每次都会多做一份便当,他在大学医院实习,每天中午护士长都会把便当转交给他。

每次护士长都操着一口西语口音的英文对他说:"小甜心让我给你。"

陈默其实挺不好意思的,让她不必麻烦了,她却说自己爱做饭,不麻烦。他只能偶尔请她吃顿饭作为答谢。这么一来二去,圈里都传他俩在谈恋爱。

陈默解释过几遍。

有男性朋友揶揄他:"追了你这么久,你还只当人家是朋友?那姑娘得多伤心。"

陈默怎么会不知她对他的那点心思?可他对她,终究少了份怦然心动的感觉。

圈子里的女生们对陈默这个曾经的"天菜"也渐渐看淡了。陈默这人,看似对谁都好,但最冷血,谁也走不进他心里。偏偏迟佳削尖了脑袋,想走进他心里去。不自量力,活该!

不知是否因为他把她归为"普通朋友",这件事传到了她耳朵里,往后几天,他的便当供应突然断了。

陈默起初还松了口气,觉得她放下了,挺好的。后来才知道她是生病了。也不是什么大病,智齿发炎。

在美国没上保险的话,看病费用很高,偏偏她就没上保险。拍片、洁齿加拔牙,总共得花一千多美元。她没舍得花钱,忍着没去医院。

他就在牙科实习,她却没咨询过他半句话。

他是偶然在朋友圈看到向南星和她在照片底下你来我往地聊天,才知道她的智齿已经肿了四五天。

星仔:"你那边都深夜两点了吧,你怎么还没睡?"

佳:"智齿发炎,疼得睡不着……"

星仔:"这么严重?去医院看了吗?"

佳："你是不知道在这儿看个病有多贵，都够我买个LV包了。"

星仔："陈默呢？你没问问他？"

迟佳没回。

他看到两个姑娘聊天内容时，已经是隔天傍晚。他刚从校医院回到公寓，准备上楼，上了电梯却又下来，去了迟佳的半地下室。

敲开她的公寓门，门里的她左脸有些肿。

她一脸惊讶："你怎么来了？"

虽然他们住在同一栋公寓，偶尔去学校她也会搭他的车，但他从没来过她家。这回他突然登门，她措手不及也正常。

她的公寓收拾得很干净，但东西不多，不像他的公寓，他妈来美国看望他一次，就恨不得把锅碗瓢盆全都备齐。

"智齿发炎了？"

她愣了下，诧异地扬眉。

陈默也没说别的："张嘴，我看看你的牙。"

"还是别了吧。"

"看个牙有什么不好意思的？"

"那我先去漱个口。"

她去厨房接了杯水，陈默也跟了过去，刚要提醒她兑杯温盐水漱口，却先愣了——冰箱门上贴着很多手写的菜谱。

像课堂上做笔记似的，每个环节都有备注。胃疼不能吃哪些，可以吃哪些，都列了出来。料理台上还倒扣着一本敞着书页的《中餐速成》。原来她的厨艺，都是现学的。

陈默看着她仔细漱口的背影，目光稍有迟滞的同时，她已放下水杯，回过身来。

她当着他的面张开嘴，示意左下的位置："就这儿，肿了。"

陈默回了神，手边也没有工具，只能让她先等等："我先洗个手。"

她尴尬地又把嘴闭上了。

这姑娘平时爱打扮，又会穿衣，此刻这样素颜配着一身素色睡衣，头发还乱糟糟的，她尴尬地咬了咬下唇。

陈默第一次发现她有一颗小虎牙，咬下唇时，虎牙露出一个尖来，挺可爱的。

陈默用洗手液洗了手，示意她张嘴，直接用手去摸她左下的智齿。

"你这智齿还没萌出，这是第几次发炎？"

"第三次。"

她张着嘴说话，怕他听不清楚，又用手比画了个三。

"我一会儿去楼上拿点药给你，你先吃着。"他收了手，转身边洗手边说，"你这应该是阻生齿，消肿之后就拔了吧。"

"可……"

陈默突然想到她和向南星在朋友圈里的聊天，笑了笑："你时不时肿个脸，背再贵的LV包也不好看，你说是不？"

最后，那颗智齿是陈默帮她拔的。

他前阵子通过了NBDE（美国牙医执业资格考试），已经可以执业，他有同学家里是开牙科诊所的，他亲自操刀，那点材料费他自己掏腰包付了，没告诉她。她还有两颗智齿，他建议她都拔了，万一她知道还有材料费一说，肯定不乐意，毕竟她这么省。

可她拔完牙没几天，脸还没彻底消肿，他就在公寓楼底下远远瞧见拎着个LV袋子的她——她倒是舍得犒劳自己。

这姑娘虚荣不是一天两天的事了，陈默虽然觉得别扭，但也见怪不怪。只是在她瞧见他之前，他下意识地先一步闪身进了电梯，没和她打上照面。

那之后，她又开始往医院送便当，但陈默都没收。

半个月后他生日，他也没有请她。

他原本只想请亲近的朋友在家热闹一下，肖雯却借了她家的湖畔别墅来为他庆生。

陈默不喜欢这么高调，他和肖雯已经许久不联系。况且，他和肖雯刚有发展的苗头时，肖雯却突然冷落他，如今又突然这么热络地为他张罗生日，他实在不明白这姑娘心里在想什么。

直到肖雯给他看了迟佳的朋友圈——那张只对肖雯可见的照片，陈默懂了。

"我前阵子听你室友说，几个月前密歇根暴雨，迟佳的半地下室淹了，你曾收留了她几天。你没想到她会发朋友圈吧？还只对我可见，她这人怎么这么……"肖雯没说下去。

肖雯的小跟班替她说了："呵……绿茶。"

生日后的隔天晚上，一行人才开车回到市里，如果不是陈默第二天还要实习，大家都想在湖畔多待几天。

回了家，陈默反倒失眠了。开车回市区明明已经很累，他却睡不着。他的微信里还有迟佳在零点发来的生日祝福。

他没回。

躺在床上，就着台灯，他举着手机反反复复地看对话框里最后她发来的表情图。表情图里的笑脸看着有多傻，发来表情的那姑娘就有多心机。

他觉得他应该跟她说清楚。他不会喜欢这种满脑子套路的姑娘，让她别费劲了。可手指悬在手机屏幕上，一个字都打不出来。

陈默平时不喝酒，家里连啤酒都找不着，幸好有朋友送了一套酒版给他作为生日礼物。

生日礼物都在车的后备厢里，他穿上外套下了楼，深秋季节，安娜堡的夜，凉意阵阵。

陈默的车停在路边的停车格里，SUV车身挺高，可他坐在敞着的后备厢里还是有些逼仄。一套酒版八种酒，喝了三种，他就醉得差不多了，但意识还是清醒的。

一个熟悉的人影路过他的车边，陈默余光瞧见，扭头去看，是迟佳。

她手里拿着一包烟和一个打火机，看来都是刚买的，她拆了烟盒的包装，拿出一根叼在嘴上，动作很熟练地打着火机的火石。咔嚓一声，火星冒起。

陈默冷笑一声，没管她，低头又开了瓶酒版。不远处的迟佳却顿住，扭过头来，看到他的当下赶紧把嘴上的烟连同手里的火机和烟盒，全塞进了兜里。

她走过来，唤了他一声："陈默？"

陈默没理会。

她径直走来，他从后备厢里起身，"砰"地关上门，力度太大，震得他头晕。他刚要扶住车子站稳，她却先行一把搀住他。

"你怎么大半夜坐这儿喝酒？"

他把她搀扶着他的那只手扯开，却没放开，而是拿起她的手，送到自己鼻尖，低头嗅她的指间。那里还有烟草的气息。

一见到他就把烟熄了，装什么好姑娘，他就不明白了，有什么好装的？

她一脸惊愕，触电般收回了手。

迟佳把他送上楼，按他公寓的门铃，没人。

陈默听见她给人发语音："你没在家吗？"他室友今晚去女朋友家了。陈默想开口告诉她，却嗓子干涩，只好放弃。

很快迟佳从陈默室友的回复里知道了答案。

她问陈默："你带钥匙了吗？"

陈默没理她。

她大概以为他醉得意识模糊，就把他带回了半地下室。

她把他放在沙发上，去厨房倒水。

陈默的手机振了起来，他忍着头疼，撑着坐起身，脚不小心踢落了原本放在沙发一角的纸袋。

他一边从兜里摸出手机，一边弯腰去捡那纸袋。看见来电显示上是肖雯的名字，同时，余光也看清了他捡起的纸袋是LV的。

纸袋里的盒子还系着缎带，看来她买来还没拆。忍痛那么多天，省下了拔牙的钱，好不容易换来的名牌包，却放了半个多月没背？呵……

陈默随手把那纸袋扔回地上，空出手来准备接电话，纸袋里的卡片却滑落出来，正落在他脚边。他愣了一下。卡片上写了五个字：陈医生，生快。

左手边是卡片，右手边是来电，半晌，他做出了选择——陈默捡起了卡片。

电话一直没接听，对方便挂了。

213

他帮她拔牙那次，打麻药前，她半开玩笑半认真地说："陈医生，你说我这是深度阻生智齿，挨着神经，如果拔牙的时候神经受损，我可就面瘫了，没人要了怎么办？医生会负责吗？"

你，会负责吗……

她忍着牙疼省下的钱，为什么就不给自己买个名牌包？之前有多瞧不上这种行为，如今就有多希望她这么做。人心就是这么矛盾。

脚步声从厨房那边传来，陈默把卡片丢回纸袋，刚躺回沙发上，她已端着水杯来到他跟前。

他兜里的手机又开始振了，他皱了下眉。

振动声她也听见了，可她一言不发，也没喊他起来，一时之间，只有手机的振动声填补着空白。

随后他感觉到她的手摸进了他的口袋，陈默心里咯噔一下。不知她只是挂了来电，还是直接关了机，他的手机自此陷入一片安静。

"陈默？"她小声开口唤道。

不知是她先开的口，还是他先睁的眼。她一怵，他的手机还攥在她手里，没来得及放回去。

陈默却只是看着她，眼里似乎有审视，又似乎什么情绪都没有。

陈默看着她，忽然很想冷笑，却分不清是讨厌她，还是讨厌那个刚刚对她有了丝心动的自己。

他却未能笑出来，她的眼里有一丝犹豫一闪而过。那丝犹豫在她眼中稍纵即逝，下一秒她已十分果决地捧住他的脸，忽然吻了上来。

不知是谁说过，不能自拔的，除了牙齿，还有爱情。

陈默靠坐在沙发上，不知该不该把这一切归罪于酒精，其实他知道他根本就没醉。

许久，他还是一句话也没说，她枕着他的胳膊，他没有收走胳膊，却也没有搂紧她。

迟佳侧了个身，凑到他胸口趴着，仰头瞧他，仔仔细细地瞧。

他低头回视,直看得她笑起来:"以后你可就是我的人了。"笑得得意,跟诡计得逞了似的。

可只有迟佳自己知道,她那时其实想说的是:"做我男朋友吧?"

怕被他一口回绝,才索性不询问他的意见,只陈述结论。说到底,还是怕。即便步步为营,也还是怕。

她听见他沉了口气,将她搂紧:"睡吧。"

她既然没问他意见,他自然也无须拒绝。

赵伯言本来定好硕士毕业前的最后一个寒假去纽约找商陆,"顺便"去密歇根转转。但谁不知道他那点心思,嘴上说是去找商陆的,行李箱里却全是给迟佳带的东西。

迟佳最爱去吃的那家龙虾尾,店里没有真空包装,他还特地去他爸的工厂,用厂子里的真空包装机压了整整十五袋龙虾尾。

满心欢喜临行前,迟佳却突然告诉他:"那个……我可能不能招待你了。我跟陈默在一起了。"

越洋电话的这一端,刚把给她带的零食装了满满一行李箱的赵伯言,没了声。半晌,他听见自己用还算欢快的声音说:"你跟他在一起就在一起了,他还不允许你有男生朋友啦?再说了,咱之前都是阜立大学的,他还不清楚我跟你关系铁?"

没脸没皮,他最在行。可是只有他自己知道,那一刻自己心里有多酸。

想当年,在她面前,哪个男生不是被她吃得死死的,偏偏陈默跟她,是一物降一物。

电话那头的迟佳,语气特别厌:"我跟他说了你要来找我,他问了我一句,你是一个人来还是几个人来,我说你是一个人来,他虽然什么也没说,但我总觉得他介意。"

"谁说我一个人去的?我这次是和我女朋友一起,好吗?"

"你哪来的女朋友?"

吹牛的这一刻,他还是没有女朋友的,但等他带着人玩了一趟北美之后,姑娘可就口口声声非他不可了。

他带着这个说是在校学生,但外人从没见她上过课,还在朋友圈里经常发各国游历照片的小姑娘,一起去了纽约。

商陆见他带来的姑娘一身奢侈品,还以为是他家里给介绍的门当户对的对象。

商陆只问他:"放下了?"一句没有主语也没有宾语的话。

赵伯言没心没肺地笑:"放下了。"

这一年,似乎每个人都迎来了或大或小的变故。

商陆姥爷去世,商陆和向南星分手。而赵伯言和迟佳,都各自有了新恋情。

那年冬天他带去美国的那个姑娘,后来做了网红,小火了一把,有黑粉扒到几年前她和赵伯言的同游照,特意跑去赵伯言的微博发私信,问他这女的是不是整容的。

赵伯言没回。他怎么知道?他又没碰过人家。

但在美国那阵子,他确实给这姑娘买了不少东西。密歇根大学在安娜堡,没有芝加哥繁华,这姑娘陪他在安娜堡待了两天,就待不住了。迟佳正好有几天假,就跟他们一起去了芝加哥。

那姑娘从Chanel(香奈儿)逛到Tiffany(蒂芙尼),迟佳看得直咂舌,好几次给赵伯言使眼色,赵伯言却照常刷卡不误。

迟佳陪着逛了一天,最后也捡了个便宜,这姑娘为了买个铂金包,配了一堆货,有条手链她不喜欢,赵伯言就给迟佳了。

"这手链她不要?"

"一百美元的东西,她看不上。"

迟佳就收下了。

"你最近是发财了?"

"我顺利毕业,我爸奖励了我点。"

迟佳"啧啧"两声:"你这女朋友消费水平忒高,你可得悠着点。"

"我乐意。"

迟佳白他一眼,被爱情蒙蔽双眼的男人,果然什么都听不进去。

迟佳还以为他对这姑娘有多爱呢,毕竟严格算起来,这姑娘还是赵伯言的初恋,却不承想,赵伯言的这段初恋三个月就玩完了——那姑娘没多久就和他分手了。

当然,他周遭的所有人都看不惯他这个女朋友,对于他的分手,都十分乐意。

迟佳打来视频电话安慰他,也不见他有多难过,还有心情说些其他事:"听说水瓶、双鱼和天秤,这三个星座最近水逆,感情容易出问题,你小心你和陈默。"

他是天秤座,迟佳是水瓶座。

其实这都是他胡诌的,迟佳差点信了,一脸的不乐意:"别咒我,我和陈默好着呢。"

赵伯言有时候也搞不清楚,自己究竟是希望她和陈默好,还是不好。

直到那年年底,她突然回国过春节。

原本她说陈默太忙,没时间回国过春节,她本来要在美国陪他,到头来,她却一个人回来了。

他去接机,路上堵了一段,他心急如焚,最后狂奔进候机楼,在大厅见到她的时候,她正在打电话吵架,和陈默。

在他面前,她说:"情侣吵架,很正常啊。"

她对向南星却不是这么说的:"我说我不回家过年了,要留在密歇根陪他,他没有半点感动,我知道他忙,我也没指望他放下工作回来陪我,可他连续四十八个小时不找我,我还以为他出事了呢,结果你猜怎么着,他说他太累了,到家倒头就睡。我问他既然都已经到家了,为什么不跟我说一声,好让我放心,他就觉得我在无理取闹。那我就索性无理取闹到底好了,我没告诉他一声就飞回来过春节,十几个小时的飞行,我一下飞机就开了机,想看看他有没有找我。呵,他倒是找我了,只是在十几个小时之前,给我发了个问号,我没回,他就没再发。

"要不是我没忍住,打电话过去和他吵了一架,他可能到现在都不知道,我人已经在北京了。还真是有我没我一个样。星仔,幸好你和商陆那小子分了,不然异国恋个一两年,估计也成了我和陈默现在这样……"

要不是迟佳喝多了,她是不会在向南星面前提到商陆的。可这个夜晚,酒精把一切泡得又酸又涩。

那晚,赵伯言去酒吧接她俩。

他开的是轿跑,底盘较低,他把迟佳扶进车里,她没稳住,一屁股坐在了地上,痛得她泪花直冒。

"为什么……"她声音断断续续的。

赵伯言以为她要说他,弯腰准备扶她起来:"都怪我都怪我,是我没扶稳。"

"为什么我就不能少喜欢他一点……"

赵伯言搀扶她的动作停住,她的话却没停:"那样的话,他再这么不把我当一回事,我就指着他鼻子骂老子不奉陪了,然后拍拍屁股走人!"

迟佳在那儿又哭又笑。

"那你可得说到做到。"

夜里的风,将赵伯言的玩笑话,刮得只剩凄苦。

迟佳没有说到做到,酒醒了,过完了春节,她没有拍拍屁股离开陈默,而是拍拍屁股离开了北京,回了密歇根。

赵伯言和向南星一起去机场送迟佳。

离别前,他作势展开双臂要抱她。她白他一眼,只抱了下站在他旁边的向南星。

赵伯言哈哈一笑,不甚在意,只是最后嘱咐道:"等下了飞机,记得给我们发个消息,报下平安。"

迟佳进了安检,身影再也望不见了,他还站在安检外没动。

一旁的向南星,平时没心没肺的,在有些事情上倒是看得很清楚:"老赵,你这是何必呢?"

赵伯言愣了一下,却突然懊恼地一拍脑门:"哎呀!忘了给她买点龙虾尾带上了,看来只能快递给她了。"

赵伯言说着掉头走了,始终没有回答向南星的问题。

但这个问题，赵伯言又何尝没有问过自己，是啊，何必呢？

他的女友，从当年的小网红，到后来同院的护士，再到前阵子和他一个科室又刚分手的同事，直到他在医院的哥们儿悄悄给他推送了一位男科专家，赵伯言才知道"三人成虎"的可怕之处。

虽然在大学时，他被以商陆为首的几个哥们儿衬得像个没长开的高中生，但工作以后，他开始健身，肯砸钱在穿衣上，为人也风趣，关键家境还没得挑，自然在女人圈里很吃得开。

这下倒好，全院上下都以为他有隐疾，哪个女的还惦记他？

而地球另一端的迟佳，却时时苦于总有女的惦记着她家陈默——比如肖雯。

肖雯想开一家牙科诊所，非要拉上陈默。陈默并不往多了想，合伙而已，她有男友，陈默有迟佳，有什么好担心的？

有几次在肖雯在场的朋友聚会上，迟佳都表现得很不大气，总是催陈默和她一起先走，这种情况发生了两三次之后，再有这样的朋友聚会，陈默索性不去了。

他本意是不想让迟佳为难，她却反问他："怎么不去了？"

"你不是不想去吗？"

她不承认："谁说我不想去了？"

"每次聚会，你都要拉着我先走，我真的不知道你在介意些什么，担心我跟肖雯？我跟她又没什么。"

迟佳没回答。她不知道该怎么告诉他，她只是没有安全感。

他的圈子里，没有人真的瞧得起她。她曾经是那么自信的一个人，不知从什么时候起变得这么自卑。是因为这个从没把她放在第一位的男朋友吗？还是因为她终于承认自己的平庸？无论她怎么努力，她始终不如他和他朋友们那么优秀。

陈默渐渐发现自己的女友，从最初一天会给他打五六个电话，到后来每天发来一两句微信，他没空回，她便也不再追问，再到最近，她可以一整天都不联系他。

虽然奇怪，但考虑到她刚开始毕业实习，可能是比较忙，陈默就没在意。

马上就是她的生日，她前两年都会用各种隐蔽的方式提醒他，她的生日快到了。好比去年，她生日的前几天，她在微博上转发了一个抽奖送Mac（苹果笔记本电脑）的活动。

可今年，无论是她的微博还是朋友圈，最近的一次更新，都是两个多月前。这反而令陈默犯了难。往年的生日，他都不用愁该送她些什么，反正她会变着花样地告诉他，她想要些什么。

陈默本想攒个局，让大家一起来给她过生日，她一下能收十几份礼物，应该会很开心，可转念想到前几次聚会时她的不愉快，又只能作罢。

最终他买好蛋糕，带着礼物去了她家。

他们因为彼此工作的地方离得比较远，所以没有住在一块，但他一直有她家的备用钥匙。

他按照她几个月前在微博上点赞过的一条求婚视频里的方法，用香薰蜡烛在蛋糕边缘摆了个心形——这行为在他看来其实挺蠢的，但这个惊喜，她应该会喜欢。

可是直到香薰蜡烛全部烧完了，她还没回来。

那时的迟佳，正在两个街区外的一家日式面馆吃面。动筷子前，她觉得还是需要些仪式感的，便用辣椒油在面上浇了个蜡烛的形状出来。

吃完面，喝完汤，这个生日就算过完了。二十六岁了，有些东西，该结束了。

她摸出手机。上班时手机一直是静音的，下了班她也没开声音，这时才看见几分钟前收到的一条微信——

"还在加班？"

她直接在这句话下面回了一句："我们分手吧。"

一层一层的失望经年累月地叠加，回首看一看，可能有过开心，有过不甘，有过不舍，然而到头来，打出这五个字的时候，迟佳心里其实很平静，是真的很平静。甚至比上回大家聚会时，她听到肖雯对她说的那番话，还要平静。

那次她又想拉着陈默先走，两人因此闹了些不愉快。她去外面抽烟，陈默越是不喜欢她抽烟，她越是不管不顾。

半根烟的时间，肖雯也出来了。她借火给肖雯，两个姑娘在烟雾缭绕下，有一搭没一搭地说话。

"陈默和你交往之初,我确实不甘心,我找上门问过他,为什么不选我,那时候陈默告诉我,他很早之前喜欢过你朋友,但是你误会他喜欢的是你,其中的责任全在他,他应该对他的过失负责,当然,他也是打心底里想好好和你谈下去的,而且他渐渐发现,你其实挺可爱的。从那天起,我就彻底放弃陈默了,所以你大可放心,我和他,未来只会是工作上的伙伴。"

迟佳清晰地记得,那一刻自己拿烟的手一抖,半截烟灰落在地上,碎得不成形。

她的喜欢,在那一晚,成了彻头彻尾的笑话。他对她,从来不是从喜欢到冷淡,而是一直只有她一个人在那儿一厢情愿。

从辞职到回国,只用了半个月的时间,一旦做了决定,迟佳从不拖泥带水。一如当年,她义无反顾地改专业,报考密歇根大学,一如此刻,她放下一个从头到尾都没爱过自己的男人。

回国之初的日子并不好过,像一个疗伤的过程,伤口却看不见,不知该如何对症下药,好在还有一帮朋友陪着。慢慢走出来之后,迟佳才发现,放下似乎并没有想象中的难。大概时过境迁之后,唯一的后遗症,只是不想再爱下一个人了。

家里人催她赶紧重新找,大把时间都浪费在了陈默身上,再不抓紧时间,以后年龄越大,越愁嫁。

迟佳其实并不后悔,也不觉得浪费了什么,但是要她再来一遍的话,她是绝对不乐意的。可能被催到最后没办法,她会找一个不喜欢也不讨厌的人嫁了,不折腾了。

不喜欢也不讨厌,这不就是陈默眼里的她吗?她最终的想法竟然变得和陈默一样,迟佳觉得有意思,却笑不出来。

这个想法,她没告诉过任何人,就连向南星,她也没说。

进了西区医院的国际部后,常有人对她献殷勤,再加上工作上受到的器重,她多少找回了些自信——那些在密歇根时,被陈默以及陈默周遭高大上的圈子消融掉的自信。

赵伯言发现她最近一有时间就和向南星厮混，还带着向南星参加联谊。

一逮到这两个姑娘在朋友圈的照片底下聊天，赵伯言总要插个嘴："哟，这都第几回联谊了？还没相中呢？"

迟佳："慢慢挑，不急。"

赵伯言："要不要我给你介绍几个？"

迟佳："可以呀！"

这女的，情伤好得未免太快了。

赵伯言不是滋味，但还真给她介绍了几个。当然，每次都被迟佳骂他介绍的人太丑了。

"不是你说对长相没要求的吗？"

"没长相，那起码得有身高吧，他还没我穿高跟鞋高呢。"

面对那样的相亲对象，她连饭都没吃饱，他叫她出来吃夜宵，她逮着机会数落他。他便一边帮她剥龙虾尾，一边听。龙虾尾剥了整整一碗，她的数落也完了。

"那下回给你介绍高的、帅的，行了吧？"赵伯言打包票。

没有下次了。这一次，已经彻底断了她短期内再相亲的念头。

赵伯言原本以为都是他使坏闹的，直到有一次"顺路"去接她下班，共赴和向南星的约，他才知道，是因为她又遇到陈默了。

赵伯言的车刚进医院大门，要左拐进停车区，他愣了。他远远瞧见迟佳和陈默站在医院大门口，不知在说些什么。

他犹豫了一下，没有左拐，直接将车停在了正对大门口的车道上，连按了两下喇叭。

迟佳回头，几乎是看到了救命稻草似的，对着陈默匆匆说了句什么，就要下台阶。陈默下意识抓了下她的胳膊，被她避开。

迟佳一上车，关上车门的瞬间，赵伯言的车已经开始加速。

赵伯言透过后视镜，瞧见站在大门口正朝他这边目送的陈默。

"我没看错吧？"

她知道他指的是什么，叹了口气："没看错。"

"他怎么在这儿？"

"他应聘进了国际部，成了我同事。"

"难怪你没再继续相亲。"

迟佳安静了半天，说道："那你误会了，我只想找一个我不喜欢也不讨厌的人结婚。他？不可能了。"

她和向南星不同，她从不走回头路。

当然，陈默和商陆也不同。如果陈默能像商陆爱向南星一样爱她，或许……迟佳没有继续往下想了，她知道那不可能。

可是她不明白，陈默为什么又要回来找她。他说他知道错了，不管再忙也不能对她那么不关心。迟佳听到这话时，只想笑一笑。

"忙碌"只是个托词，他对她不够关心，从来都只是因为他不爱她。

陈默的出现，仿佛又一次将她拉回了曾经低人一等的处境，现在明明是他缠着她，大家却都觉得是她在勾搭他。

陈默是院里最年轻的副主任，密歇根大学的博士，家境和长相无可挑剔，却因为她把和平相处了一个月的牙科同事揍了。

那挨揍的张医生说迟佳这姑娘爱勾搭人，所有人都知道，她之前和张医生联谊过，可后来陈默一出现，她就开始冷落张医生。这难道不是因为她打算去攀更高的枝？

迟佳憋屈极了，上次联谊时张医生在向南星面前装醉，意图不轨，她是看清了张医生的真面目才开始冷落他，陈默只是恰巧在那时进的国际部而已。可陈默却偏偏在这时把张医生揍了，迟佳这下有理也变没理了。

后来，又不知从哪天起，同事们对她的鄙夷，突然变成了羡慕。

直到有个小护士来问她："陈医生这么优秀，他追你，你咋还不同意呢？"

迟佳才知道，是陈默亲口说了，他在追她，而她没同意。

现在所有人都知道不是她在主动勾搭陈默，陈默的母亲不知怎么也知道了这事，特地来医院找她。也是在这次，陈默的母亲第一次道出她为什么瞧不上面前的这个姑娘。

"我反对你和陈默在一起,不是因为你家境普通。家境普通的好姑娘,我也是喜欢的,可你进密歇根大学的学费都是别的男人帮你出的,你说无缘无故,一个男人替你出几十万,这其中能没点猫腻?"

迟佳终于有了反应,却是一笑:"这都是陈默告诉你的?"

陈妈没回答,只继续道:"你们年轻人可能比较开放,不觉得这么做有什么问题,但我真的很难接受陈默带回来这样一个媳妇。"

迟佳一个字都没听进去,冷笑的欲望盖过了所有。她在陈默眼里原来这么不堪,瞬间迟佳都明白了。他打心底里瞧不上她,又怎么会爱上她?

陈妈还在继续说着,迟佳看着她的嘴巴一张一合,冷冷地打断她:"我的学费,是我家出的,没有花过外人一分钱。你的儿子,是我主动甩的,你与其来劝我,不如去劝劝你宝贝儿子,别对我死缠烂打了。"

瞧不起她的男人,她不稀罕,一点都不稀罕。

后来,陈默约她吃饭,她没有再拒绝,直接带他去见了赵伯言。

他不是一直以为她的学费是赵伯言出的吗?他妈不是觉得她和赵伯言之间肯定有什么猫腻吗?

"这是我男朋友。"她对陈默这样介绍赵伯言。看陈默的脸色忽然惨白,竟是这么痛快。

"要不是有他支持,我都读不起密歇根大学。"

原本按照她和赵伯言事先沟通好的,她说完这话时,赵伯言得亲她的脸。可赵伯言没动。不过也无所谓,有陈默的反应已经够了。

赵伯言送她回家的路上,她回忆起之前陈默离开时的背影,一遍遍告诉自己,她有多开心,赵伯言却突然亲了她。

虽然这是她之前要求的,可当下,因为赵伯言姗姗来迟的吻,一切都乱了。

那晚她独自回到家,睁着眼到半夜,赵伯言发了个微信给她。

"你说你想找个不喜欢也不讨厌的人,我符合吗?"

迟佳始终没回。

一晃三年过去，她依旧没有给出答案，赵伯言也没再问过半句。除了他和她，仿佛所有人都进入了人生的另一个阶段。

陈默几年前调离了国际部，回了本院。向南星和商陆领了证，有了孩子，从一无所有，到一切有所成。隔壁科室来了个刚毕业的实习生，有人夸她机灵，有人损她贼。迟佳看到这小姑娘的一举一动，有那么一丝恍惚——这小姑娘满门心思钻研的样子，还真是有那么一点惹人厌。这小姑娘在她面前晃悠了没多久，就没了影子，后来听说她不知是哪儿来的关系，调去了本院。

向南星婚礼前的单身派对，迟佳看到最后全是触动。

她喝得微醺，想去洗把脸醒醒神，洗手间里却有人，她便在外头的床边坐着等。向南星婚礼要用到的对戒就放在床头柜上，她心思一动，打开来看。洗手间里的人出来了，她却太过专注于眼前，没有发觉。

"怎么？恨嫁了？"

迟佳吓得赶紧把刚套到指尖上的戒指摘了放回戒盒，不料她太过着急，戒指直接掉进了床与床头柜的缝隙。

迟佳连忙弯腰去找。

赵伯言也从洗手间那边快步过来帮她找。

幸好找到了，迟佳用衣服擦了两遍失而复得的婚戒，放回戒盒，松了口气。

安静片刻，赵伯言突然没头没脑地问了一句："听说你最近又开始相亲了？"

"家里逼得急。"

"你的个性我还不清楚？你真的不想结婚的话，你家再逼你也没用。"

那倒也是。

迟佳一屁股坐回床边。

赵伯言看着她，开玩笑似的说："你妈那么喜欢我，你真不考虑下我？"

"我妈那哪是喜欢你？她是喜欢你家的钱。"

赵伯言兀自点了点头，也坐了下来，挨着她："也对，你不喜欢我，你妈再喜欢我家的钱也没用。"语气听不出来是不是玩笑。

迟佳紧了紧后槽牙："废话这么多，看来酒还没喝到位。"她拽他起来，"喝酒去！"

可喝多了，废话反而更多了。兜来兜去，还是兜不出原来的话。

"你不是说你要找个不喜欢也不讨厌的吗？我很符合啊……"

"你有病吧？娶个不爱你的回家干吗，供着啊？"

"别岔开话题，你就说吧，我符不符合？"

"不符合！"

不符合？赵伯言急了，腾地站起来，又一头栽了回去，嘴里念叨着："哪儿不符合？说啊！"

原本坐在沙发上的迟佳被他一脚踹倒，当即抄起一个酒瓶："你竟敢拿脚踹我？"

酒壮尻人胆，他又踹了她一脚，气得迟佳扔了瓶子，直接扑过去掐他。

赵伯言这么多年健身不是白健的，稍一侧身躲了过去。

迟佳扑了个空，趴在地毯上，不动了，吓得赵伯言赶紧回去将她翻过来——鼻子撞青了。

"完了……你酒醒以后，肯定讨厌死我了。"

一想到他明天就要不符合她"既不喜欢也不讨厌"的择偶标准了，之前还在装醉的赵伯言装不下去了，把她扶回沙发后，赵伯言就要溜。这样的话等她酒醒，她估计也不记得她的鼻子是怎么撞青的了。

刚要走的赵伯言却突然被她一把拽住："什么意思？伤了我就想溜？"

赵伯言仔仔细细地瞧她。好吧，看来她刚才也是装醉。两个各怀鬼胎装醉的人，凑一块了。

赵伯言无须再溜，说道："万一你因为这事讨厌我，我不就不符合你的择偶标准了？"

"早就不符合了。"

她的声音很低，他却顿时炸了："我之前处处让着你，你还讨厌我？"

"不是……"

她的声音更低了，也没抬眼看他。

赵伯言反应过来了。他突然很想一把按住她的肩膀，让她抬头看他，却始终不敢动，反而浑身更僵硬，只有喉结滚动，嗓音都紧绷了："那是？"

她终于抬头看他。她不想骗他，也不想骗自己。

"我对你的喜欢，不及你对我的万分之一，这样也可以吗？"

"可以。"

她问得犹豫，他竟答得毫不思索。

"真的可以吗？"

赵伯言多么像曾经的自己。曾经陈默对她的喜欢，大概也只有她对陈默的十万分之一，这样的不平等，最终令她崩溃，所以她更心疼这样的赵伯言，所以她更不敢承认自己心里那十万分之一的喜欢。因为和他百分百的心意相比，她的十万分之一，太过微不足道。

可他却笃定地又告诉她一遍："可以。可以！可以！可以！"

一切发生时，她明明没醉，明明是她主动吻的他，可第二天醒来，她却不认账了，说她昨晚喝多了，让他别往心里去。

赵伯言回想起她急忙走人的样子，一度怀疑自己被骗了。

可他依旧选择在商陆的婚礼当天，在向南星准备抛捧花的环节，起身站到了舞台侧边。

准备抢捧花时，站在舞台后的迟佳笑得没心没肺，当她看清捧花突然被抛去了舞台侧边，被抛到了谁的手中时，她的笑意一点一点隐去。而赵伯言，几乎是踏着她笑容隐去的节奏，上了台。

音乐起。是他第一次在阜立大学的礼堂见到她时，她MP3里放的那首歌——《十年》。

为什么求婚非得选这么一首坏兆头的歌？赵伯言从没想过这个问题，就像他从没想过，他为什么会喜欢一个姑娘，一喜欢就喜欢了十年。

她吓得往后退，可惜她身后都是准备来抢捧花的人，堵住了她的退路。

她站在那里，看着他迎面走来，突然明白过来他今天为什么要穿得这么正式。向南星之前还取笑他，一个伴郎一身衣服比商陆这个新郎的还贵。

赵伯言单膝跪地的刹那，宾客席的起哄声轰然而起，只除了角落一隅，坐在女方桌位的陈默。他与舞台上的那个女人只隔着几张桌子的距离，却仿佛隔了两个世界。是谁沦陷于瞬间的心如刀绞，又是谁沉浸在长久的不知所措。

赵伯言的声音和他跪下的单膝一样坚定——

"我不求你能够多么爱我，只要你每一天，都比前一天多爱我十万分之一。所以，你愿意嫁给我吗？"

她没有动，眼里波动的情绪仿佛在问他，那什么时候十万分之一，才能凑成百分之百？

不管什么时候，我都等。等到白发苍苍，我也等。等到进了棺材，我也等。

他把捧花和钻戒，还有一颗赤诚的心，送到她面前——这就是他的答案。

商南鹤小朋友四岁的时候，问过赵伯言一个问题："伯言叔叔，听说你在我爸妈的婚礼上，向佳佳阿姨求过婚？"

"对啊，怎么了？"

"那为什么佳佳阿姨没有答应你？"

赵伯言翻个白眼："因为我求婚太着急，按照很多年前偷偷量过的她的指围去买的戒指，结果求婚当天，戒指戴不上去，她就翻脸了。"

"为什么翻脸？"

"因为她戒指戴不上去，我情急之下问了句，这些年她究竟胖了多少斤。"

商南鹤小朋友感叹道："女人好可怕。"

"是的。"赵伯言言传身教，"所以你千万别说女人胖。"

商南鹤小朋友郑重地点点头，扭头看向不远处坐在摇摇车里的妹妹商南希，说道："你个矮胖子！"

摇摇车里的商南希还在没心没肺地嘎嘎笑，摇摇车旁正忙着逗干女儿的迟佳一愣，霍然回头："赵伯言！你又对鹤鹤说了些什么？"

"伯言叔叔说……"

赵伯言吓得赶紧捂住鹤鹤的嘴，对鹤鹤投去一个"小祖宗，求放过"的眼神，转头又赔笑脸:"鹤鹤刚问我,是怎么把这么漂亮的老婆娶回家的。"

"哦?"

赵伯言郑重点头。

"那你是怎么回答的?"迟佳感兴趣起来。

赵伯言起身走向她,蹲下身,与摇摇车里的"矮胖子"和摇摇车外的自家老婆视线齐平。他蒙住"矮胖子"眼睛的同时,吻住自家老婆的嘴。

这个问题嘛,等鹤鹤小朋友长大了,遇到那个喜欢到可以用一生去交换的姑娘,自然就明白了。

番外二

小甜包

商南鹤小朋友四岁时,家里添了妹妹商南希,于是困扰鹤鹤小朋友的人生终极问题,便从"怎样和爸爸争宠"变成了"能不能让她从哪儿来回哪儿去"。

但很可惜,爸爸无奈地告诉他:"那恐怕是办不到了。"并且表示,"妹妹的到来有你的助攻,你要肩负起做哥哥的责任。"

鹤鹤小朋友拒绝相信。他怎么可能助攻这个坐在摇摇车里、路都不会走的小甜包,哦不,矮胖子!

这事或许得从十个月前讲起。

十个月前的某天,向南星邀请迟佳、赵伯言两口子来家里聚餐。餐桌上,火锅热腾翻滚,商陆、向南星、迟佳和赵伯言四个人两两而坐。一旁的装饰柜上摆着向南星、商陆和正值四岁的鹤鹤小朋友的全家福。

四人边吃边聊。

商陆家难得如此清静,赵伯言真有点不适应,不禁问起商家那位混世小魔王:

"鹤鹤去哪儿了？"

向南星："送去我爸妈家住两天，要不整天在家里瞎闹腾。"

商陆附和："对，精力太旺盛。"

向南星吃火锅时，长发一直垂落，发梢险些掉进碗里。向南星轻轻把长发理到耳后，可是一低头，头发依旧垂落。商陆注意到了，立刻放下筷子一抬手，手腕上的皮筋赫然醒目。

赵伯言看着商陆手上的皮筋，不禁嘲笑道："你一个大男人，手上戴什么皮筋啊？"

商陆讳莫如深地一笑，悉心地为向南星扎好头发。向南星吃着火锅，一脸幸福地和商陆对视。

一边的迟佳，长发也一直垂落，她见商陆对向南星如此贴心，不禁露出羡慕的神情，也状似不经意地弄起头发来。赵伯言却完全没有领会迟佳的意思，还在自顾自地吃着，直到迟佳腮帮子都狠狠地鼓了起来，明显有些不满，赵伯言还是有点不明就里。

直到商陆当着赵伯言的面，冲迟佳点了点下巴，赵伯言才反应过来，看了眼迟佳后，立刻明白过来似的径直起身离桌。

商陆见状，刚流露出一丝满意的神情，不料赵伯言竟从厨房冰箱里拿出一罐冰可乐。商陆不禁无奈抚额。

赵伯言把可乐递给迟佳："你一直拨头发干吗？是不是热了？来，喝口冰的。"

果然下一秒，迟佳一脸阴森，"啪"地把筷子一放，用眼神杀向赵伯言。

一旁的商陆只能一边给向南星夹菜，一边略带同情地看一眼赵伯言。

三分钟后，向南星、商陆以及迟佳三人边吃边相谈甚欢，唯独赵伯言，站在迟佳身后，用手抓着迟佳的长发，充当人体皮筋。

夜半时分，送走赵伯言和迟佳两口子后，家中更安静了。

商陆负责收拾餐桌，向南星则坐在沙发上，百无聊赖地拿着遥控器换着台，偶尔抬头望一眼商陆。见商陆收拾餐桌收拾得干脆利落，向南星几次欲言又止，终于，她鼓起勇气扬声道："你是不是忘了今天是什么日子了？"

她同意让鹤鹤去她爸妈家住两天，可不只是为了图清静……

商陆竟一副全然不知的模样："啊？什么日子？"

说完便端着碗筷进了厨房。

向南星见状，气愤地把抱枕当商陆砸。

这时，商陆的声音从厨房里传来："老婆，鞋柜上的快递帮我拆一下呗。"

向南星不怎么甘愿地放下已被砸扁的抱枕，起身去鞋柜拿起快递，"哗啦"一声扯开封箱胶带的动作中分明透露出一丝不满。

然而打开快递的瞬间，向南星愣住了——盒中放着的卡片上写着：老婆，五周年快乐。

看着这力透纸背的字，向南星终于莞尔一笑。就说嘛……他怎么可能忘了他们的结婚纪念日？

卡片下压着的自然是礼物，向南星低眸看去——那是一件折好的衣服。向南星正要拎起那件衣服，突然指尖一顿，这衣服的水手领，看着怎么……那么让人……浮想联翩？

这时，一串脚步声由远及近，向南星抬眸，正对上从厨房出来的商陆。

"这该不会是……"

向南星欲言又止，脸已悄然红了。

商陆讳莫如深地一笑："不然你以为我为什么会突然提议让鹤鹤去岳父岳母家住两天？"

五分钟后，客厅的灯已被调暗。伴随着曲调舒缓的轻音乐，茶几上放上了两个红酒杯。

商陆往杯里倒上红酒后，舒适地坐在沙发上，看向紧闭的卧室门，轻晃了一下杯中酒的工夫，卧室的门悄然打开。商陆慢条斯理地看去，眉间微微一紧——

一身水手服的向南星，从卧室里走了出来。

商陆面上不动声色，但拿酒杯的手分明又紧了几分。他神情也是紧着的，就这么专注地看着向南星,目光迎接着向南星的一步步逼近。

向南星刚一走到商陆面前,商陆便一把将她拉进怀里。

向南星低头看看水手服:"这不是送我的礼物吗?可我怎么觉得这更像是你送给自己的礼物?"

商陆一笑:"还真是……"随后却立即正了正脸色,"那我拆礼物了?"

向南星一个下意识抿唇的动作,令气氛在这一刻陡然跌入极致的暧昧。商陆一点一点靠近,不疾不徐但又志在必得,慢慢靠近,就在气氛正浓时,突然响起的门铃声令一切戛然而止。

商陆不满道:"谁?"

门外传来回应:"向女士的快递!"

向南星突然想到什么,说道:"哦!对了!我订了蛋糕!"

商陆无奈,搂在她腰上的手带着一丝不舍地撒开,起身去应门。

不一会儿,商陆签好字,拎着蛋糕进屋,把蛋糕放在茶几上的同时,他一把搂过向南星。

额头抵着额头,他的声音低沉到几近性感:"继续?"

向南星已经在解商陆的衬衫纽扣了,这简直是无声的邀请——商陆自然应邀,低头吻住她。

可刚吻上,门铃突然又响了。

商陆眉心狠狠一皱,正要不管不顾地继续,门铃又响了两声。

商陆不得不睁开眼,问道:"谁!"

"商先生的快递!"

原本柔柔地看向商陆的向南星,目光瞬间成了刀。

商陆的气场一下子弱了下去,不好意思地冲老婆笑笑:"我都忘了我也订了东西……"

向南星本想板着脸吓唬吓唬他,不料"噗"地就被逗笑了,她推了推商陆,示意他去开门。

商陆只好把衬衫扣好去开门。

签收之后商陆走近向南星，一甩手从背后拿出一大束白玫瑰："五周年快乐，老婆。"

向南星接过花，拉着商陆的手走向沙发，一把将商陆推倒在沙发上，花瓣随之散落一地，顿时增添了不少浪漫的气息。

她逼近问道："不会再有快递了吧？"

商陆发誓："绝对没了。"

她这才双手勾上商陆的脖子："那么……"

不等向南星说出"继续"二字，商陆已吻去她的后话……

然而不到一分钟，门铃又响了！

商陆和向南星瞬间同时泄气，纷纷看着对方，两人都一脸无辜地摇头——绝不是自己的快递！

挣扎半晌后，商陆一脸无奈地走去开门："谁……"

拉开门的瞬间，商陆当即目光一直，门口赫然站着鹤鹤小朋友。

商陆："鹤鹤？！"

向南星听见儿子的名字，立马吓得"咚"一声从沙发上跌坐在地，拿过大抱枕挡住自己。

商陆被身后那"咚"的一声瞬间唤醒，立刻蹲下把鹤鹤拉到怀里，挡住鹤鹤的视线："你怎么回来了？不是在姥爷家吗？"

鹤鹤跑得一头汗，小脸一扬："我在姥爷家住不惯。姥爷在楼下停车呢，我就先上来了。"

向南星扒着沙发沿偷瞟一眼门边，见商陆蹲下的身影将鹤鹤遮了个严严实实，当即小心翼翼地起身，抱着抱枕猫着腰准备躲回卧室。

鹤鹤却在这时突然踮脚，视线越过商陆："妈妈！"

向南星瞬间石化。

向南星虽抱着抱枕挡住了大部分的衣服，但校服似的领口仍是被鹤鹤看到了。鹤鹤当即"咦"的一声，疑问道："妈妈，你怎么穿校服啊？"

空气瞬间凝结，向南星、商陆二人隔空对视，不知该如何向儿子解释。

就这样,十个月后,鹤鹤小朋友的妹妹降生了。

就在鹤鹤小朋友百思不得其解"妹妹的到来怎么成了他的责任"时,商陆转身背对儿子,嘴角一勾——这锅,儿子怕是背定了……

全书完